安徽大學徽學研究中心
安徽省古籍整理出版辦公室
資助

安徽古籍叢書

黃山書社

杜律五言補注

〔明〕汪　瑗／撰　汪欣欣／校點

圖書在版編目(CIP)數據

杜律五言補注/(明)汪　瑗撰;汪欣欣校點. --合肥:黄山書社,2024.12.--

ISBN 978-7-5737-1510-4

Ⅰ. I222.742

(《安徽古籍叢書》第二十二輯/《安徽古籍叢書》編審委員會編纂)

中國國家版本館 CIP 數據核字第 2024R2S431 號

2022 年國家社會科學基金後期資助項目"元明杜律選評本研究"(22FZWB057)階段性成果

安徽大學徽學研究中心
安徽省古籍整理出版辦公室 **資助項目**

杜律五言補注

DULÜ WUYAN BUZHU　　(明)汪　瑗撰

出品人　葛永波
選題策劃　胡中生
責任編輯　李霜琴
裝幀設計　李　軍
責任印製　李　磊
出版發行　黄山書社
地　　址　安徽省合肥市蜀山區翡翠路 1118 號出版傳媒廣場 7 層　郵編:230071
印　　刷　合肥華苑印刷包裝有限公司
版　　次　2024 年 12 月第 1 版
印　　次　2024 年 12 月第 1 次印刷
開　　本　880mm×1230mm　1/32
字　　數　189 千字
印　　張　8.75
書　　號　ISBN 978-7-5737-1510-4
定　　價　46.00 圓

服務熱綫　0551-63533706
銷售熱綫　0551-63533761
官方直營書店(https://hsss.tmall.com)

安徽古籍叢書編印緣起

我國歷史悠久，典籍豐富。我省地處南北之交，學術尤擅其盛。數千年來，哲學、史學、文學、藝術、語言、科技，作者輩出，著述如林，或自名一家，或蔚然成派，多爲中華民族文化之菁華，有裨於社會主義文化之建設。允宜及時整理，以廣流傳。

粤自明清，以至近世，南北郡邑已有涇川叢書、龍眠叢書、貴池先哲遺書、南陵先哲遺書諸刻。一九三一年，復有安徽叢書之編刊，所收皆皖人著作，分期影印。出至第六期，以抗戰軍興而中止。盛業未竟，論者惜之。

今者，中央倡導整理古籍，我省領導對此尤爲關心。省古籍整理出版規劃委員會幾經商討，決定編纂安徽古籍叢書。編纂宗旨是在歷史唯物主義指導下，批判繼承，古爲今用，弘揚民族優秀傳統文化，爲建設中國特色社會主義服務。最其體例，約有數端：

一、所收皆爲歷代皖人著作，時間一般以辛亥革命之前爲限，内容以文、史、哲爲主，分類成輯。尤其注意稿本、稀見本之搜輯與傳布。

二、整理方式包括輯、校、標點和注釋、今譯。校勘，力求採用善本爲底本，校以他書，或加補輯、編次。標點，採用新式標點。注釋，務求精確，但不作煩瑣考證。整理中，儘量吸收國内外研究的新成果。

三、先秦、兩漢著作及語言、文字之類，皆用繁體字，其餘則酌用簡體字。版皆竪排，以期一律。

四、凡熱心於本叢書編印及捐貲助刊者，得於書内題名。

安徽古籍叢書編審委員會

杜律五言補註目次

卷二

卷三

卷四

杜律補註四册，失没多年。近於姻親之處，獲前二册，癸丑春乃授梓。既而業成，其姻復出後二册，俱先君親筆稿也。但獲而有先後之異，故校而重刊之，庶無遺珠之嘆云爾。

時萬曆甲寅年次泰東書院，不肖汪文英百拜謹刻〔一〕。

校記

〔一〕本段文字原位於底本目録後。

整理説明

汪瑗（？—約一五六五），字玉卿，明代新安（今安徽歙縣）人。諸生。吴苑歙縣志載[一]：『汪瑗，字玉卿，叢睦人，邑諸生。博雅工詩，見服於弇州、歷下。』劉大櫆重修的歙縣志亦稱汪氏『博雅工詩，與弇州、滄溟友善。』[二] 從兩處基本一致的記載，可推知汪瑗當活動於明嘉靖年間，與復古後七子王世貞、李攀龍等交好。汪瑗生年不詳，焦竑曾於萬曆四十三年（一六一五）爲汪瑗的楚辭集解作序，稱此時他已『逝之五十年』[三]，由此推測，汪瑗大約卒於嘉靖四十四年（一五六五）。

汪瑗曾與其弟汪珂遊於歸有光門下，歸氏對汪氏昆季大加讚賞，稱二人『丰姿奇俊，迥異尋常，超然有出塵世想』，『三吴有雙丁、二陸之稱，非凡士也。余碌碌譾才，端章甫衣之士相從者何下數百人，未有如玉卿昆季者』[四]。汪瑗學識博雅，恬淡自修，優遊自適，一生無意功名，專心著述，尤工古文辭。歸有光贊其『精五經，通六藝，能歌詩、古文辭，注李、杜、南華文，注離騷』[五]。由祁承㸁澹生堂藏書目、丁仁八千卷樓書目、黄虞稷千頃堂書目等諸家書目著録可知，汪瑗著有楚辭集解、楚辭蒙引、楚辭考異、巽麓草堂詩集、杜律五言補註等。

杜律五言補註是第一部完備的杜甫五言律詩評本，收五律六二三首；另有高適五律一首，韋迢五律二首。在編纂體例上，杜律五言補註是一部編年體杜律註本，展現了杜甫律詩創作漸近成熟的過程。而在注解方法上，他承襲了元代新安趙汸杜律五言趙註的注杜特點，又加以深化發展，形成了獨具特色的解杜之法，直接影響了清代查弘道、金集的趙虞選注杜律。可以説，汪瑗的杜律五言補註承上啓下，不僅促使杜律批評趨於體系化和理論化，更推動了明清杜詩學的發展，因而在杜詩學和中國詩歌批評史上具有重要的價值。

杜律五言補註今有兩個版本。一爲北京大學圖書館藏萬曆四十一年（一六一三）汪仲弘本（北京大學圖書館誤標爲『萬曆三十一年刻本』），四卷，四册。半頁九行，行十九字，白口，單魚尾，四周單邊。版心上刻『杜註』，下刻卷數及頁碼。卷前依次爲萬曆四十一年潘之恒杜詩補註序、汪瑗侄汪仲弘的杜工部履歷考及杜律五言補註目録。每卷參訂、輯遺者不同，卷一題『新都汪瑗玉卿甫補注；從子兆禎仲開甫參訂，仲弘畸人甫輯遺』，卷二題『新都汪瑗玉卿甫補註，從子仲弘畸人甫輯遺，族屬人龍叔吉甫參繹』，卷三題『新都汪瑗玉卿甫補註，從子仲弘畸人甫輯遺，族屬猶龍季玄甫參繹』，卷四題『新都汪瑗玉卿甫補註，族屬汪元臣輔嗣甫校閲，汪長孺孟公甫參繹』。北京大學圖書館另有萬曆四十一年（一六一三）刻本，亦爲四卷，因破損嚴重，今未見。

其二爲臺北圖書館藏萬曆四十二年（一六一四）汪文英本，四卷。半頁九行，行十九字，左右雙欄，白口，單魚尾。版心上刻『補註』，中刻卷數及頁碼，下刻『甲寅刻』。卷前依次爲萬曆四十二年潘之恒杜詩補註序、杜律五言補註目録及汪瑗子汪文英序。每卷首皆題『新都汪瑗玉卿補註』。此本闕卷一第四十六頁至五十五頁、卷三第三十五頁及卷四第一頁。一九七六年，臺灣大通書局據之影印，收入杜詩叢刊第二輯第三十四册。

據潘之恒杜詩補註序云：『新安先輩爲詩宗李空同先生，專肆力於杜，莫不精覈嚴審章句字法，務詣于神化之域。而里中方少司徒尤津津談説不置，載千一録最多，故其詩摹仿皆臻妙境，爲學杜獨優。其同時稱詩，則汪公玉卿尤著，嘗爲序其詩行之。』〔六〕李夢陽尊崇杜甫，不僅『作詩模擬杜子美』，還曾批選過杜詩，精研杜詩的形式技巧，深得其妙。汪瑗杜律五言補註偏好詳審詩歌章句字法，可能與李夢陽、方弘静等人在新安詩界的詩學主張有關。而由上文可知，汪瑗卒於嘉靖四十四年（一五六五），杜律五言補註當成於嘉靖年間。

杜律五言補註的刊刻過程，則較多波折。汪瑗曾於嘉靖二十七年（一五四八）撰楚辭集解，書成之後，並未立即刊行。汪瑗去世後，其親朋曾一度準備刻印，卻中途而廢。數十年後，汪氏家族遭亂，日益衰微，爲維持生計，『家人挈藏書權以售之』。汪仲弘聞知，裒輯相關散佚文獻，『藉他手倍值以購』，才使楚辭集解得以保全。杜律五言補註的情況可能與之相似。汪文英序曾云：『杜律補註四册，失没多年。近於姻親之處，獲前二册，癸丑春乃授梓。既而業成，其姻復出後二册，俱先君親筆稿也。但獲而有先後之異，故校而重刊之，庶無遺珠之嘆云耳。』〔七〕由『俱先君親筆稿』之語可知，汪瑗完成此書後，可能尚未刊刻即去世，此書遂『失没』。北京大學圖書館汪仲弘本卷前有『從子仲弘畸人甫輯遺』『族屬人龍叔吉甫參繹』『族屬猶龍季玄甫參繹』『族屬汪元臣輔嗣甫校閲，汪長孺孟公甫參繹』，可知汪仲弘曾帶領族人輯録、校閲杜律五言補註。據卷前潘之恒杜詩補註序時間爲萬曆四十一年（一六一三），則汪仲弘本當刊刻於此時或稍前。

除汪仲弘輯遺外，萬曆年間，汪文英於姻親之處獲得汪瑗『親筆稿』。汪文英先獲前二册，於萬曆癸丑（一六一三）刊刻之；後復得後二册，於萬曆甲寅（一六一四）『校而重刊』。因此，汪文英刊刻的杜律五言補註當有萬曆四十一年（癸丑，一六一三）二卷本和萬曆四十二年（甲寅，一六一四）四卷本兩種。今臺北圖書館所藏的汪文英本即萬曆四十二年四卷本，卷前亦有潘之恒杜詩補註序，不過序文時間是萬曆四十二年，而非汪仲弘本的萬曆四十一年。

潘之恒，字景升，亦歙人，與湯顯祖、屠隆及袁宏道兄弟多有交往。汪氏族人搜刻杜律五言補註，並請他作序，也合乎情理。汪仲弘和汪文英可能同時對杜律五言補註進行輯遺、校閱。據潘序中『文英』『孝子』等陳述對象，此序當是應汪文英所請而作。需要注意的是，汪仲弘本中的潘序稱『家督文英又搜公補註五言律詩二卷』，落款爲『萬曆癸丑』；汪文英本則稱『季君文英又搜公補註五言律詩』，落款爲『萬曆甲寅』。如上所述，汪文英曾刊刻有萬曆四十一年二卷本和萬曆四十二年四卷本兩種杜律五言補註，潘之恒可能是在萬曆四十一年爲汪文英的二卷本撰寫杜詩補註序，後爲汪仲弘所用，所以序中才有『補註五言律二卷』之言；萬曆四十二年，汪文英『校而重刊』杜律五言補註四卷本，也刊刻了潘序，只是删去『二卷』兩字，序文時間也由『萬曆癸丑』改爲『萬曆甲寅』。

汪仲弘本與汪文英本存在一定的差異，一是杜詩正文存在文字差異，如陪鄭廣文遊何將軍山林十首其八，汪仲弘本作『狂遺白接籬』，汪文英本作『狂遺白接䍦』；崔駙馬山亭宴集其三，汪仲弘本作『終日困香膠』，汪文英本作『終日困香醪』。

二是評語也存在較大差異，或字詞不同，如巳上人茅齋，汪仲弘本作『臨了卻作一景聯』，汪文英本作『臨了卻作一頸聯』；房兵曹胡馬，汪仲弘本作『其説固是』，汪文英本作『其意固是』；冬日有懷李白，汪仲弘本作『未能乘興而相反也』，汪文英本作『未能乘興而相訪也』。或是評語不同，如夜，汪仲弘本作『前四句傷時，後四句嗟己』，汪文英本作『四句言寂寞慷慨之情，感於夜者也』；小園詩，汪仲弘本作『二句倒裝法，言種藥栽花』，汪文英本作『留此園者，爲客病而植藥也；買此園者，爲春深而栽花也。以花、藥言園中之春景』。或評語互有闕失，如上巳日徐司録林園宴集、地隅、遠遊、宿青草湖等詩，汪仲弘本附有評語，而汪文英本則無；而酬高使君、舟中夜雪有懷盧侍御弟、過洞庭湖等詩，汪仲弘本無評語，汪文英本則附有大段評語。

總體而言，兩種刻本的批語差異較大，是兩個並行的版本，展現了不同整理者對杜詩文本及汪瑗評點的編輯校訂情況。其中，汪仲弘本相對完善，然詩歌正文及批語錯漏較多，如『成州』誤作『成都』，『崔盱』誤作『崔旴』；汪文英本雖闕卷一第四十六頁至五十五頁、卷三第三十五頁、卷四第一頁，然詩歌正文錯誤較少，批語相對豐富，文字相對通順。二〇一六年，臺灣學者蔡志超首次對杜律五言補註進行校注，所引材料頗豐，甚有價值。然蔡先生明確指出，北京大學圖書館藏本『無緣得見』，故其校注本僅據汪文英本整理而成。如上所述，汪文英本爲殘本，且與汪仲弘本出入頗多。學界尚需系統、完整的杜律五言補註輯校本。此次輯校，以汪文英本爲底本，以汪仲弘本進行補充校訂。具體説明如下：

一、汪文英本詩歌所屬卷次與汪仲弘本略有不同，輯校本以汪文英本爲準，其不同者，出校記説明。

二、汪文英本所闕内容，悉據汪仲弘本補。

三、汪仲弘本卷前有汪仲弘撰杜工部履歷考，今置於潘之恒杜詩補注序後。

四、汪文英本正確，汪仲弘本誤者，不出校記。汪文英本有，汪仲弘本無者，亦不出校記。

五、汪文英本有錯漏者，均不改原文，出校記説明。

六、汪文英本與汪仲弘本評語有較大差異者，輯録汪仲弘本整段文字，以【】符號標記，置於相應評語後，不出校記。

注釋

〔一〕吴苑（康熙）歙縣志卷九人物，清康熙二十三年（一六八四）刻本。

〔二〕劉大櫆（乾隆）歙縣志卷十四人物志四，清乾隆三十六年（一七七一）刻本。

〔三〕焦竑楚辭集解序，汪瑗集解，汪仲弘補輯，熊良智、肖嬌嬌、牟歆點校楚辭集解，上海古籍出版社二〇一七年版。

〔四〕歸有光楚辭集解序，汪瑗集解，汪仲弘補輯，熊良智、肖嬌嬌、牟歆點校楚辭集解，上海古籍出版社二〇一七年版。

〔五〕歸有光楚辭集解序，汪瑗集解，汪仲弘補輯，熊良智、肖嬌嬌、牟歆點校楚辭集解，上海古籍出版社二〇一七年版。

〔六〕汪瑗撰，汪仲弘輯遺，杜律五言補註，明萬曆四十一年（一六一三）汪仲弘刻本。

〔七〕汪文英序，汪瑗撰，汪文英補遺杜律五言補註，明萬曆四十二年（一六一四），汪文英刻本。

杜詩補註序

潘之恒

五言律至唐始工，目爲近體。然惟杜工部子美獨擅長城，唐人無敢爲鴈行者。今世行本，有公自註、千家註、劉須溪註。而五言律單行趙註，未有會其全而獨斷其是以歸于定論。新安先輩爲詩宗李空同先生，專肆力于杜，莫不精覈嚴審章句字法，務詣于神化之域。而里中方少司徒尤津津談説不置，載千一録最多，故其詩摹仿皆臻妙境，爲學杜獨優。其同時稱詩，則汪公玉卿尤著，嘗爲序其詩行之。而季君文英又搜公補註五言律〔一〕，請質不慧。余受而卒業，知公之苦心於杜，往往獨觀其微，千載隱衷，一朝得暴，可謂杜之忠臣。九原有知，亦當心服。如贈太白詩用庾信、鮑照、陰鏗爲比，人以爲譏貶之辭，至掇拾其句相同者爲證，王荆公且不免信之。惟公獨以少陵推許太白，必將怒叱此言。又如序何氏山林、秦州雜詩，次第分合節奏；辨趙註重過何氏爲春，秦州爲秋，及『薰風啜茗』『仇池十九』之非，皆鑿鑿可據。昔人稱杜爲詩之史，爲律之祖，得公而後傳信克肖，爲後學指南之益非淺，宜亟之梓而行之〔二〕。在武廟時，朝邑韓少參汝慶之女，名異。母屈安人有詩才，孀居而亡，無子，其詩集未刻，不得與少參同傳。異私傷之，作書與康太史德涵之女張氏，爲乞序。太史喜曰：『有女如是，足嗣矣！』余作亘史，列之『孝女』部中。嗟乎！若季君者〔三〕，既刻玉卿公遺草，又搜刻補註，公諸同好，雖謂之孝子可矣。屈氏詩未必極工，且因孝女以傳，而況玉卿之詩，苦心學杜，爲天都舊社所推者，得孝子而名益彰矣。

萬曆甲寅上巳〔四〕，邑子潘之恒景升譔。

杜工部履歷考

汪仲弘

杜甫，字子美，襄陽人，徙河南鞏縣。曾祖依藝，鞏令。祖審言，膳部員外郎。父閑，奉天令。甫少不羈。天寶中獻三賦，召試文章，授河西尉。辭不行，改右衛率府冑曹。天寶末，以家避亂鄜，獨轉陷賊中。至德二載，竄歸鳳翔，謁肅宗，授左拾遺。詔許至鄜迎家。明年收京，扈從還長安。房琯罷相，甫上疏，論琯有才，不宜廢免。肅宗怒，貶琯邠州刺史，出甫爲華州司功。屬關輔饑亂，棄官之秦州。又居成州同谷，自負薪採梠，餔糒不給。遂入蜀，卜居成都浣花里。復適東川。久之，召補京兆府功曹，以道阻不赴，欲如荆楚。上元二年，聞嚴武鎮成都，自閬挈家往焉。武歸朝廷，甫浮遊左蜀諸郡，往來非一。武再鎮兩川，奏爲節度参謀、檢校工部員外郎，賜緋。永泰元年夏，武卒，郭英乂代武，崔旰殺英乂，楊子琳、柏貞節舉兵攻盰，蜀大亂，甫逃至梓州。亂定，歸成都，無所依，乃泛江，遊嘉戎，次雲安，移夔州。大曆三年春，下峽，至荆南，又次公安，入湖南，泝沿湘流，遊衡山，寓居耒陽。嘗至嶽廟，阻暴水，旬日不得食。耒陽聶令知之，自具舟迎還。五年夏，一夕，醉飽卒，年五十九。觀甫詩與唐實録，猶槩見事迹。

按，傳云『召試，京兆兵曹』，而集有官定後戲贈詩，注自云：『初授河西尉，辭，改右衛率府胄曹』。傳云『遁赴河西，謁肅宗於彭原』，而集有喜達行在詩，註云『自京竄至鳳翔』。傳云『嚴武卒，乃遊東蜀，依高適。既至，而適卒』。按，適自東川入朝，拜散騎常侍乃卒。又集有忠州聞高常侍亡詩。傳云『扁舟下峽，未維舟，而江陵亂，乃游襄、衡』，而集有居江陵及公安詩至多。傳云『甫永泰二年卒』，而集有大曆五年正月追酬高蜀州寄詩及別題大曆年者數篇。須溪先生云甫詩最可考，而舊史疏略至此，他不可考，柰何！

廣陵汪仲弘識。

校　記

〔一〕季君　汪仲弘本作『家督』。五言律　汪仲弘本作『五言律二卷』。

〔二〕亟之　『之』字疑衍。

〔三〕季君　汪仲弘本作『長君』。
〔四〕甲寅　汪仲弘本作『癸丑』。

杜律五言補註卷一

劉法曹鄭瑕丘石門宴集

秋水清無底，蕭然净客心。言石門秋景可愛。「客」字，自謂。下句因上句。掾曹乘逸興，鞍馬到荒林。此獨指劉。能吏逢雙璧，兼稱劉、鄭。華筵直一金。言筵之盛。晚來横吹好，泓下亦龍吟。「泓下」，應起句。「龍吟」，形容横吹之玅。○劉云：「此詩無可取。」蓋亦求之太過，大家豈必首首好、句句好、字字好？然亦未嘗不好，此惟可與李、杜言之，他人蓋不知也。

題張氏隱居

之子時相見，相見之數。邀人晚興留。留客之久。霽潭鱣發發，春草鹿呦呦。「霽」，一作「濟」。瑗按：「霽」字勝，不惟與下「春」字切對，且與「鱣發發」相應，謂魚因晴霽而出遊也。「發發」，音「潑潑」。此言隱居所有之物，時景亦在其中。杜酒偏勞勸，張梨不外求。杜康造酒，故曰「杜酒」。洛陽有張公，夏梨甚甘，故曰「張梨」。「不外求」，猶言此是爾家果也。此言張氏款己之物，情興亦在其中。前村山路險，歸醉每無愁。「醉」字，貼勸酒，謂醉歸而忘其險，故曰「無愁」。○黄常明詩話：子美多用經語，如「車轔轔」「馬蕭蕭」「鱣發發」「鹿呦呦』，皆渾成嚴重，法度森然。後人不敢用者，豈非造語膚淺不類邪？

登兗州城樓

東郡趨庭日，南樓縱目初。時公父爲兗州司馬，故曰『趨庭』。起言初來兗之由，中兩聯皆縱目所見者。浮雲連海岱，平野入青徐。言兗之形勝，縱目所見之遠者。此聯宏闊，俯仰千里。孤嶂秦碑在，荒城魯殿餘。言兗之古迹，縱目所見之近者。此聯微婉，上下千年。從來多古意，臨眺獨躊躕。結總上文。『臨眺』，應『縱目』。昔人謂善作文者，如常山蛇勢，擊首則尾應，擊尾則首應，擊其中則首尾俱應。嗚呼！豈獨文也哉？詩亦宜然。若少陵此篇是已，他多類此，不能盡出，讀者以意會之可也。○舊説公詩法實出於其祖審言。審言登襄城詩云：『旅客三秋至，層城四望開。楚山横地出，漢水接天迴。冠蓋非新里，章華只舊臺。習池風景異，歸路滿塵埃。』陳后山又學公詩者也，其登鵲山詩云：『小試登山脚，今年不用扶。微微交濟濼，歷歷數青徐。朴俗猶虞力，安流尚禹謨。終年聊一快，吾病失醫盧。』看此二詩，則其源流可槩見矣。

對雨書懷走邀許主簿 公後有與任城許主簿遊南池詩。

東嶽雲峯起，溶溶滿太虚。『東嶽』，泰山。公羊傳曰：『觸石而出，膚寸而合。不崇朝而遍雨乎天下者，其泰山之雲乎！』此暗用其意。震雷翻幕燕，驟雨落河魚。二句下因上。『翻』從『震』生，『落』從『驟』生，四字皆所謂句中眼。舊獨以『翻』『落』二字爲眼，非是。後多仿此。座對賢人酒，門聽長者車。酒清者曰『聖人』，濁者曰『賢人』，言己置酒而候其來。相邀愧泥濘，騎馬到階除。邀其冒雨而必來也，總結上文。○前四句對雨，後四句書懷走邀之意也。

巳上人茅屋

僧齊巳也。善吟詩，知名於唐，有『春深遊寺客，花落閉門僧』之句，爲世稱賞。

巳公茅屋下，可以賦新詩。公春日江村詩曰：『茅屋還堪賦，桃源自可尋。』此聯即江村上句之意。枕簟入林僻，茶瓜留客遲。上言茅屋幽深，下言巳公情好。枕簟之供，茶瓜之獻，不失僧家風味。江蓮摇白羽，天棘蔓青絲。『白羽』，謂扇，比江蓮。『天棘』，即顛棘，天門冬也。或曰柳也。『蔓』一作『夢』，一作『弄』，俱非是。『青絲』，比天棘。此聯賦茅齋之景物。四句見茅屋之趣，可以賦新詩者此也。空忝許詢輩，難酬支遁詞。晉支遁講維摩經，許詢常設問難。『許詢』，公自況。『支遁』，況巳公。酬詞貼前賦詩，詩詞通稱耳。然可見巳公之善吟，亦可見巳公當時必有贈公之詩。室中語曰：少陵作八句近體詩，卒章有時而對，然語意皆卒章之詞。今人效之，臨了卻作一頸聯〔一〕，一篇之意無所屬，大可笑也。瑗按：少陵五、七言律，首尾多對，室中之語甚善，學者不可不知。若此結本是對偶，讀之初不覺其爲對偶也。後多仿此。

房兵曹胡馬

胡馬大宛名，起言所産。鋒稜瘦骨成。竹批雙耳峻，二、三言骨格之美。風入四蹄輕。所向無空闊，四、五言其健走。真堪託死生。賦馬及此，始爲玅手。此句爲篇中警語。驍騰有如此，萬里可横行。

『驍騰』，總上文。『萬里』，應『空闊』。○趙云：前輩言詠物之詩，或粘皮着骨。公此詩，前言胡馬骨相之異，後言其驍騰無比，而詞語矯健豪縱，飛行萬里之勢，如在目中，所謂索之於驪黄牝牡之外者。區區模寫體貼以爲詠物，何足語此。瑗按：蘇東坡曰：『論畫以形似，見與兒童鄰。作詩必此詩，定知非詩人。』禁臠深取其説。其説固是。然使指鹿爲馬，畫虎類狗，亦大可笑也。故詠物之作，雖不可粘皮着骨，亦不可隔靴搔癢，初學者不可不知。

畫鷹

素練風霜起，綃素之佳。蒼鷹畫作殊。圖寫之玅。中兩聯見畫作之殊。攫身思狡兔，側目似愁胡。形容俯仰顧盼之態，彷彿可想，所謂『勢可呼』者以此。絛鏇光堪摘，『絛』，鷹繫。『鏇』，絛環。『光堪摘』，言絛鏇之色鮮明可愛，猶言『秀色若可湌』『翠色若可攬』之類。舊註謂猶言『可解』也，非是。此言鷹飾之美。軒楹勢可呼。『軒楹』，謂鷹立于軒楹之間。『勢可呼』，謂飛動如生，可呼以獵也。此句爲篇中警語。何當擊凡鳥，毛血灑平蕪。緊承上『勢可呼』而言。趙云：有疾惡意。瑗按：公賦王兵馬使二角鷹云：『杉鷄竹兔不自惜，孩虎野牛俱辟易。』又云：『惡鳥飛飛啄金屋，安得爾輩開其羣，驅出六合梟鸞分。』即此結之意。詠畫而及此，所謂『以畫爲真』者也。詠畫則以真言，詠真則以畫言，猶詠美人則以花比，詠花則以美人比。此抑揚借重之意也。

冬日有懷李白

寂寞書齋裏，離索之苦。終朝獨爾思。懷仰之切，下皆申言此意。更尋嘉樹傳，不忘角弓詩。此用一事翻爲兩句法。左傳：晉使韓宣子聘魯，魯公享之。韓子賦角弓，義取兄弟婚姻無胥遠矣之意。既享，復宴於季氏。季氏之庭有嘉樹焉，宣子譽之。武子曰：『敢不封殖此樹，以無忘角弓？』遂賦甘棠，義取庭樹曾爲宣子所愛，故封殖之，猶南國之愛甘棠，不敢忘召公之德也。此聯正用其意，言己之不忘李白，如季武子之不忘韓宣子也。劉註非是。又按，公詩云：『余亦東蒙客，憐君如弟兄。醉眠秋共被，攜手日同行。』則所謂『不忘角弓詩』者，真有如兄弟婚姻無相遠矣之義，非特如今人之泛用其語，以虛示情好者比。短褐風霜入，還丹日月遲。此聯嘆老嗟卑之意。未因乘興去，冬日懷李白，故用訪戴事，應三、四，言雖不忘其好，未能乘興而相訪也。空有鹿門期。用龐公事，應五、六，言事業未成，故不能相將而共隱也。結聯相應，本是如此，然二句亦自相叫喚。

龍門

龍門橫野斷，驛樹出城來。氣色皇居近，金銀佛寺開。公自註：『山有佛寺，金碧照耀，最爲勝槩。』○四句題龍門之景。往來時屢改，川陸日悠哉。相閱征途上，生涯盡幾回。四句過龍門之情。

天寶初南曹小司寇舅於我太夫人堂下累土爲山一匱盈尺以代彼朽木承諸焚香瓷甌甌甚安矣旁植慈竹蓋茲數峯嶔岑嬋娟宛有塵外數致乃不知興之所至而作是詩　嶔岑，謂山。嬋娟，謂竹。

一匱功盈尺，三峯意出羣。言形勢小而意趣長，所以『不知興之所至，而作是詩』。望中疑在野，幽處欲

生雲。所謂『宛有塵外數致』是也。**慈竹春陰覆，**所謂『旁植慈竹，蓋茲數峯』是也。**香爐曉勢分。**所謂『承諸焚香瓷甌，甌甚安矣』是也。**維南將獻壽，佳氣日氛氳。**詩：『如南山之壽。』稱山爲『維南』，猶稱兄弟爲『友于』，歇後語也。結因借山而致祝頌之意。

春日懷李白

白也詩無敵，飄然思不羣。詩之無敵，由思不羣。**清新庾開府，俊逸鮑參軍。**才兼庾、鮑，所以無敵而不羣也。或曰：庾清新而不俊逸，鮑俊逸而不清新，太白兼之，故曰『無敵』。亦不必如此看。吾未見能清新而不俊逸，能俊逸而不清新，只言太白兼其所長便是。**渭北春天樹，江東日暮雲。**『渭北』，子美所居。『江東』，太白所在。白時遊會稽，故曰『江東』。此紀地與時景，見相距之遠，懷之所由起也。趙云：不明言懷，而懷在其中。**何時一樽酒，重與細論文？**緊承上聯，所懷在此。『文』，貼『詩』字，詩文通稱耳。曰『重』，可見昔日曾論此事；曰『細』，蓋欲請教之詳。因詩之無敵，思之不羣，故不覺傾倒敬服如此。此見少陵之高。或者謂：『細』之一辭，蓋譏太白之才疏。此詩乃先揚後抑之意。失其旨矣。太白別少陵詩曰：『何時石門路，重有金樽開？』以此言之，則太白期少陵，不過飲酒而已。故説詩者，不以文害詞，不以詞害意。以『細』字爲譏太白，豈非高叟之固乎？遯齋閒覽：或問王荆公：編四家詩，以子美爲第一，太白爲第四，豈白才格詞致不逮子美邪？公曰：白之歌詩，豪放飄逸，人固莫及。然其格止此而已，不知變也。至於子美，則悲歡窮泰，發斂抑揚，疾徐縱橫，無施不可。有平淡簡易者，有綺麗精確者，有嚴重威武若三軍之帥者，有奮迅馳驟若泛駕之馬者，有淡泊閒静若山谷隱士者，有風流醖藉若貴介公子者，故其詩緒密而思深，觀者苟不能臻其閫奧，未識其玅，豈淺近者所能窺哉？此子美所以光掩前人，而後來無繼也。元稹謂兼昔人所獨專，信矣。或又曰：評詩者謂子美期白太過，反爲白誚。公曰：不然。子美贈白詩曰：『清新庾開府，俊逸鮑參軍。』但比之庾信、鮑照而已。又曰：『李侯有佳句，往往似陰鏗。』鏗詩又在鮑、庾下矣。瑗謂，荆公此説不惟不知太白、庾、鮑、陰鏗，亦不知子美甚矣。子美解悶絶句曰：『陶冶性靈存底物，新詩改罷自長吟。熟知二謝將能事，頗學陰何苦用心。』此子美自道也。子美嘗苦學陰鏗而不至，太白則往往似之，此子美所以見太白而心醉。子美蓋具法眼者，故能知詩之高下。又以其嘗試者稱太白，太白能兼昔人獨專之玅，所以無敵於天下。而少陵每思之，欲細與論文以求教也。荆公曾不考少陵之言，而徒以己論少陵，疏哉！豈非拾元稹之涕唾也乎？嗚呼！荆公之沉思潛心者尚如此，其他羣兒之浪言謾語，又何足據哉？夫太白之才，爲少陵推服如此，後世乃躋少陵於九天之上，擠太白于九地之下。若當時有以荆公之語告少陵者，少陵烏得不怒而叱之、鄙而笑之也哉？使少陵有知，當不平於九泉之下。瑗爲此辨，非獨爲太白，蓋爲少陵也。

李監宅二首

尚覺王孫貴，豪家意頗濃。起言李之豪貴，中兩聯皆豪貴之事。屏開金孔雀，褥隱繡芙蓉。此言豪貴之見於器用者。且食雙魚美，誰看異味重。此言豪貴之見於飲食者。門闌多喜氣，女壻近乘龍。詳結時必有納壻之事，故第三句暗用射雀中目事，然亦必是豪貴之家，方得此乘龍之壻。

華館春風起，高城煙霧開。起言宅之所在，時景亦在其中。雜花分户映，嬌燕入檐迴。此聯貼『華館』。曰『分』，見房櫳之盛。曰『入』，見室家之深。一見能傾座，虛懷只愛才。鹽車雖絆驥，名是漢庭來。結承「才」字言。驥絆鹽車，事出戰國策。「漢庭」，是用天馬事。○前四句稱李之豪貴，後四句述己之才名，觀公自負如此。及前「且食雙魚美，誰看異味重」之句，有孟子「我得志弗爲也」之氣象。

與任城許主簿遊南池

秋水通溝洫，城隅集小船。下句因上句。晚涼看洗馬，森木亂鳴蟬。「晚涼」「森木」，欠對。或曰：「涼」，借「粱」音，與「木」對。菱熟經時雨，蒲荒八月天。晨朝降白露，遥憶舊青氈。起言泛舟南池之樂。中兩聯「洗馬」「菱」「蒲」，詠池中事物；「森木」「鳴蟬」，詠池上景物。結蓋觸景悲秋而思故鄉也。

過宋員外之問舊莊 公自註：員外季弟執金吾見知於代，故有下句。

宋公舊池館，零落首陽阿。見宋莊所在，下皆申言「零落」之意。山曲曰「阿」，故下言枉道而入。枉道祇從入，吟詩許更過。下一「從」字，見莊無主，從人入也可，不入也可。必迂路而訪者，故舊之情也。「吟詩」，謂己過宋莊而題詩。「許更過」，設言再過而宋必不拒己。「枉道」「吟詩」，字要輕看；「祇從入」「許更過」，字要活看。上言今日之過訪，下言他日之再來，二句甚淺近明白。舊註紛紛，殊爲牽强可厭。【汪仲弘本：下一「從」字，見莊無主，從人入也，主亡而館在。必迂路而訪者，故舊之情也。「吟詩」，謂己過宋莊而題詩。「許更過」，設言再過而宋必不拒己。「枉道」「吟詩」，字要輕看。「祇從入」「許更過」，字要活看。上言今日之過訪，下言他日之再來，二句甚淺近明白。舊註紛紛，殊爲牽强可厭。】淹留問耆老，寂寞向山河。更識將軍樹，悲風日暮多。「將軍樹」，指執金吾。

下句承『樹』字。古詩：『蕭蕭白楊樹，日暮多悲風。』○首聯言舊莊所在，頷聯言過舊莊，頸聯言不忍去舊莊，尾聯見哀生弔死之意。

夜宴左氏莊

風林纖月落，衣露净琴張。暗水流花徑，春星帶草堂。月落，故水暗。『帶』字，見星低。○月落露下，水暗星低，固是敘時景，亦言夜宴之久，不待下『燒燭短』『引杯長』，而後可見。檢書燒燭短，看劍引杯長。此見夜宴從容盡興。句法下因上。詩罷聞吴詠，『詩罷』，謂詩成，即指此篇。唐人宴集，每於席上賦詩。『聞吴詠』，蓋座中有吴人，或有善吴歌者。○鼓琴看劍，檢書賦詩，此見夜宴之樂事。扁舟意不忘。公嘗遊吴越，故有此結。『聞吴詠』而思昔遊，是擺開説。

重題鄭氏東亭

華亭入翠微，見亭幽深，據山之勝。秋日亂晴暉。時日之美。崩石欹山樹，清漣曳水衣。『水衣』，萍苔之類。二句登亭所見。紫鱗衝岸躍，貼『水』。蒼隼護巢歸。貼『樹』。向晚尋征路，殘雲傍馬飛。晚歸之景。

暫如臨邑至䃭山湖亭奉懷李員外率爾成興

野亭逼湖水，見亭近湖，湖上有亭。歇馬高林間。言駐馬登亭。鼉吼風吹浪，魚跳日映山。鼉吼則風生浪起，句法下因上。日映山而返照於湖，故魚樂而躍，句法上因下。二句言湖中所有、亭上所見。暫遊阻詞伯，卻望懷青關。『詞伯』，指李。李在青關，故曰『卻望』，言奉懷不得與李同遊之意。藹藹生雲霧，唯應促駕還。『促駕』，應『歇馬』，言日將暮而欲歸也。與前結同，前先言歸而後言景，此先言景而後言歸。

故武衛將軍挽詞三首

嚴警當寒夜，前軍落大星。見死之地與時。壯夫思敢決，哀詔惜精靈。言其勇志，有美有恨。王者今無戰，書生已勒銘。時方太平，故曰『無戰』。『書生』，用班超事。封侯意疏闊，編簡爲誰青？結緊承上聯。言因遭盛世，不得如古人立功封侯，勒鍾鼎，垂竹帛，以顯其勇志也。

舞劍過人絶，鳴弓射獸能。稱其藝玅。銛鋒行愜順，貼『舞劍』。猛噬失蹻騰。貼『鳴弓』。赤羽千夫膳，舊註：『赤羽』，爲炙鴻鴈。『千夫膳』，言所膳者千兵，見其愛士。瑗按：亦費解。『赤羽』，似謂箭耳。『膳』字，疑誤。黄河十月冰。見其勤王敢戰，無所畏難。横行沙漠外，神速至今稱。總結上文。○此篇全是頌美之辭，而哀挽之意，觀末句『至今稱』三字自見。

哀挽青門去，言柩所經，又見卒於長安。新阡絳水遥。言葬之處，又見故鄉所在。路人紛雨泣，天意颯風飄。言哀惜者衆，感動者深也。『雨泣』『風飄』，假對。部曲精仍鋭，匈奴氣不驕。部曲如此，將軍可知。

無由覩雄略，大樹日蕭蕭。結比前過宋莊用事稱題。劉云：頓放得是。○前四句挽其死，後四句頌其功，而惜其人品之不多見也。瑗按：本謂泣如雨，倒『雨』字在上，與『風飄』作對。本謂仍精鋭，析『精』字在上，與『氣不驕』作對。語意穩順，不見牽强支離之病。

杜位宅守歲

守歲阿咸家，『咸』一作『戎』，非是。東坡詩曰：『頭上銀幡笑阿咸。』又曰：『欲唤阿咸來守歲，林鴉櫪馬鬭諠譁。』正用此詩。詳此詩結聯，其所引阮咸，不過取其爲人之曠達，以稱杜位，别無他旨。若王戎乃儉嗇算計之徒，非所當引。或者謂：杜位乃公之從弟，不應用王戎父子事，殊不知阮咸亦叔姪事也。覽者無泥。椒盤已頌花。晉劉臻妻元日獻椒花頌。此借言設宴。盍簪喧櫪馬，列炬散林鴉。上見朋友宴集之衆，下見主人張筵之盛，承設宴言。四十明朝事，飛騰暮景斜。因守歲而嘆老嗟卑，與題適稱。上二字就對。誰能更拘束，爛醉是生涯。緊承上聯。『爛醉』，應設宴。劉云：接得慨慷。趙云：後四句感慨，可想公之爲人。瑗謂，亦是怨調。

送韋書記赴安西

夫子欻音忽。通貴，雲泥相望懸。言己與韋通塞之異，下皆申言此意。白頭無藉在，『藉在』，猶言聊賴。以爲通藉殊舛，言己之塞。朱紱有哀憐。言韋之通。二句串講，言己無聊賴，惟有韋哀憐己也。書記赴三捷，言韋。公車留二年。言己。欲浮江海去，此别意茫然。結有惘然自失、黯然銷魂之意，通篇之旨見於言外。

陪鄭廣文遊何將軍山林十首

不識南塘路，山林所經。今知第五橋。山林所在。二句參錯成文，本謂昔日不識南塘路、第五橋，而今始知之也，見初過何氏，今卻翻作兩句。玉林補遺謂：以兩句道一事，格也。曾茶山「再從江北路，重到竹西亭」，句法仿此。名園依綠水，野竹上青霄。山林之勝。谷口舊相得，濠梁同見招。漢鄭子真隱居谷口，莊子與惠子同游濠梁之上。二句見陪鄭廣文遊。趙云：此言何於鄭有舊好，而己乃鄭之友，是以同見招於何。平生爲幽興，未惜馬蹄遥。結總上文。趙云：己之來遊，以素有山林幽意耳，非輕赴武人未交者之招。瑗謂，亦不必如此看，大抵首聯紀地，頷聯紀景，頸聯紀同遊之人，尾聯紀來遊之興耳。

百頃風潭上，千章夏木清。「千章」字，見史記貨殖傳。此十字句，本謂百頃風潭之上，而有千章夏木之清耳。紀地紀物，有景有時，眼界可想。卑枝低結子，接葉暗巢鶯。貼「夏木」。趙云：「低」「暗」二字是眼。不知「卑」「接」二字亦是眼，「低」「暗」二字正從「卑」「接」二字生來。下因上法。鮮鯽銀絲鱠，香芹碧澗羹。貼「風潭」。「銀絲鱠」，可。「碧澗羹」，不可。翻疑柂樓底，晚飯越中行。結總上文。「晚飯」字，從五、六生來。「柂樓」「越中」，從前四句生來。「越」，水國也。今在百頃潭上，因羹鱠而思越，猶前聞吴詠而思吴也。趙云：以「翻疑」二字斡開，含不盡意，乃倒挑法也。〇此篇言泛舟之樂。

萬里戎王子，何年別月氏。『氏』，音支。上二字見花流入中國之遠且久，下三字見花之名與所産之地。異花開絶域，承上聯，見本爲外國之物。滋蔓匝青池。承上句，見今爲何園所有。趙云：謂之異者，以此花本絶域所生，而中國今有之。其説得矣。又曰：久而滋蔓，士大夫家之園池，則人不復以爲異矣。『滋蔓』句，不必如此看。漢使徒空到，神農竟不知。言張騫出使，雖到西域得石榴，神農聖人雖著本草，皆不知有此花，見其異也。上句既曰『徒』，又曰『空』，雖無大害，亦不甚佳。露翻兼雨打，開坼漸離披〔二〕。言此異花真堪賞翫，惜其將殘，而不得遇其盛時也。因其異而惜之之詞，又可見開謝之候。○何氏園林花木多矣，獨賦此者，以其花非中國所有，故特紀之，別無他意。趙以爲爲安禄山而發，太迂遠矣。

旁舍連高竹，疏籬帶晚花。言旁舍之景物。碾渦深没馬，藤蔓曲藏蛇。『碾渦』，碾磑間水渦漩也。『没馬』『藏蛇』，形容其深曲耳，見旁舍極其幽僻。詞賦工無益，『盡捻書藉賣』者爲此，亦是怨調。山林迹未賒。『來問爾東家』者爲此。盡捻書藉賣，『捻』『拈』同，欲賣書以爲買舍之資，固見其興高，亦見其貧甚。來問爾東家。『東家』，應『旁舍』。○此篇言卜鄰之意。劉云：子美因羨何林之趣，至欲賣書結茅，甚形容其志願也。其説是矣。若果爾，則亦燒琴煮鶴之流，不亦俗乎？後曰『何日霑微禄，歸山買薄田』，此則實心也。

剩水滄江破，殘山碣石開。謂鑿池蓄水，乃滄江之剩水耳；累石爲山，乃碣石之殘山耳。『剩』『殘』，猶餘也。本言園中山水之小，而借滄江、碣石以形容之，翻爲壯麗。緑垂風折笋，紅綻雨肥梅。上二聯皆倒文法，如讀作

『殘山開碣石，剩水破滄江』亦可，讀作『筍折風垂緑，梅肥雨綻紅』『梅肥紅綻雨，筍折緑垂風』亦可。**銀甲彈箏用，金魚换酒來。**以所披之銀甲賞妓，所佩之金魚换酒，如賀知章之解金龜，阮遥集之解金貂，皆見興豪耳，不必皆貧也。舊註皆以好客而貧解之，非是。**興移無灑掃，隨意坐莓苔。**見賓主相忘之樂。○此詩舊只以結爲足五、六之意，不知其結一篇之意也。『無灑掃』『坐莓苔』，正應前『山』『水』字。首言山水之勝，次言菜果之美，次言彈箏换酒，蓋謂摘梅烹筍，酌酒聽箏，而隨意興之所至，周旋於山水之間也，其樂可知矣。前三聯雖若散漫，而卒以結聯總括之，少陵往往有此格，讀者不可不知。趙云：此與第一篇結句含不盡意。○碧溪云：世俗喜綺麗，知文者輕之；後生好風花，老大則厭之。然文章論當理與不當理耳。苟當於理，則綺麗風花，同入於妙；苟不當理，則一切皆爲長語。上自齊、梁諸公，下至劉夢得、温飛卿輩，往往綺麗風花，累其正氣，其過在於理不勝而詞有餘也。老杜『緑垂風折筍，紅綻雨肥梅』『岸花飛送客，檣燕語留人』，亦極綺麗。其模寫景物，意自親切，所以絶妙古今。

風磴吹陰雪，雲門吼瀑泉。言地高寒。『吹陰雪』，貼『風』字。『吼瀑泉』，無關『雲』字。**酒醒思臥簟，衣冷欲裝綿。**上句起下句，言酒方醒，正思臥簟取凉，及入風磴雲門之間，反覺衣冷，而欲裝綿。遊當夏月而言，此見其地高寒之甚。**野老來看客，河魚不取錢。**所以爲『淳朴』。**只疑淳朴處，自有一山川。**『山川』，貼前四句，結總上文，不獨承五、六。趙云：此與第二篇結句不厭相類。

棘樹寒雲色，茵蔯春藕香。『寒雲』，比棘樹之色。『春藕』，比茵蔯之香。『茵蔯』，藥名，見本草，能療大熱、黄疸等症，氣極氛香，可作菜，生食之亦宜人。**脆添生菜美，**貼『茵蔯』，謂生菜得茵蔯之脆，愈添其美。**陰益食簟**

涼。貼『棘樹』，句法與後『陰過酒樽涼』同。趙謂：食簞鋪於棘樹之下，陰益其涼。『簞』，小筐，盛飯食者。方曰笥，圓曰簞。野鶴清晨出，山精白日藏。好鳥出，妖怪藏，見風日之美。『山精』，魍魎之類。或曰此聯兼比興。石林蟠水府，百里獨蒼蒼。結言遠景。『水府』，指百頃風潭。

憶過楊柳渚，走馬定昆池。追往日遨遊之地。醉把青荷葉，酒杯也，今世有燒瓷爲荷葉杯，其來遠矣。或謂即摘荷葉爲杯，或謂即『醉把茱萸』之意，俱非是。狂遺白接䍦。巾也。二句言往日遨遊之興，與後『醉客拈鸚鵡，佳人指鳳凰』句法相類，言其物而不言其名也。刺船思郢客，解水乞吳兒。『刺』，音捩。『解』，音獬。『乞』，音氣。言欲得吳、楚之善操舟與泳水者，資之遠適江湖也，爲尾句張本。坐對吳山晚，江湖興頗隨。此篇因何林之樂而感往日之遨遊，以起今日江湖之興耳。

牀上書連屋，積書之多。階前樹拂雲。書屋之景。將軍不好武，稚子總能文。既不好武，好文可知。稚子能文，將軍可知。積書聽詩，則不好武可知。此與六貼第一句。醒酒微風入，聽詩靜夜分。『微風』『夜分』，是相連字。『入』『靜』二字是眼。倒裝作對，亦自妥帖。使人讀之，初不覺牽强，非老手不能。瑗按：公納涼結句『片雲頭上黑，應是雨催詩』，與此上句可作詩料。催詩雨、醒酒風，自是的對。絺衣挂蘿薜，涼月白紛紛。結與五貼第二句。『白紛紛』，謂月色與苧色相映也。趙云：『微風』『涼月』，不作對偶。轉換開闔，意態無窮，此所謂大家數也。劉云：此章言外亦具世變。蓋開元承平時，雖武人家亦牀書連屋，稚子能文，又能招致佳客，盡飲酒談詩之適也。

○與後首皆言夜宴。

幽意忽不愜，歸期無柰何。『幽意』，蓋因何林之感。所以『忽不愜』者，由未有歸期也。出門流水住，劉云：水本無住，但出何林，便覺境別，最是玅意。回首白雲多。此聯言何林之勝，爲結聯張本。或曰：因遊何林而起故鄉之思，故曰『回首』，亦通。自笑燈前舞，誰憐醉後歌。首聯之意，於是乎極。曰『自笑』，曰『誰憐』，其心事又非他人所能知者。衹應與朋好，風雨亦來過。朋友泛言，不獨指鄭。言風雨，則晴霽可知，則平生幽興之極、何氏山林之勝、好客不倦之情，俱可見矣。○此篇言因何林而思歸，歸既不遂，故只應與朋友來遊，以遣悶也。○趙云：凡一題而賦數詩者，須首尾布置，有起有結。每章各有主意，無繁復不倫之失，乃是家數。觀此及重遊諸篇可見。瑗嘗考其旨趣，一章言陪鄭初遊何林，二章言泛舟潭上，三章獨詠異花，四章言卜鄰之興，五章言疏散之懷，六章言山川之勝，七章言晝宴，八章言往事，九章、十章言夜宴。而何之文雅、己之淹泊，亦於是乎寓之，此其大略也。其餘委曲，已見各章之下，讀者當自得之。

重過何氏五首

問訊東橋竹，將軍有報書。『東橋』，即第五橋。趙云：見不輕往，非是。曰『問訊』，見昔日曾過何園，今通問以敘舊好也。下句見何好客不厭。倒衣還命駕，高枕乃吾廬。『倒衣』，見速往。『還』字，見重過。既得報書而即往，既至則高臥如吾廬，可見意象真率，賓主相忘。花妥鶯捎蝶，溪喧獺趁魚。此聯即景。上因乎下。上句動中求静，下句静中求動。重來休沐地，直説重過。真作野人居。『野人』，公自謂，應吾廬。

山雨樽仍在，沙沉榻未移。『仍在』『未移』，見重過，亦見何之好客，不以時久而變。犬迎曾宿客，鴉護落巢兒。上明言重過，下偶賦所見，與前『蒼隼護巢歸』同意。趙云：前三句以『樽』『榻』『犬』三物，見再遊意。第四句乃即所見以紀時，而鴉護兒，因犬迎客也。三、四乃晚唐所尚。雲薄翠微寺，天清皇子陂。假『皇』對『翠』。此聯拓開説『寺』『陂』，山林近地之勝境。向來幽興極，步屧過東籬。思向日之遊，應前三句。總結重來意。

落日平臺上，春風啜茗時。時、景俱見，風味悠然。趙云：按，兩遊皆當夏月，『春』必『薫』字之誤。瑗按：前乃夏遊，後乃春遊，趙説非。石欄斜點筆，桐葉坐題詩。謂倚欄點筆，題詩桐葉之上。趙云：寓趣蕭散。翡翠鳴衣桁，蜻蜓立釣絲。劉云：閒趣畫景，兩極自然。趙云：寓景精麗。自今幽興熟，來往亦無期。登臺啜茗，倚欄題詩，而觀蟲鳥之樂，幽興可知。趙云：曰『熟』，則見重遊。前六句皆今日幽興，故末直以二字總之。○瑗按：前結追述既往，此結豫言將來。

頗怪朝參懶，應躭野趣長。趙云：二句總喝起，中聯分應之。瑗按：此格少陵甚多，但二句亦相叫唤，非截然平講，後不盡出，讀者詳之。雨抛金鎖甲，苔臥緑沈槍。貼『朝參懶』。夢弼曰：槍言緑沈，謂以緑色之物，沈洙其柄，近是。陸放翁以爲筆，非也。手自移蒲柳，家纔足稻粱。貼『野趣長』。看君用幽意，白日到羲皇。『幽意』，緊承上聯。下句又極言幽意之玅耳。趙云：美其有古意，異於時流。○瑗按：前篇言己之幽興，此篇言何之幽意。

到此應常宿，相留可判年。『可判年』，猶言可卒歲也，暗貼下『好林泉』。『判』與『拚』通。師曰：『判年』，謂半年。趙謂：雖拚一年亦可。俱非。起見己之重過，何之好客。蹉跎暮容色，悵望好林泉。林泉之好，人所同愛，而當蹉跎遲暮之際，宜尤所鍾情，語意悽惋。何日霑微禄，歸山買薄田。承上言，欲效何氏之所爲。苟得遂此願，則不必悵望他人之所有矣。斯遊恐不遂，把酒意茫然。緊承上聯，言己此來遊長安，恐不遂功名之心，而得霑微禄，歸買薄田，故把酒而意茫然。趙謂：旅次京華，不無得禄求田之望，但恐一遂所願，則斯遊不可復繼，故把酒而意茫然，失其旨矣。○第四首獨稱何，餘四首皆有重過之意。

送張參軍赴蜀州因呈楊侍御

好去張公子，不言所去之處，下聯自見。通家别恨添。恨别者，常情。曰『添』，見世契也。『别恨添』，貼『好去』；『通家』，貼『張公子』。兩行秦樹直，萬點蜀山尖。上見道路所經，下見幕府所在。劉云：隨意點染，愁絶如畫。御史新驄馬，漢桓典爲御史，常乘驄馬，此以稱楊。參軍舊紫髯。晉郗超爲桓温參軍，超有髯，號『髯參軍』，此以稱張。二句平看，下方見楊與己善、託張於楊之意。皇華吾善處，於汝定無嫌。皇華，詩篇名，亦指楊也。『吾』，公自謂。『汝』，謂張也。○前四句送張，後四句呈楊意也。

寄高書記

歎息高生老，歎其老。新詩日又多。稱其才，可見老而好學不倦。趙云：史言高適五十始學爲詩，遂有詩名。公詩即史也。美名人不及，才名之高。佳句法如何。詩法之玅。二句貼『新詩』。觀此可見詩必有法，非可謾作。少陵之才，獨步當時。少陵詩法，該括前代，而猶借問於高，此所以集大成也。故曰『晚節漸於詩律細』，其玅非獨悟之於己者深，蓋亦得之於人者多也。今之學者，未能押韻，便自足自傲，以爲人莫及己，何哉？主將收才子，『才子』承上。崆峒足凱歌。『才子』『凱歌』，借對，與後『驥子』『鶯歌』同。哥舒翰表高爲掌書記，公嘗有詩送之曰『崆峒小麥熟，且願休王師』。今又願其足凱歌，意各有所屬。聞君已朱紱，且得慰蹉跎。結喜其宦達，以此才名之美、奏凱之功，固其宜也。然在老年，尤可喜耳。『蹉跎』，貼『老』字。

白水明府舅宅喜雨得過字 白水縣，屬左馮翊，同州。

吾舅政如此，古人誰復過。起得質朴。碧山晴又濕，白水雨偏多。『白水』，縣名，與『碧山』借對。正晴又濕，所以見此邑雨偏多，以其精禱故也。精禱既不昧，歡娛將謂何？意承上聯。湯年頗旱甚，今日醉弦歌。史言：『湯有七年之旱。』『弦歌』，貼『歡娛』。結承上聯。○五言求雨之誠，三、四言雨之多，六、八言喜雨之至，見吾舅之政如此也。七借湯以形容其政之感天動人，所謂『古人誰復過』也。

陪諸貴公子丈八溝攜伎納涼晚際遇雨

落日放船好，輕風生浪遲。竹深留客處，荷凈納涼時。狀所遊處花木之景。四句言出遊時風日之美。四句下因上法。公子調冰水，佳人雪拭也。藕絲。見同遊者敬愛乎己。片雲頭上黑，應是雨催詩。此結言將雨，後詩言既雨。趙云：擺脱新異，古無人道，雨至詩成，遂爲嘉話。王從周將雨詩云：『雲學催詩黑，風仍作誦清。』世稱爲警句，蓋取諸此。○此詩應題。首聯謂泛舟丈八溝，頷聯謂納涼，頸聯謂陪諸貴公子攜伎，尾聯謂晚際遇雨。後篇格調同，但此詩言出遊之樂，後詩言敗興而歸，意相反。

雨來霑席上，風急打船頭。言風雨之惡，與前風日之美異。越女紅裙濕，燕姬翠黛愁。貼雨霑席，與前第三聯異。趙云：與貴公子遊，舟中兼南、北伎。北伎不慣乘船，且值風雨，故愁。瑗按：越女、燕姬，不必如此看。纜侵堤柳繫，幔卷浪花浮。貼風打船，與前第二聯異。歸路翻蕭颯，陂塘五月秋。『五月』，紀時。以風雨罷遊，而歸路蕭颯如秋，與初納涼時異矣。【汪仲弘本：『五月』，紀時。結總上文。趙云：結意超脱，以風雨罷游，而歸路蕭颯如秋，與初納涼時異矣。】

送裴虯作尉永嘉

孤嶼亭何處？天涯水氣中。二句自相問荅，荒涼可見。故人官就此，絶境與誰同？此又與上聯相叫喚，繾綣可知。隱吏逢梅福，遊山憶謝公。漢梅福爲南昌尉，後隱去。晋謝靈運爲永嘉守，好遊山水。以二古人比裴之宦卑而興高。扁舟吾已就，把釣待秋風。言己欲待秋而訪裴。

贈陳補闕 諫官

世儒多汩没，夫子獨聲名。見陳自奮，異於世儒。獻納開東觀，君王問長卿。見不汩没，而獨聲名。皂鵰寒始音試。急，天馬老能行。見諫諍不憚，而才力不衰。自到青冥裏，休看白髮生。見職高近君，而不必愁老。上貼三、四，下貼五、六。○言世儒汩没者多矣，陳獨能以聲名而致顯達如此，不當更以老爲念也。所謂『功名到手敢嫌遲』之意是已。

崔附馬山亭宴集〔三〕

蕭史幽棲地，林間踏鳳毛。秦穆公以女弄玉妻蕭史，後吹簫引鳳而去，借以比崔。下句承上句。洑流何處入，亂石閉門高。上句因下句。貼『幽棲地』。客醉揮金碗，『揮金碗』，謂行酒也。非揮斥之揮，可見興豪。上因乎下。詩成得繡袍。自負楚楚，非誇非傲，風致悠然，不必事實。下因乎上。清秋多宴會，終日困香醪。下句因上句，時在其中，應第五句。○前四句言崔附馬山亭，後四句言宴集。

九日楊奉先會白水崔明府

奉先縣屬京兆府。崔白水，公之舅也。前有喜雨詩。

今日潘懷縣，同時陸浚儀。以潘岳、陸雲爲縣令事比楊、崔。坐開桑落酒，來把菊花枝。見九日宴會。天宇清霜凈，公堂宿霧披。見九日之景、宴會之處。晚酣留客舞，鳬舃共差池。『客』，公自謂。『鳬舃』，用王喬事，寓失所之嘆。結總上文。

陪李金吾花下飲

勝地初相引，見李邀己。徐行得自娱。見己陪李。見輕吹鳥毳，音脆，細毛也。隨意數花鬚。細草稱偏坐，香醪懶再沽。中兩聯見飲於花下，情景俱備。王荆公『細數落花因坐久，緩尋芳草得歸遲』，意出四、五。醉歸應犯夜，可怕李金吾。『金吾』，巡警之官，故因及之。

與鄠縣源少府宴渼陂得寒字

鄠縣，屬京兆，陂在其境。

應爲西陂好，言地之勝。金錢罄一餐。言宴之盛。下句因上句。飯抄雲子白，瓜嚼水精寒。漢武内傳：太上之藥，有風實、雲子。『雲子』，比飯色白。『水精』，比瓜味寒，貼『一餐』。無計迴船下，空愁避酒難。見主人留勸之盛情。主人情爛熳，緊承上聯。持荅翠琅玕。比己作詩，以荅主人盛情，是推開説。

九日曲江

綴席茱萸好，浮舟菡萏衰。即二物之盛衰，見九日之景。上二字見開筵泛舟於江中。百年秋已半，九日意兼悲。秋已堪悲，又當老年值佳節，故曰『兼悲』。『兼』字有無限之情。江水清源曲，指曲江。荆門此路疑。桓温九日宴龍山，地在荆州。此借以形容曲江之勝。晚年高興盡，摇蕩菊花期。既曰『百年』，又曰『晚年』，亦不佳。少陵四韻詩，多有此弊。意猶第二聯。○聯聯有九日意，雖不着題，亦不離題，初學當以爲法。

官定後戲贈

公自注：時免河西尉爲右衛率府兵曹。瑗按：年譜時年已四十四。公七歲能文，弱冠應試，驅馳長安數載，始得一官，豈天豐其才而嗇其位邪？

不作河西尉，凄涼爲折腰。見辭河西尉之故。老夫怕趨走，率府且逍遥。見喜改率府之故。躭酒須微禄，狂歌託聖朝。二句見家貧欲仕聖朝，不當隱。劉云：諷刺得體。故山歸興盡，回首向風飆。前此因不得進，屢欲歸山，故有此結。

贈高式顔

高適族姪。下三首，挈家避地三川縣作。

昔別是何處？相逢皆老夫。以『昔別』『相逢』對起。故人還寂寞，削迹共艱虞。上獨歎高，下兼歎己。自失論文友，空知賣酒壚。兩聯申言『昔別』之懷。平生飛動意，見爾不能無。此聯申言『相逢』之興。

得舍弟消息二首

近有平陰信，得信之自。遥憐舍弟存。得信之喜，有『吾以汝爲死矣』意。側身千里道，寄食一家村。言己遥望於他鄉之孤村。烽舉新酣戰，啼垂舊血痕。曰『新』，則舊戰可知；曰『舊』，則新痕可知。二句互言，以見離亂之久，兄弟相失之由。不知臨老日，招得幾時魂。謂恐老死離亂，而終不得見太平耳。

汝懦歸無計，吾衰往未期。二句下因上，言兄弟相見之難。浪傳烏鵲喜，應第一句。深負鶺鴒詩。應第二句。生理何顔面，謀身之拙，有自慚意。憂端且歲時。憂時之久，有自寬意。二句見不能收骨肉之故。兩京三十口，雖在命如絲。因得弟信，憂及通家。

月　夜

下六首，又還京作。

今夜鄜州月，紀地。閨中只獨看。紀情。遥憐小兒女，未解憶長安。香霧雲鬟濕，貼『夜』字。清輝玉臂寒。貼『月』字。『雲鬟』『玉臂』，兒女之飾。○中兩聯皆申言第二句。何時倚虚幌，雙照淚痕乾。結聯又預以歸與兒女相見對月之情，而用以自慰也。

對雪

戰哭多新鬼，愁吟獨老翁。下句因上句。亂雲低薄暮，急雪舞回風。瓢棄樽無緑，爐存火似紅。『似紅』，謂無火。下聯承上聯。數州消息斷，愁坐正書空。應起聯。晋殷浩被黜，終日書空，作『咄咄怪事』四字。〇趙云：此章首尾皆説時事，見對雪所感。中二聯乃敘雪景及寂寞之情，自是一體。是時房琯討安禄山，大敗於陳陶，即公詩所謂『四萬義軍同日死』者也。瑗按：既曰『愁吟』，又曰『愁坐』，猶前既曰『百年』，又曰『晚年』，此乃重疊之弊。趙云：琯賢相，且與公善，故既曰『愁吟』，又曰『愁坐』，又以爲怪。非是。

元日寄韋氏妹

近聞韋氏妹，迎在漢鍾離。紀妹所寓。郎伯殊方鎮，謂妹夫韋氏也。京華舊國移。二句見妹往鍾離之由。秦城迴北斗，貼『京華』。郢樹發南枝。貼『鍾離』。『迴北斗』『發南枝』，皆應『元日』。『秦』一作『春』，非。不見朝正使，亦應『元日』。啼痕滿面垂。結言不見韋氏有使來京，而致離别之嘆。

春望

國破山河在，山河獨在，無主可知。城春草木深。草木既深，無民可知。感時花濺淚，所見。恨别鳥驚心。所聞。二句貼『春』字。〇上四句皆下因乎上，上二字、下三字句法。『曉鶯工迸淚，秋月解傷神』，意與此類。

烽火連三月，應『感時』。家書抵萬金。應『恨別』。此聯下句因上句，貼『國破』。太白有『相思千萬里，一書直百金』之句，而不爲世所誦者，蓋少陵是律詩，音韻鏗鏘，且兼時事，有感慨之意故也。白頭搔更短，渾欲不勝簪。下句承『更短』，髮白而短，固言其老，亦見感時恨別之所致。○司馬温公曰：『牂羊墳首，三星在罶。』言不可久也。古人爲詩，貴於意在言外，使人思而得之，故言之者無罪，聞之者足以戒也。近世唯杜子美最得詩人之體，如云『山河在』，明無餘物矣；『草木深』，明無人矣。花、鳥，平時可娛之物，見之而泣，聞之而悲，則時可知矣。他皆類此，不可遍舉。

憶幼子 公之幼子宗武，小名驥子。

驥子春猶隔，起便見『憶』。鶯歌暖正繁。承上『春』字，『驥子』『鶯歌』，借對。別離驚節換，應『春猶隔』。聰慧與誰論。應『驥子』。澗水空山道，柴門老樹村。言己流寓荒涼，爲下張本。憶渠愁正睡，炙背俯晴軒。『渠』字，應起句。結句承『睡』字。『憶』字喚起一篇之意。

一百五日夜對月

無家對寒食，有淚如金波。『有淚』，貼『無家』。『金波』，貼『對月』。斫卻月中桂，清光應更多。此聯不對。仳離放紅蕊，『仳離』，猶披離，紛亂貌。『紅蕊』，貼『桂』字。清光不多者此，少陵欲斫去者此。想像頻青娥。『青娥』，謂姮娥，亦月中之事。牛女漫愁思，秋期猶渡河。結乃因青娥而及牛女，因春夜而及秋夕，無與於本題。○筆談曰：其法，頷聯雖不拘對偶，疑非聲律，然破題已的對矣，謂之偷春格，言如梅花偷春色而先開，少陵此詩是也。瑗按：太白送王孝廉覲省詩，亦是此格。今附於左。○『彭蠡將天合，姑蘇在日邊。寧親候海色，欲動孝廉船。窈窕晴江轉，參差遠岫連。相思無晝夜，東泣似長川。』○玉露曰：太白云：『剗卻君山好，平鋪湘水流。』子美云：『斫卻月中桂，清光應更多。』二公所以爲詩人冠冕者，胸襟闊大故也。此皆自然流出，不假安排。瑗按：白樂天云：『遥憐天上桂華孤，爲問姮娥更要無。月中幸有閒田地，何不中央種兩株。』少陵欲天下之被其清光而嫌其多，樂天爲嫦娥之翫賞而惜其少。二公學識，於此可見。

喜達行在所三首

時肅宗即位靈武，移軍鳳翔。公自京西走，謁帝行在，拜左拾遺。下六首在鳳翔作。

西憶岐陽信，『岐陽』『鳳翔』，在賊之西。無人遂卻回。言當時陷賊者，皆不能歸，己不能歸自見。眼穿當落日，應第一句。心死着寒灰。應第二句。霧樹行相引，可見同行無伴，相引惟樹而已。蓮峯望或開。『蓮峯』，謂西岳蓮花峯。二句在途之事。所親驚老瘦，辛苦賊中來。上句因下句。○前四句，昔日未歸之情。後四句，今日得歸之情。

愁思胡笳夕，言陷賊中之苦。淒涼漢苑春。言望長安之悲。生還今日事，間道暫時人。見脱身歸順之難。趙云：先言生還，亦倒裝法。司隸章初覩，南陽氣已新。以光武中興，比肅宗即位，所喜在此。喜心翻倒極，嗚咽淚沾巾。喜極而泣者，回思陷賊之久，脱身之難也。

死去憑誰報，歸來始自憐。下皆承『歸來』言。猶瞻太白雪，喜遇武功天。本是一意，分作兩句。以『猶』『喜』二字爲開闔，以重覩二山見其喜。影静千官裏，心蘇七校前。曰『影静』，則向日之形勢可知。曰『心蘇』，則向日之膽破可知。以重事本朝見其喜。今朝漢社稷，新數中興年。可喜者此，得歸者此。趙云：題言喜達行在所，而詩多追説脱身歸順、間關跋涉之情狀，所謂痛定思痛，愈於在痛時也。瑗按：三篇皆意苦而語工，讀之令人淒然悲，豁然喜，恍然而自失。

哭長孫侍御

前有送赴武威判官古詩一首，此猶以舊官稱之，豈得武威之命未到而卒邪？

道爲詩書重，學行之尊。名因賦頌雄。才華之盛。禮闈曾擢桂，科第之高。憲府舊乘驄。官職之要。流水生涯盡，浮雲世事空。以『水』『雲』比其死。唯餘舊臺柏，蕭瑟九原中。『柏』與『驄』，見其爲侍御。前四句頌其生，後四句哀其死。

奉贈嚴閣老

兩省相呼爲閣老。時公爲拾遺，嚴爲給事，正聯省也。

扈聖登黄閣，明公獨玅年。稱其位尊年少。蛟龍得雲雨，鵰鶚在秋天。喻其乘時顯用。客禮容疏放，官曹可接聯。見情之厚。新詩句句好，應任老夫傳。見才之高。

留別賈嚴二閣老兩院補闕得聞字 時往三川省家。

田園須暫往，欲別之事。戎馬惜離羣。惜別之情。去遠留詩別，留別之意。愁多任酒醺。餞別之懷。一秋嘗苦雨，今日始無雲。紀天時之可往，預爲途中自慰之意，應第一句。山路晴吹角，那堪處處聞。紀時事之難往，預爲途中自悲之意，應第二句「晴」字，承上聯。

晚行口號 此自鳳翔往三川省家途中之作。前述懷古詩曰「寄書問三川，不知家在否」，可見家在三川。

三川不可到，謂不易到，以下句故。歸路晚山稠。落鴈浮寒渚，饑烏集戍樓。歸路所見之景。市朝今日異，喪亂幾時休。歸路所感之懷。遠愧梁江總，還家尚黑頭。言古人歸休之早，而己當老年，猶縻戀於朝，以取飄泊之苦，所以爲愧也。句法與「遠慚勾漏令，不得問丹砂」同。劉、趙二説雖好，恐非少陵本意。

獨酌成詩 此亦歸三川途中之作。趙以第三句改「從」作「曾」，謂言往事，非是。

燈花何太喜，以燈花起興，見得歸之喜，又見夜酌。酒綠正相親。只與酒親，可見獨酌。醉裏從爲客，承上句，應「獨酌」，自慰之詞。詩成覺有神。應「成詩」，自負之辭。兵戈猶在眼，世亂之久，於「猶」字見之。儒術豈謀身。理生之拙，於「儒」字見之。苦被微官縛，承「儒術」來。低頭愧野人。前結以古人歸老之早爲愧，此結以野人無所拘束爲愧。

月 下三首到三川所作。

天上秋期近，人間月影清。下句因上句。入河蟾不没，搗藥兔長生。二句以月中故實言。庾信月詩云：『渡河光不濕。』少陵上句本此。只益丹心苦，能添白髮明。此對月撫己之情。干戈知滿地，休照國西營。時禄山之亂，官軍營於長安城西。言『休照』，爲征夫見月而感也。此對月憂國之情，然『丹心苦』『白髮明』者爲此。瑗按：此乃歸三川到家所作。公在國則憂家，在家則憂國，可謂恩義兼盡者矣。

收京三首

仙仗離丹極，言玄宗出走。妖星帶玉除。言禄山陷京，上句因下句。須爲下殿走，應第一句。不可好樓居。漢書：『仙人好樓居。』舊註謂玄宗好神仙，故有此句。此聯一作『得非羣盜起，難作九重居』。暫屈汾陽駕，莊子：堯往汾水之陽，見姑射之仙。借比玄宗幸蜀。三、四、五皆貼首句。此上歸咎於君，下三句歸功於臣。聊飛燕將書。借魯仲連比當時之將，駕不久屈者賴此。依然七廟略，兵謀謂之『廟略』，蓋謀於七廟之中也。更與萬方初。舊註：『更』，平聲，謂與民更始之義。瑗按：如此用字亦費力，讀作去聲亦通，更始之義，自在其中。結聯承第六句來，言收京也。欲言諸將收京之功，先言玄宗失京之由，亦是。

生意甘衰白，天涯正寂寥。忽聞哀痛詔，又下聖明朝。衰白之際，寂寥之中，忽聞此事，其喜可知。趙云：『甘』字、『正』字、『忽』字、『又』字，呼喚起伏，有出自望外意。羽翼懷商老，以四皓輔漢惠帝事，比裴、杜等輔相肅宗。文思憶帝堯。以堯禪舜事，比玄宗禪位於肅宗。○『羽翼』『文思』，經史全語。叨逢罪己日，霑灑望青霄。『罪己』，貼第二聯。中四句形容中興氣象，首尾敘己之情，而致收録之望。

汗馬收宮闕，春城鏟賊壕。言諸將收復之功。賞應歌杕杜，歸及薦櫻桃。言人君歸賞之事。杕杜，勞還役詩也。月令：仲夏，天子薦櫻桃於寢廟。『杕杜』『櫻桃』，借對。劉云：不言宗廟，而巔覆之感、收復之幸具見，非强點綴者。蔡寬詩話曰〔四〕：以『櫻桃』對『杕杜』，薦櫻桃事，初若不類。及其云云，則渾然天成，略不見牽强之迹，如此乃爲工耳。雜虜横戈數，言諸夷侵畔之至，見諸將收復之勞，應首聯。功臣甲第高。言功臣甲第之高，見人君賞賚之厚。趙以爲見諸將有拔扈之漸，失其旨矣。萬方頻送喜，無乃聖躬勞。人但知今日太平之樂，而不知昔日人君播遷之苦，非少陵不能及此。○一章歸罪於君而歸功於臣，二章美人君之罪己，三章美功臣之受賞，此章法也。

晚出左掖

宣政殿左右有中書、門下二省。公時爲左拾遺，屬門下，故曰『左掖』。下八首還京作。

晝刻傳呼淺，謂晝漏將盡，言晚也。春旗簇仗齊。謂儀衛之整，言朝也。退朝花底散，言退朝。歸院柳邊迷。言歸省。樓雪融城濕，宮雲去殿低。本謂雪融而城樓濕，雲去而宮殿低，析而倒裝，便見雅健。上三字、下二字句法。○中兩聯所言景物，應『春』字。上三聯，皆眼之在句底者也。避人焚諫草，此直言焚其諫草，避人聞知，不欲邀名耳，正用古人事。劉説非是。見己爲拾遺。騎馬欲鷄棲。詩：『鷄棲於塒，日之夕也。』言騎馬出左掖之時，乃日將夕也。應起句，正以漏之淺、鷄之棲，見其晚也。劉説非是。○起聯言晚朝之事，頷聯言退朝歸省之景，頸聯言歸省所見之景，尾聯言事君晚退之情。

春宿左省『左省』，即左掖。

花隱掖垣暮，『花』見『春』，上因下。啾啾棲鳥過。此下皆承『暮』字而言。星臨萬户動，月傍九霄多。二句奇偉。不寢聽金鑰，因風想玉珂。明朝有封事，數問夜如何。上聯因下聯。趙云：不寢而聽金門之開鑰，因風而想朝馬之鳴珂，以有封事欲奏也。其急於正君、坐以待旦之意可見矣。○瑗按：前四句言宿省之景，乃未寢時所見者也。後四句言宿省之情，乃既寢時所思者也。又按，前篇題晚出左掖詩，惟首尾見『晚』，中皆承『春』字言。此首題春宿左省詩，惟首句見『春』，下皆承『暮』字言，讀者亦不可不知。

送賈閣老出汝州

西掖梧桐樹，『西掖』，右省。空留一院陰。起聯寫院之景，見其去京，情在其中。艱難歸故里，賈乃河南洛陽人。汝州，唐屬河南道，又與河南府爲鄰，故曰『歸故里』。去住損春心。此聯述賈之情，時在其中，見其外補。宫殿青門隔，『青門』，長安門名。言去京，應首聯。雲山紫邏深。『紫邏』，汝縣山名。言外補，應頷聯。人生五馬貴，莫受二毛侵。『五馬』，太守故事。『二毛』，謂老而髮班白也。言雖出守，官亦貴矣，不可憂鬱而使易老也。○前六句皆惜其去京而外補，結又慰之，使自寬也。

送翰林張司馬南海勒碑 公自注：相國製文。

冠冕通南極，『冠冕』，指張司馬。『南極』，指南海。下皆承此句言。文章落上台。謂『相國製文』。『落』，如『扁舟落吾手』之『落』。起言使臣之尊，碑文之玅。詔從三殿去，碑到百蠻開。本謂受詔領碑，去京師而往南海耳，見『通南極』之事。野館濃花發，春帆細雨來。見『通南極』之景，時在其中。不知滄海上，天遣幾時回。見『通南極』之遠，歸期莫定也。

奉陪鄭駙馬韋曲二首

韋曲花無賴，家家惱殺人。本是愛花之意，翻爲愁惱之詞，以形容其愛花之極。緑樽須盡日，不欲遽去。白髮好禁春。不欲即老。二句直言愛花之意。石角鈎衣破，藤枝刺眼新。言境物之幽美〔五〕。何時占叢竹，頭戴小烏巾。言結茅隱居之興，見韋曲之勝槩也。

野寺垂楊裏，春畦亂水間。美花多映竹，好鳥不歸山。皆賦韋曲景物之佳。下聯比興。上句言人之得志，下句言己之失志，觀後四句可見。城郭終何事，風塵豈駐顏。誰能共公子，薄暮欲俱還。言奔走城郭風塵之中，既不能成事，又非所以養老，故願隱居於韋曲之間，而不欲與鄭共回也。承第四句來。

奉答岑參補闕見贈

窕窈清禁闕〔六〕，罷朝歸不同。言同朝不同署。君隨丞相後，我住日華東。參爲補闕，屬中書，居右署。公爲拾遺，屬門下，居左署，此所以「歸不同」也。「住」一作「往」。「日華」，門名。冉冉柳枝碧，娟娟花蕊紅。此聯賦物，以紀時起興耳。趙謂：參贈詩，第五句歎老，第六句喻新進少年驟用者，故此荅詩，亦即景而託興於花柳，容更詳之。故人得佳句，獨贈白頭翁。此謝其贈詩之意。蓋公嘗薦參，獨贈公詩，亦以不得同曹爲恨，是亦彼此相知之深，故皆言其迹異，以見心之同也。參詩云：「聯步趨丹闕，分曹限紫微。曉隨天仗入，暮惹御香歸。白髮悲花落，青雲羡鳥飛。聖朝無闕事，自覺諫書稀。」杜詩與岑詩相表裏，可見古人和意不和韻。

奉贈王中允維

禄山陷長安，維爲所得。禄山合樂大宴，維作詩痛悼，遂服藥僞稱瘖病。賊平，下獄，以詩聞，肅宗憐之，下遷太子中允。

中允聲名久，聲名之早。如今契闊深。離别之久。共傳收庾信，不得比陳琳〔七〕。侯景之亂，信奔江陵，梁元帝除信中丞。琳嘗爲袁紹草檄罵曹操，後袁敗，附曹。此以古人事反覆擬維脱賊歸順，然庾、陳之優劣，亦於是乎見之。一病緣明主，三年獨此心。言維服藥詐病，而忠君之心，久而不變也。窮愁應有作，試誦白頭吟。「窮愁」，謂下遷失位也。「白頭吟」，借言其老耳，無與文君事。其意蓋謂維以才名爲賊所迫，其歸順之正、戀主之忠，固當原情宥罪，宜賞而不宜罰也。今不察其心而下遷，則必有嘆老嗟卑失志之作矣。此意隱然見於言表。

憶弟二首

公自注：時歸南陸渾莊。陸渾，屬洛陽。公，洛陽人也。下四首在莊作。

喪亂聞吾弟，饑寒傍濟州。濟州，屬山東，紀弟之所在。人稀書不到，兵在見何由。二句下因上。至末，俱承「喪亂」言。憶昨狂催走，無時病去憂。言喪亂之來，其催人逃竄，奔走如狂，其病其憂，無時而去。本謂「催狂走」「去病憂」，倒一字在上，使雅健耳。即今千種恨，言恨之多。惟共水東流。言恨之長。

且喜河南定，陸渾莊，屬洛陽，在河南。紀己之所在。不問鄴城圍。時爲安慶緒所據，非不問也，不暇問也。見故鄉太平而已得歸之喜。百戰今誰在？言己得歸之幸。三年望汝歸。言弟得歸之難。故園花自發，春日鳥還飛。以花、鳥敘寂寞之懷。斷絶人煙久，東西消息稀。即「人稀書不到」之意。

得舍弟消息

亂後誰歸得，猶「無人遂卻回」之意。他鄉勝故鄉。謂他鄉久住，故鄉反疏耳。勝，非謂他鄉好於故鄉也。直爲心厄苦，久念與存亡。「心厄苦」，爲念存亡也。汝書猶在壁，汝妾已辭房。以古詩句法插入律詩，非大家數不能。若使太白言之，人又譏其不長於律也。舊犬知愁恨，垂頭傍我牀。「愁恨」，總結上文。舊犬傍牀，偶然實事，不必用陸機黄耳事。〇此併前二詩，流落之歎，離别之悲，存亡之感，無所不備。讀者當得其情，正不必求其工與拙也。

贈畢曜

才大今詩伯，家貧苦宦卑。惜其位不稱才。饑寒奴僕賤，顔狀老翁爲。應第二句。同調嗟誰惜，論文笑自知。應第一句。流傳江鮑體，相顧免無兒。緊承上聯，言其有才有後，足以自慰。

端午日賜衣

宮衣亦有名，見在賜衣之例。端午被恩榮。言已被賜之榮。細葛含風軟，香羅疊雪輕。應『宮衣』。自天題處濕，見衣上有題字。當暑着來清。二句應『被恩榮』，『自天』『當暑』，全語也。意内稱長短，應『宮衣』。終身荷聖情。應『被恩榮』。

酬孟雲卿

樂極傷頭白，更深愛燭紅。其傷其愛，爲白頭故。相逢難衮衮，告别莫匆匆。應第一句。但恐天河落，寧辭酒盞空。應第二句。明朝牽世務，揮淚各西東。總結上文。

至德二載甫自京金光門出間道歸鳳翔乾元初從左拾遺移華州掾與親故別因出此門有悲往事

此道昔歸順，西郊胡正煩。言昔出此門之危。至今猶破膽，應有未招魂。即今以見昔。近侍歸京邑，移官豈至尊。原昔以推今。無才日衰老，駐馬望千門。言今出此門之悲。○趙云：自昔脱賊歸順，至今而膽猶破、魂未招，則當時奔走驚悸可知。前四句乃是悲往時，以『今』『昔』二字開闔見意。後四句自見今日左遷之情。

雨　晴下十一首華州作。

天際秋雲薄，從西萬里風。雲散風生，言將晴也。今朝好晴景，直説『晴』。久雨不妨農。既雨而晴，故『不妨農』。塞柳行疏翠，山梨結小紅。即物以狀晴景。胡笳樓上發，一鴈入高空。結即所聞所見以狀晴景，情在其中。

初　月

光細弦欲上，影斜輪未安。微升古塞外，已隱暮雲端。河漢不改色，關山空自寒。庭前有白露，暗滿菊花團。一言形不能圓滿，二言轉不能當中，三、四言方出而遂落。雖無題，讀之可知其爲初月也。後四句詠月落以後之景。夏鄭公評此詩，以爲意主肅宗。説者從而和之，穿鑿甚矣。劉須溪云：凡詩未嘗無所託，第不如注者之謬。可謂善觀詩者矣。

觀安西兵過赴關中待命二首 時安西節度李嗣業也。

四鎮赴精鋭，摧鋒皆絶倫。起言兵衆之勇。還聞獻士卒，足以静風塵。稱統兵者。老馬夜知道，蒼鷹饑着人。託物比興。臨危經久戰，用意始如神。言必歷練老成之人，用兵方玅。

奇兵不在衆，言用兵之法。萬馬救中原。言安西之盛。談笑無河北，既奇又衆故也。心肝奉至尊。言將之忠。孤雲隨殺氣，言兵威之盛。飛鳥避轅門。言軍令之肅。竟日留歡樂，言待命之久。城池未覺喧。令嚴故也。

寄高詹事 高適時爲太子詹事。

安穩高詹事，言高身安位顯，便有諷意。兵戈久索居。言己離亂之久，無相慰者。時來知宦達，應第一句。歲晚莫情疏。此勉以勿忘舊，正見其忘舊，應第二句，下皆明言此意。天上多鴻鴈，池中足鯉魚。曰『多』，曰『足』，非無寄書之便，情疏故也。按：此詩乃公移華州時所作。華州去長安八十里耳，公寄此詩以譏之，非過也。相看過半百，應『歲晚』。不寄一行書。『魚』『鴈』，喻言也，結明言也。○前四句婉言，後四句直言。蓋譏高居要路而忘貧賤之交也，然非平素相知之深者，亦不及此。

路逢襄陽楊少府入城戲呈楊員外綰

公自注：甫赴華州日，許寄員外茯苓。

寄語楊員外，山寒少茯苓。見非失約。歸來稍暄暖，公有他適，路逢少府，故曰『歸來』。當爲斸青冥。『青冥』，謂雲氣。此聯言當候時而即取也。『暄暖』，應『山寒』。翻動神仙窟，承『斸青冥』。封題鳥獸形。本草言：茯苓，似鳥獸形者良。此聯言取之而即寄也。兼將老藤杖，扶汝醉初醒。結擺開説。『藤杖』，非許者，山中所有者。不曰扶老，而曰扶醉，情興藹然。

觀兵

即前安西兵也。當與前詩參看。

北庭送壯士，『北庭』，謂李嗣業。貔虎數尤多。言壯士之盛。精鋭舊無敵，言壯士之勇。邊隅今若何？言壯士足以静風塵也。妖氛擁白馬，承上句，言賊勢之盛。元帥待雕戈。『待』，即前詩題『待命』之『待』，謂元帥荷戈而待命耳。舊謂：待天子賜雕戈而後征，恐非是。莫守鄴城下，斬鯨遼海波。結乃公斟酌當時用兵緩急之意。○舊註引通鑑謂：乾元元年八月，命朔方節度郭子儀、北庭李嗣業等，會九節度師，將兵數十萬，討安慶緒於鄴城。至次年三月，鄴城師潰。此詩當作於未潰之前。其妖氛、海鯨，蓋喻吐蕃。時吐蕃乘隙爲亂，陷軍數陣，屠城數處，侵凌之氣方張，故公謂鄴城可緩圖，當以討吐蕃爲急也。

不歸

禄山自范陽反，河北諸郡望風瓦解。公之從弟死於城中，故公有感而作此詩。

河間尚征戍，紀地之亂，見墓所在。汝骨在空城。此句泛言，下句方見。從弟人皆有，終身恨不平。以其聰明與他人之弟不同，而且死於非命故也。數金憐俊邁，『數金』，偶然實事，經公道之，可爲故事。總角愛聰明。上句聰明之事。面上三年土，春風草又生。結紀死者之年、思者之時。

獨立

空外一鷙鳥，喻小人在高位。河間雙白鷗。喻君子在下僚。飄飖搏擊便，喻小人加害君子。應『鷙鳥』。容易往來遊。喻君子不防小人，應『白鷗』。〇公寄賈嚴兩閣老排律一聯云：『浦鷗防碎首，霜鶻不空拳。』即此上兩聯之意。草露亦多濕，蛛絲仍未收。此又别即二物以賦之，意承上而事不承上，喻君子已遭禍患，而小人羅織尚未已也。天機近人事，獨立萬端憂。『天機』，指前六句，言物理如此，而人事亦有如此者，所以不勝其憂也。〇按，此詩乃公遭讒，移華州之時所作。故獨立之際，偶賦所見，亦以自喻，非獨指人也。劉云：此必有幽人受禍，而羅織仍未已者，如太白、鄭虔輩人。是見第二句有『雙』字，而後又有思鄭、李二公之詩耳。

所思

公自注：得台州鄭司户消息。

鄭老身仍竄，遭竄之久。台州信始傳。得信之難。爲農山澗曲，臥病海雲邊。此述台州所傳信中之語，以見寂寞之懷。世已疏儒素，人猶乞酒錢。『乞』，音氣，與也。公嘗贈虔詩云：『賴有蘇司業，時時乞酒錢。』此聯又慰之之詞。徒勞望牛斗，無計斸龍泉。借用張華事，以喻虔貶台州，如劍之埋於豐城，徒知其爲寶而無計以出之也，此聯又惜之之詞。

不見

公自注：近無李白消息。

不見李生久，佯狂真可哀。所以『佯狂』者，爲『世人皆欲殺』故也。人但知太白縱酒豪放，而豈知非其真情也哉！知太白者，少陵也。世人皆欲殺，吾意獨憐才。所以『欲殺』者，忌其才也。世人欲殺之，少陵獨憐之，其人之賢不肖可見矣。敏捷詩千首，美其才思，貼『獨憐』。飄零酒一杯。歎其流落，貼『可哀』。匡山讀書處，頭白好歸來。此望其隱居避禍以善終也。○玉露曰：李太白一斗百篇，援筆立成。杜子美改罷長吟，一字不苟。二公蓋亦互相譏嘲。太白贈子美云：『借問因何太瘦生，只爲從前作詩苦。』『苦』之一辭，譏其困琱鐫也。子美懷太白云：『何時一樽酒，重與細論文。』『細』之一辭，譏其欠縝密也。瑗按：『太瘦生』之句，李集無之。詞語鄙俗，乃後人所作，非太白之言，昔人已辨之矣。『細』字，説已見前。玉露之説非也。觀此『敏捷』『千首』之稱，及八仙歌『一斗百篇』之稱，及所寄二十韻『筆落驚風雨，詩成泣鬼神』之稱，而謂子美譏嘲李詩之欠縝密，何邪？豈有以欠縝密之詩，而可以『驚風雨』『泣鬼神』邪？後生相承，皆如此説，瑗故不得不辨。因附於此，使讀者一覽，庶不惑於玉露之説，而知李、杜二公爲人之忠厚、情好之誠懇，而非如世之輕薄者流，互相譏嘲以求勝也。且子美自云『沈鬱頓挫，隨時敏給，楊雄、枚皋可企及也』，況杜陵又未嘗無援筆立成之敏捷邪？

秦州雜詩二十首 公爲華州司功，屬關輔饑，棄官去秦，時乾元二年七月也。以下五十五首秦州作。

滿目悲生事，因人作遠遊。是年荒甚，故曰『滿目』。時必有倚仗者，故曰『因人』。此見來秦之由。遲迴度隴怯，浩蕩及關愁。述道途所經，見赴秦之苦。水落魚龍水名。夜，山空鳥鼠山名。秋。即山川之景，見至秦之時。西征問烽火，心折此淹留。『西征』，即下『漢將獨征西』是也，指吐蕃之亂。下句因上句。趙以爲公欲西行，非是。

秦州城北寺，見寺所在。傳是隗囂宮。見寺所因。苔蘚山門古，丹青野殿空。言寺之古。月明垂葉露，雲逐度溪風。言寺之景。句法與後江閣對雨『野流行地日，江入度山雲』同。蓋襲陰鏗『鶯隨入户樹，花逐下山風』也。清渭無情極，愁時獨向東。寺枕秦山，臨渭水，渭水東流長安，故即所見以寓懷也。

州圖領同谷，驛道出流沙。降虜兼千帳，居民有萬家。言州治所領同谷郡，乃出流沙之驛道，吐蕃來往之要衝，以降虜入處與居民相敵，深可慮也。馬驕朱汗落，胡舞白題斜。應『降虜』，言内處而縱肆也。年少臨洮子，西來亦自誇。『臨洮』，屬隴右，應『居民』，言亦習降虜之俗而矜誇也。『亦』字與上聯相喚。○此篇言華夷不辨之害。

鼓角緣邊郡，川原欲夜時。言聞鼓角之地與時。秋聽殷地發，風散入雲悲。應第一句。『殷』，讀作隱。

抱葉寒蟬静，歸山獨鳥遲。應第二句。此詠夜時之景物，以見寂寞之懷耳。舊謂爲賦鼓角，恐非。萬方聲一槩，應起句，言不獨邊郡爲然。『聲』字説破三、四。吾道竟何之。承上句，言世亂無所歸也。○此篇詠鼓角以見世亂之極。

南使宜天馬，『南使』，指張騫。由來萬匹强。浮雲連陣没，秋草徧山長。聞説真龍種，仍殘老驌驦。二句一意。哀鳴思戰鬬，迥立向蒼蒼。此借天馬喻當時之將士。按，是年九節度之師圍安慶緒於鄴，師潰於城下。諸節度各還本鎮，郭子儀獨保河陽，詔留守東都。此詩疑謂此也。

城上胡笳奏，山邊漢節歸。即所聞所見，言邊警急而使臣勞也。防河赴滄海，奉詔發金微。承上，言使臣奉詔，發士卒以防河。先言『防河』，後言『奉詔』，倒裝法。士苦形骸黑，林疏鳥獸稀。承上，言士卒防河之苦，借鳥獸以見人民之稀，爲役防河故也。那堪往來戍，恨解鄴城圍。承上，言士卒往來防戍之數而可恨。前詩云：『莫守鄴城下，斬鯨遼海波。』此又以解鄴城圍爲恨，意可互見。

莽莽萬重山，孤城山谷間。見城在萬山中。無風塞名。雲出塞，不夜城名。月臨關。猶前『水落魚龍夜，山空鳥鼠秋』句法，蓋借地名之意義，而混入爲句，以取巧耳。趙謂：後人因杜詩而名關塞。非是。秦州，關塞之地。此聯言陰氣嚴肅，日色慘淡，以見秦州氣候之殊。屬國歸何晚，樓蘭斬未還。此以蘇武、介子事，比當時之使臣、將帥也。煙塵一長望，衰颯正摧顔。『煙塵』，承上聯。○前四句異方之景，後四句感時之情。

聞道尋源使，指張騫。從天此路回。指秦州。牽牛去幾許，用乘槎犯斗事，見騫出使之遠。宛馬至今來。用伐宛得馬事，見騫出使有功。一望幽燕隔，何時郡國開。時安史亂，幽燕諸郡皆不通。二句一意，反覆言之。惟其『隔』，故不『開』。劉云：謂不如騫也。東征健兒盡，是年九節度之師潰於鄴城。羌笛暮吹哀。結見因聞笛而動傷今思古之情也。使時有張騫之使，則幽燕不隔，郡國可通矣。趙云：此因秦州爲西域驛道，感夫漢以一使通西域，直窮河源，且使大宛至今與中國通，如此其易；而怪唐以天下之力，不能定幽燕，至今壯士幾盡，一何難耶！是可哀也。

今日明日眼，臨池好驛亭。言亭池之好，日日賞翫不厭也。叢篁低地碧，高柳半天青。亭池景物。稠疊多幽事，承上。喧呼閱使星。秦州爲出流沙驛道，故多使臣往來。此句偶在池亭而賦所聞，蓋歎人之勞，以見己之逸。老夫如有此，不異在郊坰。言此池亭若爲己有，則與在山林無異。惜乎只暫得時來一賞翫，而不爲己有也。蓋甚言池亭之好。

雲氣接崑崙，涔涔塞雨繁。言雲盛而雨多。羌童看渭水，承上『雨』字。使客向河源。秦州當驛道之衝，又值世亂，使者交馳不息，無日無之，故篇中屢及。煙火軍中幕，承上句言。牛羊領上村。言己所居。所居秋草靜，正閉小蓬門。結承上『村』字。○前詩因使客而羡池亭之幽，此詩因使客而愛村居之靜。

蕭蕭古塞冷，漠漠秋雲低。時景蕭索。黄鵠翅垂雨，蒼鷹饑啄泥。託物自喻。薊門誰自北，漢將獨征西。爲下張本。不意書生耳，臨衰厭鼓鞞。『厭』字，見久。○前四句即景感己，後四句即事傷時，意亦相貫。己之飄泊，因世亂故也。少陵多有此格，不能盡出，讀者詳之。

山頭南郭寺，水號北流泉。見寺倚山臨水。老樹空庭得，清渠一邑傳。『得』『傳』二字是眼，使得新奇。『得』，猶好也。『傳』，猶繞也。秋花危石底，晚景臥鍾邊。『危』『臥』二字是眼。『臥』，仆也，如『臥柳自生枝』之『臥』。中兩聯皆承首聯，賦寺中之景物。『秋』『晚』二字紀時。俯仰悲身世，溪風爲颯然。下句形容『悲』字。因遊寺有感於寂寞之景，而動寥落之懷也。○此上四首，二首晴，二首雨。

傳道東柯谷，深藏數十家。言東柯之幽邃。對門藤蓋瓦，映水竹穿沙。貼『數十家』。瘦地翻宜粟，陽坡可種瓜。言東柯谷土地之宜。船人相近報，但恐失桃花。言己欲泛舟往遊，故借用桃源事，以形容東柯幽邃。貼『深藏』。○趙云：起句用『傳道』二字，則下七句所寫景物皆是未至谷中，先述所聞也。

萬古仇池穴，卒章『讀記憶仇池』，下五句皆是引仇池記中語。潛通小有天。言其幽深。神魚人不見，言所産之奇。福地語真傳。言所傳之真。近接西南境，言其方所。長懷十九泉。言其數目。上五句皆言仇池穴之勝。何時一茅屋，送老白雲邊。前詩稱東柯谷之勝而欲卜居，此稱仇池穴之勝而欲卜居也。○東坡言王仲至嘗奉使至仇池，有九十九泉，萬山環之，可以避世，如桃源。劉云：此名『十九』，隨意彷佛，記其一、二。瑗按：既有九十九泉，不應略之曰『十九』，疑當作『九十』，舉成數也。作『十九』者，或傳寫之誤。

未暇泛滄海，悠悠兵馬間。欲隱未能。塞門風落木，客舍雨連山。旅況蕭條。阮藉行多興〔八〕，龐公隱不還。引古見志。東柯遂疏懶，休鑷鬢毛斑。承上聯，言東柯之勝可終老也。

東柯好崖谷，不與衆峯羣。言東柯之奇特。落日邀雙鳥，日落而鳥歸，若有以邀之者。晴天捲片雲。此聯雖是寫遊時所見之景，亦見東柯之勝，與『塞門風落木，客舍雨連山』之景異矣。野人矜險絶，居人久占其勝。水竹會平分。己亦終當卜鄰。○中兩聯貼『好崖谷』。採藥吾將老，童兒未遣聞〔九〕。結聯緊承上句，言己欲終老於東柯，而不使人知也。爲東柯而賦者三章，前一章未到時所作，此二章既到時所作。

邊秋陰易夕，不復辨晨光。言邊塞氣候之殊，而朝暮常昏暗也。檐雨亂淋幔，山雲低度牆。朝暮常昏暗者以此。鸕鷀窺淺井，蚯蚓上深堂。陰雨所致。車馬何蕭索，門前百草長。言羈旅寂寞，無相過者。

地僻秋將盡，山高客未歸。言時可歸而不得歸。『客』一作『夜』，非是。塞雲多斷續，邊日少光輝。地僻所致。警急烽常報，傳聞檄屢飛。未歸爲此。西戎外甥國，何得近天威。唐屢以公主下嫁夷狄。結承上聯，詞意遠而諷刺切。

鳳林關名。戈未息，魚海縣名。路常難。悲亂之久。候火雲峯峻，懸軍幕井乾。『雲峯峻』，喻峰火之盛〔一〇〕。『幕井乾』，言軍旅之多。『雲峰』字，出陶詩。『幕井』字，出易卦。風連西極動，月過北庭寒。此即秋景蕭颯，以見亂離之狀。故老思飛將，何時議築壇？苟得李廣、韓信之將，則戈自息而路不難矣。如郭子儀者，亦當世之飛將也。豈是時猶委任未專，故公爲此言邪？○此篇厭亂思治之意。

唐堯謂肅宗。真自聖，野老公自謂。復何知？如『安危大臣在，何必淚長流』之意。前詩屢及憂國之事，卒章託爲自謙之詞，而憂心自見。曬藥能無婦？應門亦有兒。言有妻子之養。藏書聞禹穴，讀記憶仇池。禹穴在吴，仇池見前，言有山水之樂。爲報鴛行舊，指當時同省諸公。鷦鷯在一枝。總結上文。言國事自有聖君，家事自有妻子，故將尋山水之勝而隱居也。○按，公乾元二年七月，自華州棄官入秦。此二十首，皆是秋所作者。惟首章敘來秦之由，其餘皆至秦之事。或登眺，或感懷，或即事，所言不一，故總萃而題曰雜詩。

野望

清秋望不極，下皆承此句言。迢遞起層陰。遠水兼天净，孤城隱霧深。葉稀風更落，山迥日初沉。獨鶴歸何晚，昏鴉已滿林。結聯寓意。趙云：頷聯之景，先遠後近；頸聯之景，先近後遠。亦不必如此看。

天河

常時任顯晦，秋至最分明。常時非不顯，但不如秋耳。縱被微雲掩，終能永夜清。上句是起下句。含星動雙闕，伴月落邊城。言其出没。牛女年年渡，何曾風浪生？結引故事，亦不離題。○瑗按：古人詠物詩，未嘗無比，趙以此詩句句比君子，則後兩聯頗覺牽强。或又以『微雲掩』『落邊城』應『晦』，『永夜清』『動雙闕』應『顯』，亦非是。上句言往日，起下句『最分明』耳，中兩聯大抵是承『最分明』言。

東樓

萬里流沙道，征西過此門。流沙在西極，乃吐蕃之域，謂征吐蕃，則過此門也。前詩『驛道出流沙』，又『漢將獨征西』，又『征西問烽火』是也。趙謂：『征西』泛言西行之人。非是。但添新戰骨，不返舊征魂。貼『征西』。樓角凌風迥，城陰帶水昏。貼『此門』。傳聲看驛使，送節向河源。言送驛使過此門而西征耳，河源正在西。結總上文，不必引張騫事，未必用張騫事。

山寺

野寺殘僧少，見寺之廢。山園細路高。見山之高。麝香眠石竹，鸚鵡啄金桃。趙云：此聯應第一句，本狀寺之荒蕪，以秦隴所産禽獸花木而言，語反精麗。○此聯應第二句。亂水通人過，見山水之淺。懸崖置屋牢。見山崖之深。上方重閣晚，百里見纖毫。上句言寺，下句見寺在高山。總應首聯。

秋日阮隱居致薤三十束 阮昉。

隱者柴門静，畦蔬繞舍秋。指阮隱居。盈筐承露薤，不待致書求。此聯不甚對。言致薤，貼『畦蔬』。

【汪仲弘本：言致薤，貼『畦蔬』。】束比青芻色，言薤苗。圓齊玉筯頭。言薤本。衰年關鬲冷，味暖併無憂。言薤性。○後兩聯俱承『薤』字言。

從人覓小胡孫許寄

人説南州路，所産之處。山猿樹樹懸。所産之多。舉家聞若欬，驚怪之意。爲寄小如拳。從覓之辭。預哂愁胡面，言其醜狀。初調見馬鞭。言其善舞。許求聰慧者，言許寄。童稚捧應癲。言爲兒女之翫。○有是題，故有是詩，未爲不可。劉云：此等詩，甚無可取。蓋亦求之太過。但復齋謾録謂〔一一〕：題是『胡孫』，而詩以『山猿』爲詞，非是。瑗按：猴雖猿屬，性大不同。觀柳子憎王孫文可見。不然，『猿』『猴』，古或得以通稱也。

蕃劍

致此自避遠，應『蕃』字。又非珠玉裝。言其質朴。如何有奇怪，每夜吐光芒。承上句，言質雖朴，實則奇。虎氣必騰上，龍身寧久藏。承上聯，言奇光既見，當必爲人所知，不必引張華、雷焕事。風塵苦未息，持汝奉明王。因寶劍而感時事。○此詩寓意。

銅瓶 汲水之瓶。

亂後碧井廢，言今日之廢。時清瑶殿深。追言未廢之時。二句言井。欲詠瓶，先賦井，亦是。銅瓶未失水，百丈有哀音。側想美人意，應悲寒甃沉。二聯皆承『時清』，言當時美人以銅瓶汲井于深宮之中也。『美人』，宮怨自見言外。『百丈』『甃沉』，皆言井深。蛟龍半缺落，猶得折黃金。言井中或有美人斷釵遺珥，如蛟龍之狀者。二句倒裝法，言今日之廢，應第一句。一説『蛟龍』，瓶上之文，黃金其質也。○此因秦州之故宮廢井，有感而賦也。

寓目

一縣葡萄熟，秋山苜蓿多。言關塞草木之異。關雲常帶雨，塞水不成河。謂雨多水漫流也。言關塞氣候之異。羌女輕烽燧，胡兒制『掣』同。駱駝。言關塞風俗之異。自傷遲暮眼，喪亂飽經過。『眼』字應題，喚起一篇之意。前三聯皆寓目之所見者，以遲暮之年遭喪亂之久，而舉目有山河之異，寧無歎乎？

即事

回紇助討安禄山有功，請婚，肅宗以寧國公主下嫁。可汗死，公主以無子得還。乃是年八月也。

聞道花門破，謂回紇。和親事卻非。直言其非。人憐漢公主，生得渡河歸。應『和親』，詞婉而意悲。秋思拋雲髻，腰支賸寶衣。敘公主流落之狀，承生歸言。羣兇猶索戰，迴首意多違。可見和親之事非矣。○題不明言其事，而詩中自見。

歸燕

不獨避霜雪，其如儔侶稀。『儔侶稀』，謂衆燕皆歸，見己草堂之燕不得不歸。四時無失序，八月自知歸。上句兼言其至，下句獨言其歸。月令：二月玄鳥至，八月玄鳥歸。此聯兼言衆燕。春色豈相訪，衆雛還識機。上句設爲問之之詞，下句自爲決之之詞，預言來年當復來也。故巢儻未毀，會傍主人飛。此又代爲燕荅之詞。「儻」一作「尚」。非是。

促織

促織甚微細，哀音何動人。言形眇而音妙。「何」者，甚之之詞。趙謂荅問之詞，非是。草根吟不穩，牀下夜相親。貼「哀音」，暗用七月詩中意。上句言在野也。久客得無淚，故妻難及晨。貼「動人」。悲絲與急管，感激異天真。結總上文，言絲管動人，不如促織之甚。蓋促織之音出於天真自然之玅，而絲管之音，畢竟人爲造作者也。借彼以揚此，雖詩家之常法，此論卻極精玅。

螢火

幸因腐草出，月令：「腐草爲螢。」敢近太陽飛？言不能見於晝。未足臨書卷，翻車胤事。時能點客衣。隨風隔幔小，帶雨傍林微。「小」「微」，言其光也。十月清霜重，飄零何處歸？此詩喻卑賤暗昧小人雖得志于一時，而終不能久也。詞旨明甚，但欲句句字字體貼而比之，則又穿鑿而有不通者矣。

蒹葭

摧折不自守，下皆言不自守之意。秋風吹欲何。暫時花帶雪，幾處葉沉波。『雪』『波』，假對。體弱春苗早，叢長夜露多。江湖後摇落，亦恐歲蹉跎。

苦竹

青冥亦自守，『青冥』，謂竹色。軟弱彊扶持。味苦夏蟲避，叢卑春鳥疑。軒除曾不重，剪伐欲無辭。幸近幽人自謂。屋，霜根結在兹。此上二詩比興，其旨明見起句，不煩解説。

日暮

日落風亦起，城頭烏尾訛。動也。黄雲高未動，貼『日落』。白水已揚波。貼『風起』。○四句日暮所見關塞之景。羌婦語還笑，胡兒行且歌。驕肆之志，自在言外。與『羌女輕烽燧，胡兒制駱駝』之句，詞更婉而意愈切。將軍别上馬，夜出擁雕戈。爲羌胡故也。○四句日暮所感關塞之事。

夕烽

唐戍烽候，大率相去三十里，每日初夜放煙一炬，自邊達京，以次遞舉，謂之平安火。

夕烽來不近，每日報平安。見置夕烽之意。塞上傳光小，雲邊落點殘。貼『來不近』。照秦通警急，過隴自艱難。貼『報平安』。聞道蓬萊殿，千門立馬看。謂京師每夕候報，立馬而看，時事可知矣。

秋　笛

清商欲盡奏，奏苦血霑衣。謂聞笛奏清商之曲而墮淚也。他日傷心極，征人白骨歸。『血霑衣』者爲此。相逢恐恨過，故作發聲微。下句因上句。不見秋雲動，悲風稍稍飛。見『發聲微』。

擣　衣

樂府有擣衣篇，蓋戍婦詞也。

亦知戍不返，秋至拭青砧。起便感慨。已近苦寒月，時可擣矣。況經長別心。情可擣矣。寧辭擣衣倦，一寄塞垣深。承上文來。用盡閨中力，君聽空外音。『空外音』，謂夫遠戍而不聞也。夫既不返矣，擣之而夫又不知矣，猶不辭其倦而盡力擣以寄之者，恩義之不容已也。此詩可爲戍婦之勸，雖三百篇戍婦之詩，又何以加此？

月夜憶舍弟

戍鼓斷人行，秋邊一鴈聲。二句所聞。露從今夜白，月是故鄉明。二句所見『白露』『明月』，本是常語，離析倒裝而用之，則語峻體健，意亦深穩。有弟皆分散，無家問死生。寄書長不達，況乃未休兵。四句所感。〇前四句月夜之景，後四句憶弟之情。

遣　興

干戈猶未定，弟妹各何之？下句因上句。拭淚霑襟血，梳頭滿面絲。二句倒裝法，本謂『梳頭絲滿面，拭淚血霑襟』。地卑荒野大，天遠暮江遲。本敘己與弟妹相去之遠，翻成一聯寫景壯語，少陵往往有此，才大故也。衰疾那能久，應無見汝期。上應第四句，下應第二句。

天末懷李白

涼風起天末，陸機全語。君子意如何。言因風起而感懷也。鴻鴈幾時到，久無消息。江湖秋水多。謂風波險阻。上句因下句。文章憎命達，有才無位，若有所憎。魑魅喜人過。謂小人喜害君子耳，然則命之不達，是豈真爲文章憎之也哉？舊註：下句太巧。非是。應共冤魂語，投詩贈汨羅。結言李白得罪之枉，其心事惟古人可以知之。

示姪佐 公自注：佐草堂在東柯谷。

多病秋風落，君來慰眼前。『慰』字，喚上句。此聯言佐遠來訪己。自聞茅屋趣，指佐草堂。只想竹林眠。『竹林』，暗用阮咸事。公秦州雜詩有遊東柯谷作，此聯言己常欲訪佐。滿谷山雲起，侵籬澗水懸。此東柯之景，茅屋之趣也，承第二聯。嗣宗諸子姪，早覺仲容賢。結引二阮事，稱佐之賢，以荅來慰之意，應首聯。

佐還山後寄三首 還東柯谷也。

爲佐訪己還山而作。

山晚黄雲合，歸時路恐迷。言佐歸山之時，先以景起。澗寒人欲到，林黑鳥應棲。言佐到山之時，後以景應。野客茅茨小，田家樹木低。言佐茅屋之趣。舊諳疏懶叔，須汝故相攜。言佐愛叔之情。○此篇

白露黄粱熟，分張素有期。言佐往日之惠。已應春得細，頗覺寄來遲。言佐今日愆期。三應一，四應二。味豈同金菊，香宜配緑葵。形容黄粱之美。老人他日愛，正想滑流匙。上言往日，下言今日。『愛』『想』字，應上聯『香』『味』字。○此篇爲索稻粱之作。

幾道泉澆圃，交横落幔坡。上言引水灌園，下言蔬果成熟。『泉澆圃』實言『落幔坡』，喻言『幔坡』。舊註謂坡中青翠如幔也。瑗按：『落幔坡』，詞旨欠順，疑作『幔落坡』，與『泉澆圃』作對。謂蔬果成熟之時，交加縱横如幔之落於坡也。葳蕤秋葉少，隱映野雲多。『秋葉少』，實言，應『落幔坡』，比物成熟之時，結實既多，而葉自然少也。舉此之少，見彼之多。『野雲多』，喻言，應『泉澆圃』。或曰：喻『黄粱熟』。隔沼連香芰，通林帶女蘿。『交横落幔坡』，於此可見。『芰』，借『伎』音，與『女蘿』倒對。甚聞霜薤白，重惠意如何？前四句泛言，後四句方略言蔬果之實，曰『重惠』，則他日曾惠可知。○此篇爲索蔬果而作。

宿贊公房

公自注：贊，京師大雲寺主，謫此安置。

錫杖何來此？歎方外之人何爲來此。不言遷謫，而頸聯自見。秋風已颯然。此紀時之蕭索，遷謫之久，自見言外。雨荒深院菊，霜倒半池蓮。此即物以寫蕭索之景，承第二句。放逐寧違性，虚空不離禪。此言遷謫，而不失其所守，應第一句。相逢成夜宿，隴月向人圓。結擺開説，應題。言相逢同宿異鄉，而情景俱備。

遣懷

愁眼看霜露，寒城菊自花。下一『自』字，便見景物與己漠不相關。天風隨斷柳，客淚墮清笳。三，下因上。四，上因下。『隨斷』二字，倒挑法。水净樓陰直，山昏寒日斜。五，下因上。六，上因下。夜來歸鳥盡，啼殺後棲鴉。此以衆鳥比人，『鴉』比己。若『獨鶴歸何晚，昏鴉已滿林』，又以『鶴』比己，『鴉』比人。○『愁眼』二字，便見所懷。『霜露』以下所言景物，皆其所愁者，故欲排而遣之。

廢畦

秋蔬擁霜露，豈敢惜凋殘。起便寓意。暮景數枝葉，天風吹汝寒。貼『霜露』。緑霑泥滓盡，香與歲時闌。貼『凋殘』。生意春如昨，悲君白玉盤。當秋凋殘，思春茂盛，忠厚之道也。世之色衰愛弛、存亡異心者，不亦愧乎？

除架 公自注：瓠架也。

束薪已零落，瓠架轉蕭疏。『束薪』，謂結構瓠架者。起便見題，不待箋注。幸結白花了，寧辭青蔓除。此言瓠架之功成當退也。秋蟲聲不去，暮雀意何如？此言蟲鳥之縻戀瓠架也。寒事今牢落，總結上文。人生亦有初。說破比意。

空囊

翠柏苦猶食，明霞高可飡。起雖託興，亦見貧甚。史稱公棄官客秦，負薪採橡以自給，貧可知矣。世人共鹵莽，世無相知。吾道屬艱難。遭時不偶。不爨井晨冷，無衣牀夜寒。二句下因上，直明言饑寒。囊空恐羞澀，留得一錢看。既曰『囊空』，又曰『一錢』，益見其空也。趙云：久客囊空，衣食不給，而以世人吾道爲言。意謂所以顛沛至此者，以屬吾道之艱難；而吾道所以艱難者，由世人之鹵莽也。曰『屬』，則不自我先，不自我後。曰『共』，則君臣上下，皆在其中矣。瑗按：一、二、五、六，言『囊空』之事；三、四言『囊空』之由；至結方明說破『囊空』，喚醒一篇之意。

病馬

乘爾亦已久，天寒關塞深。言久乘此馬于苦寒關塞之地。蓋紀其功之大，原其病之由，以見相與於患難之際。

塵中老盡力，應第一句。歲晚病傷心。應第二句。毛骨豈殊衆，馴良猶至今。言形同而性異，有『驥不稱其力稱其德也』之意。物微意不淺，感動一沉吟。言作詩之情。○此蓋公賦己之乘馬，暗用田子方『少盡其力，而老不忍棄其身』之言。

送人從軍 公自注：時有吐蕃之役。

弱水應無地，陽關已近天。言邊塞之遠，語悲而壯。今君渡沙磧，累月斷人煙。言道路之危，意悽而苦。『沙磧』，不必指地名。好武寧論命，封侯不計年。言勇志之堅，論精而切。馬寒防失道，雪没錦鞍韉。結乃珍重之詞，有警戒之意，情厚而真。

送靈州李判官

羯胡腥四海，回首一茫茫。『羯胡』，指安禄山，意謂四海之亂因禄山始，可恨可恨！血戰乾坤赤，氛迷日月黄。承上聯。將軍專策略，指李之帥。幕府盛才良。李在其中。近賀中興主，指肅宗。神兵動朔方。時李光弼爲朔方節度使。

送　遠

帶甲滿天地，胡爲君遠行？怪而問之，見非可行之時。親朋盡一哭，不忍其去，情義之厚也。鞍馬去邊城。去而不顧，慷慨之志也。草木歲月晚，關河霜雪清。時景之蕭索，道路之崎嶇，宛在目前。别離已昨日，因見古人情。『别離已昨日』矣，在己猶不能忘者，惜别之深也。『親朋盡一哭』矣，在彼不顧而去者，慷慨之志也。以在己惜别之深，見去者慷慨之志。因去者慷慨之志，見古人豁達之情。彼適數百里，出門惘惘有可憐之色者，豈大丈夫也哉？○詳詩意，是送客於邊城者，非送從軍者。觀第七句，又是别後作詩以追送之耳。

校記

〔一〕頸　汪仲弘本作『景』。
〔二〕圻　今見本作『坼』。
〔三〕附　當作『駙』。下同。
〔四〕蔡寬詩話　當作『蔡寬夫詩話』。
〔五〕境　汪仲弘本作『景』。
〔六〕窕窈　今見本作『窈窕』。
〔七〕不得比　今見本作『不比得』。
〔八〕藉　當作『籍』。
〔九〕童兒　今見本作『兒童』。
〔一〇〕峰　當作『烽』。
〔一一〕謾　當作『漫』。

杜律五言補註卷二

散愁二首

久客宜旋旆，興王未息戈。宜歸而不能歸以此。蜀星陰見少，江雨夜聞多。二句一意，反覆言之也。紀久客對景之愁，應第一句。『夜聞多』，言恒雨，以見久客。劉云：蓋是『江雨』，又是『夜聞』，所以愈覺其『多』，『多』字入妙。其説雖好，恐太深刻。百萬轉深入，爲『司徒下燕趙』故也。寰區望匪他。欲『收取舊山河』故也。司徒下燕趙，收取舊山河。『司徒』，指李光弼。後四句紀久客感時之愁，應第二句。

聞道并州鎮，屬太原。尚書訓士齊。指王思禮。幾時通薊北，史思明之巢穴，前云『薊門誰自北』是也。當日報關西。『關西』，指秦。長安以西，皆謂之關西。薊平而得報，則可歸矣。戀闕丹心破，霑衣皓首啼。述己思君之愁。老魂招不得，歸路恐長迷。『老魂』，貼『皓首』，述己思鄉之愁。○前篇先言不得歸，後言世亂；此篇先言世亂，後言不得歸。題曰『散愁』，蓋愁不得歸，而不得歸者，又因世亂故也。其致意於司徒、尚書二公者深矣。

酬高使君

古寺僧牢落，空房客寓居。荅高詩起句。故人供禄米，指裴冕。鄰舍與園蔬。此聯貼『客』字，荅高詩三、四之意。高言杜當依食於院僧，而杜云自有故人之厚、鄰舍之賢，不必僧也。雙樹容聽法，三車肯載書。佛書言世尊説法雙樹間，又以牛、羊、鹿三車喻火宅。此聯貼『僧』字，荅高詩五、六之意，謂法可聽，經不暇尋。草玄吾豈敢，賦或似相如。楊雄作太玄準易，又每作賦擬司馬相如。此聯亦承上第六句來，荅高詩結聯之意，言不敢著書，而但作賦也。上自謙，下自負。○舊註云：公此詩三、四自述外，全是酬荅高詩之意，與前荅岑參同。可見古人酬和，必荅其來意，非若今人爲次韻所局也。高詩今附註於左。【汪仲弘本：○舊註云：公此詩三、四自述外，全是酬荅高詩之意，與前荅岑參同。可見古人酬和，必荅其來意，非若今人爲次韻所局也。勉强成韻，失大方之體也。】

贈杜拾遺〔一〕高適作。

傳道招提客，言杜寓居於寺。詩書自討論。言杜寓寺之懷。佛香時入院，僧飯屢過門。應第一句。聽法還應難，尋經剩欲翻。應第二句。草玄今已畢，此外更何言？承上聯，言杜著書已完，可以相忘於無言，不必翻經難法、討論詩書以自苦。○杜嘗寄高詩云：『美名人不及，佳句法如何？』觀此詩亦可略知高詩之法矣。

奉酬李都督表文早春作〔二〕

力疾坐清曉，來詩悲早春。『力疾』，見懷抱之惡。『清曉』，見來詩之時。『悲早春』，見來詩之旨。轉添愁伴客，更覺老隨人。言愁老之懷，爲來詩所感而愈甚，應第一句。紅入桃花嫩，青歸柳葉新。言早春之景，見李作詩所悲者在此，應第二句。望鄉猶未已，四海尚風塵。少陵之愁，都督之悲，情俱可見，蓋直説破來詩、荅詩之本意。○『愁伴客』『老隨人』，庸俗常談也。『紅』對『青』，『桃花』對『柳葉』，童兒對語也。曰『轉添』，曰『更覺』，曰『入』，曰『嫩』，曰『青』，曰『新』，下數虚字爲句中眼，而斡旋之、撑拄之，便覺清新俊逸，可謂臭腐化爲神奇者矣。玉露曰：作詩要健字撑拄，要活字斡旋，如『紅入桃花嫩，青歸柳葉新』『弟子貧原憲，諸生老伏虔』，『入』與『歸』字，『貧』與『老』字，乃撑拄也。『生理何顔面，憂端且歲時』『名豈文章著，官因老病休〔三〕』，『何』與『且』字，『豈』與『應』字，乃斡旋也。撑拄，如屋之有柱；斡旋，如車之有軔。文亦然。詩以字，文以句。

王司馬弟出郭相訪兼遺營草堂貲

客裏何遷次，言無安居。江邊正寂寥。言無知己。肯來尋一老，愁破是今朝。言相訪，江邊寂寥足破矣。憂我營茅棟，攜錢過野橋。言遺貲，客裏遷次可免矣。他鄉惟表弟，還往莫辭遥。以親情囑其常來過訪也。

遊修覺寺

野寺江天豁，山扉花竹幽。遊寺之景。詩應有神助，遊寺之興。吾得及春遊。遊寺之時。徑石相縈帶，應『山扉』。川雲自去留。應『江天』。禪枝棲衆鳥，漂轉暮歸愁。遊歸之晚，情景俱備。○瑗按：前獨酌詩曰『詩成覺有神』，此曰『詩應有神助』，是杜詩雖入神，而猶有賴於神也。及公稱太白曰『筆落驚風雨，詩成泣鬼神』，則神有不得而與者矣。傳曰：詩所以動天地，感鬼神。非太白之天才，何足以當之。故瑗嘗謂：太白之才，『生知安行』者也；少陵之才，『學知利行』者也。及其成功，其妙一而已矣。世之學杜者則訕李，學李者則鄙杜，是皆不造其堂、不嚌其胾者也，何足與談李、杜也哉！

後遊

寺憶曾遊處，橋憐再渡時。曰『曾』，曰『再』，見重遊。江山如有待，花柳更無私。『有待』，謂候己來。『無私』，謂任己來。二句即景見重遊意。舊註失之深矣。野潤煙光薄，沙暄日色遲。二句晚景，上因乎下。客愁全爲減，捨此復何之？結總上文，見寺景之勝，可以銷愁，所以重遊也。

有客

患氣經時久，臨江卜宅新。喧卑方避俗，疏快頗宜人。一、三見『卜宅』之由，二、四見『卜宅』之樂。

有客過茅宇，『茅宇』，貼『宅』字。呼兒正葛巾。迎客。自鋤稀菜甲，小摘爲情親。款客。趙云：既出自鋤，又稀少，又尚是菜甲，而未免少摘者，以情親也。十字中極有曲折。○又云：方爾避俗而客來，既正巾以肅之，復摘自鋤之菜甲以爲具，不知何客，情親如此。瑗按：疑是前王司馬弟也。○又云：此詩自一句順説至八句，不事對偶，而未嘗無對偶；不用故實，而自可爲故實。散澹真率之態，悠爾成章；而厭世避喧、少求易足之意，自在言外，所以爲不可及也。

題新津北橋樓得郊字

新津縣，在蜀州。公居成都，當是暫如新津也。

望極春城上，開筵近鳥巢。白花檐外朵，青柳檻前梢。四句即所望景物，以狀樓之高。池水觀爲政，稱新津尹。廚煙覺遠庖。應『開筵』。蓋謂宴於野外而非宴於公署也。暗用孟子語意。西川供客眼，應『望極』。唯有此江郊。結總前意，謂望極西川之景，惟有此地之勝爲可翫也。

雲山

京洛雲山外，音書静不來。言己流落雲山之間，與京洛隔遠，平日相知無慰己者，所謂『厚禄故人書斷絶』是也。神交作賦客，言京洛之故人不得相接，惟神交而已，其相思之切可知，應第一句。力盡望鄉臺。『望鄉臺』，在成都。言己在成都，望京洛故人之書，卒無有來者，其情疏之甚可知，應第二句。衰疾江邊臥，承上四句，言己寂寞。親朋日暮迴。言成都故人相訪而歸者。京洛故人既不肯見慰，客中故人又不能久慰，其情懷寥落可知矣。白鷗元水宿，何事有餘哀？前六句皆敘己可哀之事，結乃以鳥自喻，猶『吾道蓋如是也』之意，方自悲而適自寬也。○此章詞旨明甚。舊註牽强，俱無可取。

爲農

錦里煙塵外，江村八九家。江村之幽静可居。圓荷浮小葉，細麥落輕花。江村之景物可賞。卜宅從茲老，承上四句，言己卜宅之志。爲農去國賖。言己村居之事。遠慚勾漏令，不得問丹砂。晋葛洪聞交趾出丹砂，求爲勾漏令，帝從之。此以比己不得見君而求進也。○前四句樂事，後四句怨調。吕氏童蒙訓：潘邠老云：五言詩第三字要響，如『圓荷浮小葉，細麥落輕花』，『浮』字、『落』字是響字也。所謂『響』者，致力處也。予竊以爲字字當活，活則字字自響。

梅雨 夏至前，名黄梅雨。

南京犀浦道，紀地。四月熟黄梅。紀時。湛湛長江去，冥冥細雨來。上句因下句，總承第二句。茅茨疏易濕，雲霧密難開。二句言己對雨之愁。竟日蛟龍喜，盤渦與岸回。二句言物得雨之樂。後兩聯總承第四句。

田舍

田舍清江曲，柴門古道傍。上句槩言舍之所在，下句專言門之所向。若不細看，頗覺重疊。草深迷市井，言無喧囂。地僻懶衣裳。言無應接。俱承上聯。欅柳枝枝弱，枇杷樹樹香。鸕鷀西日照，曬翅滿漁梁。後四句言田舍所有之物，景在其中。

江漲

江漲柴門外，兒童報急流。言江漲之迅速。下牀高數尺，倚杖没中洲。見急流。細動迎風燕，輕摇逐浪鷗。言物因漲之樂。漁人縈小楫，容易拔船頭。言人因漲之樂。

赴青城縣出成都寄陶王二少尹

老被樊籠役，貧嗟出入勞。臨老被役，爲貧故也。客情投異縣，言赴青城。詩態憶吾曹。言思二尹。東郭滄江合，西山白雪山名。高。即江山以見出入之勞，而景在其中。『滄江』『白雪』，假對。文章差底病，猶言『詞賦工無益』也。劉云：文章濟甚事耳。回首興滔滔。結歎文章無補於老役貧勞也。『興滔滔』，猶言恨無窮耳。

野望因過常少府

野橋齊渡馬，秋望轉悠哉。起言『野望』，秋以紀時。『齊渡馬』，見有同行者。竹覆青城山名。合，江從灌口地名。來。野望之景。入山樵徑引，言已訪常。嘗果栗園開。言常款已。落盡高天日，幽人未遣回。言常之愛客。○前四句言『野望』，後四句言『過常』。此蓋與友人出遊，偶然乘興訪之，故題曰『野望』，曰『因過』，而詩亦不盡詠訪常也。

出郭

此上三首青城所作，題曰『出郭』，當是出郭還成都也。

霜露晚淒淒，出郭之時。高天逐望低。出郭之景。遠煙鹽井上，斜影雪峯西。『斜影』，貼『遠煙』。二句承『逐望』來。故國猶兵馬，言不能歸。他鄉亦鼓鼙。言不可居。二句見世亂之甚。江城今夜客，還與舊烏啼。曰『舊』，可見來非一日。

一室

一室他鄉遠，空林暮景懸。即所居以見遠客之孤寂。正愁聞塞笛，獨立見江船。正愁之時，復聞塞笛；獨立之際，更見江船，遠客之愁可知。巴蜀來多病，荆蠻去幾年。承前兩聯，見蜀不可居，而欲去楚也。應同王粲宅，留井峴山前。峴山，在荆州，有王粲井。承第六句，言欲留迹於楚也。公之自負可知矣。

北鄰

明府豈辭滿，藏身方告勞。此言棄官之高。青錢買野竹，白幘岸江皋。此言隱居之樂。愛酒晉山簡，能詩何水曹。此引古人，以見才興之玅。時來訪老疾，步屧到蓬蒿。此言常來訪己，以見相知之深。

村　夜

風色蕭蕭暮，江頭人不行。村舂雨外急，鄰火夜深明。四句村夜之景。胡羯何多難，漁樵寄此生。中原有兄弟，萬里正含情。四句村夜之情。

奉簡高使君

當代論才子，如公復幾人。美其才不多見。驊騮開道路，鷹隼出風塵。以二物喻其才之英俊。公贈鮮于京兆曰：『驊騮開道路，雕鶚離風塵。』贈嚴閣老曰：『蛟龍得雲雨，鵰鶚在秋天。』公每以英俊之物比擬其人，語亦雄壯。行色秋將晚，客居之久。交情老更親。交情之厚。天涯喜相見，應『行色』。披豁對吾真。應『情親』。○瑗按：高爲詹事時，公謫華州，寄詩曰『時來知宦達，歲晚莫情疏』，蓋譏其忘舊。及此相見，而又喜其交情之親，故曰『披豁對吾真』。末句不爲無意。忘己則直言之，愛己則深喜之，非任吾真率之性者不能也。

寄楊桂州譚 公自註：因州參軍段子之任。

五嶺皆炎熱，宜人獨桂林。言桂州風土之佳，異於五嶺。梅花萬里外，雪片一冬深。貼『宜人』。聞此寬相憶，爲邦復好音。聞桂宜人，已寬相憶；復聞善政，喜何可言。江邊送孫楚，以晉孫楚爲石苞參軍比段也。遠附白頭吟。白頭吟比己之詩。結聯言因段寄詩，以見交情之厚。

西郊

時出碧鷄坊，所經之處。西郊向草堂。出郊之由。市橋官柳細，江路野梅香。向草堂道路之景。傍架齊書帙，看題減藥囊。到草堂所爲之事。無人覺來往，疏懶意何長。境之静幽，己之興趣，藹然言外。『來往』二字，應首聯『出』字、『向』字。

早起

春來常早起，幽事頗相關。上句因下句。帖石防隤岸，開林出遠山。『開』，謂剪伐也。『出』，使之出也。一丘藏曲折，緩步有躋攀。童僕來城市，瓶中得酒還。帖石開山，步丘酌酒，皆言幽事之實。

琴臺

在成都，即相如以琴吟鳳求凰曲挑文君竊逃貰酒處。相如有消渴疾。

茂陵多病後，尚愛卓文君。酒肆人間世，琴臺日暮雲。四句言當時之事，寓諷刺之意。野花留寶靨，蔓草見羅裙。歸鳳求凰意，寥寥不復聞。四句言後世之事，寫弔古之情。

謾成二首

野日荒荒白，春流泯泯清。渚蒲隨地有，村徑逐門成。四句言景物不俗。只作披衣慣，『披衣』，人名，見莊子。此暗用其事。常從漉酒生。指淵明。二句言興趣不俗。眼邊無俗物，以『無俗物』三字，唤破一詩之意。多病也身輕。甚形容無俗累之妙。

江皋已仲春，花下復清晨。地僻辰良，足娱懶性。仰面貪看鳥，回頭錯應人。得此失彼，足見懶態。朱文公引此聯於大學或問正心章，爲『身在於此，而心馳於彼』之戒。讀書難字過，對酒滿壺頻。倦讀好飲，懶不待言。近識峨嵋老，峨嵋，山名，在蜀。公自注：東山隱者。然前詩所謂『漉酒生』者，疑指此老。知予懶是真。以『懶』字唤破一詩之意，又見『峨嵋老』爲知己者。○趙云：起句紀時，下六句殊不相應，故題曰『謾成』。殊不知此二首前六句皆散説，以結聯唤起一篇之意。少陵往往有此，讀者細考之自見。惜乎註者皆逐句求解，而不融會通篇之旨也。

春夜喜雨

好雨知時節，當春乃發生。申明上句。隨風潛入夜，潤物細無聲。『細無聲』，貼『潛入夜』。舊説此聯有比興。若有比興，則是王道氣象，相業不足言矣。野徑雲俱黑，江船火獨明。曉看紅濕處，花重錦官城。上聯言夜景，下聯言曉景。喜雨之意，自在其中。

遣意二首

囀枝黄鳥近，泛渚白鷗輕。一徑野花落，孤村春水生。四句幽居之景。衰年催釀黍，細雨更移橙。二句幽居之事。漸喜交遊絶，幽居不用名。結聯直明言幽居之志。『幽居』二字，喚起一篇之意。○此篇春日遣意所作。

檐影微微落，津流脉脉斜。二句將夜之景。野船明細火，宿鴈起圓沙。二句已夜之景。公草堂即事有『寒魚依密藻，宿鷺起圓沙』一聯，蓋平講此聯。下句因上句。雲掩初弦月，香傳小樹花。二句深夜之景。鄰人有美酒，稚子也能賒。結聯述懷，應前六句，蓋謂對此寂寞之景而不可無酒也。○此篇春夜遣意所作。

江亭

坦腹江亭暖，長吟野望時。言臥曝詠眺於亭中，興趣悠然可想，不必下聯點景始勝。水流心不競，雲在意俱遲。寂寂春將晚，欣欣物自私。『自私』，猶言自愛。謂春既將晚，而物亦不自愛，即陶淵明『木欣欣以向榮』之意耳。固未嘗無意。劉説：最是相業。趙説：有曾點之趣。皆迂遠矣。不過即物之乘時而樂，以興下文人不得歸而悶耳。○四句寓情於景，貼『野望』。故林歸未得，排悶强裁詩。結聯因景傷情。『裁詩』，貼『長吟』。○張子韶謂：陶淵明『雲無心而出岫，鳥倦飛而知還』，觀其曰『無心』，曰『倦飛』，則可知其本意，不如少陵水流而心不競，雲在而意俱遲，氣更渾淪。蓋以爲過於陶淵明。趙章泉又以爲少陵之句終爲有心，不如王摩詰『行到水窮處，坐看雲起時』，初無意也。蓋以爲不及王摩詰。瑗謂，善評詩者，正不當如此牽强比擬。玉露曰：古人好詩，在人如何看，在人把做甚麽用。如『水流心不競，雲在意俱遲』，只把做景物看，亦可；把做道理看，其中亦儘有可玩索處。大抵看詩，要胸次玲瓏活絡。其説善矣。

徐步

整履步青蕪，荒庭日欲晡。言步之時。芹泥隨燕觜，花蕊上蜂鬚。步時所見之景。把酒從衣濕，吟詩信杖扶。步時所爲之事。敢論才見忌，應『詩』。實有醉如愚。應『酒』。二句步時所感之情，有哀而不傷、怨而不怒之意。

寒食

寒食江村路，風花高下飛。汀煙輕冉冉，竹日浄暉暉。四句言寒食之美景。田父要皆去，鄰家問不違。地偏相識盡，鷄犬亦忘歸。四句言寒食之樂事。趙云：見其樂易坦夷，與物無忤，雖鷄犬亦化之也。

石鏡

成都記：有山精化爲女子，蜀王納爲妃。及死，王以石鏡表其冢門。

蜀王將此鏡，送死置空山。言蜀王造鏡之由。冥寞憐香骨，提攜近玉顔。言蜀妃幽冥之用。衆妃無復嘆，千騎亦虚還。應『送死』。獨有傷心石，埋輪月宇間。應『此鏡』。

高枏

枏樹色冥冥，江邊一蓋青。其色可愛。近根開藥圃，接葉製茅亭。其形可愛。落影陰猶合，微風韻可聽。陰韻可愛。尋常絶醉困，臥此片時醒。憩息可愛。

惡樹

獨繞虚齋徑，言有礙也。常持小斧柯。言欲伐也。幽陰成頗雜，應弟一句。惡木剪還多。應第二句。枸杞固吾有，若是枸杞，則固爲吾所有，不必剪也。借彼形此。鷄棲柰汝何？言既不如枸杞之可採，又不能爲鷄之可棲，其樹惡可知，烏得不剪之乎？○不獨借『狗』音與『鷄』對，又借『杞』音與『棲』對，此假對之精切者。方知不材者，生長謾婆娑。言不材之惡木，生長無用，所以必剪也。○前詩木之材者，此詩木之不材者。

送裴五赴東川

故人亦流落，高義動乾坤。『亦』字有味。蓋謂己之不才，固當流落在此，不意高義如故人，亦流落也。詞旨憤惋。何日通燕塞，相看老蜀門。歎燕塞未通，將終老於蜀。上聯言裴之流落，此聯言己之淹留。東行應暫別，言裴赴東川，應第一聯。北望若銷魂。言己望燕静，應弟二聯。凜凜悲秋意，非君誰與論？見裴知己。

逢唐興劉主簿弟

分手開元末，連年絶尺書。紀昔日分别之事。江山且相見，戎馬未安居。述今日相見之懷。劍外官人冷，關中驛騎疏。應『未安居』。輕舟下吳會，主簿意何如？言劉所往之地與懷。

和裴迪登新津寺寄王侍郎 公自注：王時爲蜀牧。公前有題新津北橋樓詩。

何恨倚山木，吟詩秋葉黄。言裴登寺，遣恨吟詩。『倚山木』，見懷抱之寂寥。『秋葉黄』，見時景之蕭索。下聯無復悲於此者。蟬聲集古寺，鳥影度寒塘。申言裴吟詩時寂寞之景。風物悲遊子，指裴登寺。登臨憶侍郎。言裴吟詩寄王。老夫貪佛日，隨意宿僧房。公時寓居浣花溪寺，故有此結。言己獨無悲恨，以寬裴也。

敬簡王明府

葉縣郎官宰，以王喬事比王。周南太史公。以馬遷事自比。神仙才有數，貼第一句。流落意無窮。貼第二句。驥病思偏秣，鷹秋怕苦籠。歎己。看君用高義，恥與萬人同。羡王。

重簡王明府

甲子西南異，『甲子』，紀時。『西南』，紀地。冬來只薄寒。江雲何夜静，蜀雨幾時乾。三句皆應首句，蓋即氣候之殊，見己流落之意。行李須相問，窮愁豈有寬。君聽鴻鴈響，恐致稻粱難。後四句有望於王之意。

聞斛斯六官未歸

故人南郡去，言所去之地。去索作碑錢。言所去之事。起用連珠字，與『清商欲盡奏，奏苦血沾衣』同。本賣文爲活，翻令室倒懸。承第二句，言才高而貧。荆扉深蔓草，土銼冷疏煙。承第四句，言其貧甚。老罷休無賴，歸來省醉眠。勸其早歸。公江畔尋花詩自註：斛斯融，吾酒徒。觀此結，即此人。

江漲

江發蠻夷漲，山添雨雪流。既發蠻夷之漲，復添雨雪之流，所以盛也。大聲吹地轉，高浪蹴天浮。形容江漲之盛。魚鱉爲人得，蛟龍不自謀。言物被漲之害。輕帆好去便，吾道付滄洲。因江漲而起泛滄州之興。

朝雨

涼氣曉蕭蕭，江雲亂眼飄。言得雨之氣候時景。風鴦藏近渚，雨燕集深條。言物避飄灑，朝尚未出，見雨至也。上四句朝雨之景。黄綺終辭漢，巢由不事堯。援古自喻。草堂樽酒在，幸得過清朝。『清朝』，應起句。後四句對雨所感之懷。蓋援古即事，以寫一時之志趣耳。

晚晴

村晚驚風度，庭幽過雨霑。此言晚晴。夕陽薰細草，江色映疏簾。申言晚晴佳景。書亂誰能帙，杯乾自可添。此聯猶『讀書難字過，對酒滿壺頻』之意。瑗按：公嘗自謂『讀書破萬卷，下筆如有神』，又曰『讀書難字過』，嘗曰『傍架齊書帙』，又曰『書亂誰能帙』。蓋『破萬卷』，『齊書帙』，正言之也；『難字過』『亂不帙』，反言之，以見疏懶之性，所謂有激而云耳。嘗見友人訓詁有不通，几案或不整者，每以此爲言，是癡人前不得説夢也。【汪仲弘本：此聯猶『讀書難字過，對酒滿壺頻』之意。瑗按：公嘗自謂『讀書破萬卷，下筆如有神』，又曰『讀書難字過』，嘗曰『傍架齊書帙』，正言之也；『難字過』『亂不帙』，反言之，以見疏懶之性，所謂有激而云耳。嘗見友人訓詁有不通，几案或不整者，每以此爲言，是癡人前不得説夢也。】時聞有餘論，未怪老夫潛。漢王符著潛夫論。此引以比己之隱居著書也。○前四句晚晴之景，後四句晚晴所感之懷，與前同格。

草堂即事

荒村建子月，獨樹老夫家。『建子』『老夫』，假對。二句言草堂寂寞，後六句皆『即事』也。雪裏江船渡，風前徑竹斜。寒魚依密藻，宿鷺起圓沙。趙云：見此地、此時之景。蜀酒禁愁得，無錢何處賒。趙云：見此地、此時之情。

范員外邈吴侍郎郁特枉駕闕展待聊寄此作

暫往比鄰去，空聞二妙歸。已盡題意。幽棲誠簡略，言闕款待，自愧之詞。衰白已光輝。言特枉駕，自喜之詞。野外貧家遠，應第三句。村中好客稀。應第四句。論文或不媿，自負之詞。重肯款柴扉。奉邀之詞，望其再來也。○趙云：公詩中每以無俗物、絶交遊、門徑榛塞爲喜，今於『二妙』之來，乃以在外闕展待，委曲盡情如此，則平日稱懶，其果懶乎？峨嵋老必能言之。玉露曰：范、吴訪少陵於草堂，少陵偶出不及見，謝以詩云云。陳后山在京師，張文潛、晁無咎爲館職，聯騎過之。后山偶出蕭寺，二君題壁而去。后山亦謝以詩云：『白社雙林去，高軒二妙來。排門銜鳥雀，揮壁帶塵埃。不憚升堂費，深愁載酒回。功名付公等，歸路在蓬萊。』杜、陳一時之事相類，二詩醖藉風流，未易優劣。

王竟攜酒高亦同過共用寒字

前有七言律一首，題云王侍御掄許攜酒至草堂奉寄此詩便請邀高使君同到。

臥病荒郊遠，寂寞之懷。通行小徑難。草堂之僻。故人能領客，言王邀高同到。攜酒重相看。言王攜酒。曰『重』，可見向時曾來。自媿無鮭菜，媿己無款。空煩卸馬鞍。兼指王、高。移時勸山簡，頭白恐風寒。結獨指高。公自注云：高每云：汝年幾小，且不必小於我。此句戲之也。○此篇當與前七言律參看，今附於左：『老夫臥穩朝慵起，白屋寒多暖始開。江鸛巧當幽徑浴，鄰鷄還過短牆來。繡衣屢許攜家醖，皂蓋能忘折野梅。戲假霜威促山簡，須成一醉習池回。』按，『繡衣』『霜威』，指王；『皂蓋』『山簡』，指高。

觀作橋成月夜舟中有述還呈李司馬

前有陪李司馬江上觀造竹橋七言律一首。

把燭橋成夜，迴舟客坐時。紀事，紀時。天高雲去盡，江迴月來遲。夜坐之景。衰謝多扶病，招邀屢有期。異方乘此興，樂罷不無悲。四句夜坐之懷。

梔　子

梔子比衆木，人間誠未多。言種之稀。於身色有用，言可染。與道氣傷和。言性冷。紅取風霜實，青看雨露柯。言可觀，上應第三句。無情移得汝，貴在映江波。結見愛之之意。

鸂　鶒〔四〕

故使籠寬織，須知動損毛。織籠使寬，恐損毛也。看雲莫悵望，失水任呼號。六翮曾經翦，孤飛卒未高。四句言樊籠之苦。且無鷹隼慮，留滯莫辭勞。二句言樊籠之樂。

花　鴨

花鴨無泥滓，階前每緩行。羽毛知獨立，黑白太分明。承起句來。不覺羣心妬，休牽衆眼驚。承上聯來。稻粱霑汝在，作意莫先鳴。此上三篇託物寓意。

畏人

早花隨處發，春鳥異方啼。託興花鳥，客懷自見。萬里清江上，此言己之草堂在清江萬里橋之上耳，前有詩曰『南浦清江萬里橋』是也。三年落日低。上句見遠客，此句見久客，承『異方』來。畏人成小築，褊性合幽棲。承第三句。門徑從榛草，無心待馬蹄。承『幽棲』來。

可惜

花飛有底急，言春去。老去願春遲。言惜春。可惜歡娛地，貼『花飛』。都非少壯時。貼『老去』。寬心應是酒，遣興莫過詩。『花飛』『老去』，心興可知，故以詩酒而寬之、遣之也。此意陶潛解，吾生後汝期。『此意』承『詩』『酒』。趙云：言此意惟陶公知之，惜不共時，則他不足與言此可知矣。

落日

落日在簾鉤，下三字見落日低斜。溪邊春事幽。下三聯俱是。芳菲緣岸圃，樵爨倚灘舟。登臨之幽。啅雀争枝墜，飛蟲滿院遊。景物之幽。濁醪誰造汝，一酌解千憂。情興之幽。

獨酌

步屧深林晚，開樽獨酌遲。謂林中獨酌也。仰蜂粘落絮，行蟻上枯梨。謂『蜂仰粘落絮，蟻行上枯梨』耳。一作『倒蟻』，一作『行列』之『行』，俱非。此林中之景，獨酌時所見者。薄劣慚真隱，謂才質，自愧之詞。幽偏得自怡。謂草堂，自喜之詞。本無軒冕意，不是傲當時。後四句獨酌時所感之情。趙云：結用反語自釋，與『敢論才見忌，實有醉如愚』意同。

廣州段功曹到得楊長史書功曹卻歸聊寄此詩 前有因段功曹寄楊桂州詩。

衛青同幕府，比廣之府帥。楊僕將樓船。比楊長史。漢節梅花外，春城海水邊。言廣州之遠，見寄書之情。桐梁在蜀。書遠及，言楊寄書。珠浦在廣。使將旋。言段卻歸。貧傍他鄉老，煩君萬里傳。述己之苦，囑段之意，寄楊之情，結聯俱見。

得廣州張判官叔卿書使還以詩代意

鄉關胡騎遠，宇宙蜀城偏。言己客所，見得張書之處。忽得炎州信，遥從月峽傳。言己得張書。雲深驃騎幕，夜隔孝廉船。言張宦所，見寄張詩之處。卻寄雙愁眼，相思淚點懸。言己寄張詩。

送段功曹歸廣州

南海春天外，言廣之遠。『春』以紀時。功曹幾月程。言程之久。『功曹』紀官。峽雲籠樹小，湖日落江明。言蜀中之景，見發軔之處。交趾丹砂重，韶州白葛輕。言廣州之處，併出産之奇。幸君因估客，時寄錦官城。承『砂』『葛』，而索寄於段也。○此上三篇，一時所作。

魏侍御就敝廬相別

有客乘驄馬，指魏。江邊問草堂。言『就敝廬』。遠尋留藥價，惜別到文場。承上聯，言贈別。入幕旌旗動，歸軒錦繡香。承上，言來別己而去。時應念衰疾，書迹及滄浪。言別後而不忘己也。

贈別何邕 何邕，公之鄉人，時爲利州綿谷縣尉。

生死論交地，何由見一人。言素相知之深者，相逢之少也。悲君隨燕雀，薄宦走風塵。言獨逢何君，又非得志者。綿谷元通漢，綿屬利州，水通於漢，喻何得歸漢上。沱江不向秦。沱屬蜀州，水不入秦，喻己不得歸秦。五陵花滿眼，傳與故鄉春。五陵屬長安，故云『故鄉』。承上句不得歸秦而言。

贈别鄭鍊赴襄陽

戎馬交馳際，柴門老病身。歎己之亂離。把君詩過目，念此别驚神。念鄭之遠别。此聯上三字、下二字句法。地闊峨嵋在蜀。晚，言己所在，應第一聯。天高峴首在襄。春。言鄭所赴，應第二聯。○『峨眉』『峴首』，極爲的對，不獨以『首』對『眉』。詩曰：『俔天之妹。』是又借『俔』音與『峨』音對也。爲於耆舊内，試覓姓龐人。漢龐德公攜妻子隱於襄陽鹿門山。此蓋因鄭而寓弔古之心、隱居之志也。韓退之送董邵南序曰：『爲我弔望諸君之墓，而觀於其市，復有昔時屠狗者乎？』意同此。昔人謂：杜之詩，韓之文，法也。信哉！

舟前小鵝兒

鵝兒黄似酒，對酒愛新鵝。語俚而意新，可作詩料，東坡岐亭詩『洗盞酌鵝黄，磨刀切熊白』是也。但王荆公『弄日鵝黄裊裊垂』，又以『鵝黄』言柳；裴虔餘『滿額鵝黄金縷衣』，又以『鵝黄』言婦粧，未若鵝黄酒全語爲别嫌也。引頸嗔船逼，無行亂眼多。翅開遭宿雨，力小困滄波。客散層城暮，狐狸奈若何。寓意。

水檻遣心 公有水檻古詩一首，蓋所居草堂之水檻。

去郭軒楹敞，應『水檻』。無村眺望賒。應『遣心』。澄江平少岸，幽樹晚多花。細雨魚兒出，微風燕子斜。中兩聯水檻之景、遣心之事也，皆承『眺望賒』來。○上六句皆下因上。城中十萬户，應『去郭』。

此地兩三家。應『無村』。○八句皆景，情自可見。

蜀天常夜雨，先言『夜雨』。江檻已朝晴。後言『朝晴』。葉潤林塘密，應『雨』。衣乾枕席清。應『晴』。不堪祇老病，何得尚浮名。遣心實事。淺把涓涓酒，深憑送此生。藉此遣心。○前四句景，後四句情。

屏迹二首

用拙存吾道，幽居近物情。物兼人言。中兩聯皆物情也。桑麻深雨露，燕雀半生成。一植一動。村鼓時時急，漁舟箇箇輕。一勞一逸。杖藜從白首，心迹喜雙清。『心迹』『雙清』，貼首聯。○玉露云：杜陵『桑麻深雨露，燕雀半生成』，后山『輟耕扶日月，起廢極吹噓』，或謂虛實不類。不知『生』爲造，『成』爲化，『吹』爲陰，『噓』爲陽，氣勢力量與『雨露』『日月』字正相配也。瑗按：玉露之説未是。如王維『江流天地外，山色有無中』，皆是虛實借對，詩家謂之輕重對，少陵往往有之。趙謂：句中自對。亦通。

晚起家何事，無營地轉幽。上句起下句。竹光團野色，舍影漾江流。貼『地轉幽』。失學從兒懶，長貧任婦愁。百年渾得醉，一月不梳頭。四句即『晚起』『無營』之實。○前詩近物之情，後詩無營之樂。

嚴公廳宴同詠蜀道畫圖得空字

日臨公館靜，畫列地圖雄。見爲廳事之畫圖。劍閣星橋北，松州雪嶺東。見圖所畫蜀中山川形勝。

華夷山不斷，吴蜀水相通。見圖所畫蜀道脉絡之相貫者。○中兩聯所謂『地圖雄』也。興與煙霞會，清樽幸不空。上見觀畫之興，總結上文，應第二句。下見嚴公廳宴，應第一句。

寄高適

楚隔乾坤遠，難招病客魂。歎己流落之久。詩名惟我共，同道之悲。世事與誰論。同心之感。北闕更新主，謂代宗即位。南星落故園。謂高適召還。定知相見日，爛熳倒芳樽。言高適召還，得與長安故人同飲，而己遠隔難招也。承上句，應首聯。

奉濟驛重送嚴公四韻 奉濟驛在緜州，公送嚴武赴召至此。

遠送從此別，紀別之地。青山空復情。臨別之懷。幾時杯重把，預歎後會之難。昨夜月同行。追説送別之遠。列郡謳歌惜，稱得民之心。三朝出入榮。稱相君之久。江村獨歸處，寂寞養殘生。感知己之詞，應起聯。○方虚谷云：第一句極酸楚，末句尤覺徬徨無依。後嚴武再帥蜀，卒於位，公遂去蜀云。

悲秋

涼風動萬里，起言遠客。『涼風』，紀時。羣盜尚縱横。遠客爲此，『尚』字見久。家遠傳書日，貼『萬里』。秋來爲客情。貼『涼風』。愁窺高鳥過，貼『傳書』。老逐衆人行。貼『爲客』。始欲投三峽，紀爲客之地。無由見兩京。見歸鄉之難。○詩中不言『悲秋』字，而意自可見。

客夜

客睡何曾着，言不寐。秋天不肯明。言夜長。入簾殘月影，高枕遠江聲。夜長之景。計拙無衣食，途窮仗友生。老妻書數紙，應悉未歸情。四句不寐之懷。時公送嚴武還朝，至緜州，旋有徐知道之亂。因客梓州，而家在成都。友生，指梓州之故人。

客亭

秋窗猶曙色，秋曉之景。木落更天風。此句應『秋窗』。日出寒山外，江流宿霧中。二句應『曙色』。聖朝無棄物，老病已成翁。多少殘生事，飄零任轉蓬。四句秋曉之情。○此上三章，一章題曰『悲秋』，緊言之也；二章言秋夜；三章言秋曉：皆一時所作。

戲題寄上漢中王三首

公自注：時王在梓州，初至斷酒不飲，篇中有戲。

西漢親王子，言王懿親。成都老客星。言己遠客。百年雙白鬢，一別五秋螢。言己別王之久，應第二句。忍斷杯中物，衹看座右銘。言王作誡斷酒，應第一句。不能隨皂蓋，自醉逐浮萍。結總上文，言己當流落之際，方且藉酒自慰，不能隨王之斷飲也。○趙云：此詩一、二以彼己並説對起，三、四言己之情，五、六言彼之事，七、八言己不能往從彼也。瑗按：少陵此法甚多，讀者以類而求可也。

策杖時能出，言己欲訪王。王門異昔遊。言王之失位。王時貶蓬州。已知嗟不起，言王之留滯，應第二句。未許醉相留。言王不留己，應第一句。蜀酒濃無敵，江魚美可求。終思一酩酊，浄掃鴈池頭。四句承第一句、第四句，言王雖不留己，己則終欲訪王而一醉也。詩曰：『善戲謔兮，不爲虐兮。』此之謂也。

羣盜無歸路，衰顔會遠方。此言今日客中會王之情。尚憐詩警策，猶憶酒顛狂。此言舊日受知於王之樂。魯衛彌尊重，比王爲帝室懿親，而兄在其中，汝陽王璡是也。徐陳略喪亡。比王門舊日賓客，而己在其中。空餘枚叟在，應願早升堂。言王客惟己獨在，故欲早得升堂相訪而一醉也。○三章皆戲其不飲之意。一章言己不能如王之不飲，二章言終欲就王之痛飲，三章言願王早接己之一飲也。

贈韋贊善别

扶病送君發，自憐猶不歸。起聯因送客歸而歎己之不得歸也。祇應盡客淚，復作掩荆扉。應第二句。江漢故人少，音書從此稀。應第一句。往還二十載，歲晚寸心違。昔日之情好，今日之别情，結聯俱見。

九日登梓州城

伊昔黄花酒，憶往日之興。如今白髮翁。歎今日之衰。追歡筋力異，應第二句。望遠歲時同。應第一句。弟妹悲歌裏，朝廷醉眼中。句法與宴南樓『盜賊狂歌外，形骸痛飲中』相類。兵戈與關塞，此日意無窮。四句述時事，乃登高所感之懷。

九日奉寄嚴大夫

時嚴武還朝，尚在蜀道中。

九日應愁思，言嚴感時之懷。經時冒險艱。言嚴在途之苦。不眠持漢節，貼『應愁思』。何路出巴山。貼『冒險艱』。小驛香醪嫩，重巖細菊斑。言客中九日之景，奉慰之詞。遥知簇鞍馬，回首白雲間。言嚴憶己，故嚴荅詩曰『跋馬望君非一度』是也。

題玄武禪師屋壁

何年顧虎頭，比所畫之人。滿壁畫滄洲。言所畫之趣，下皆承此言。赤日石林氣，青天江海流。狀所畫之景。錫飛常近鶴，杯度不驚鷗。此借事實以狀所畫之景。似得廬山路，真從惠遠遊。結乃借事實以比畫，而因借畫以比己與玄武禪師之來往也。

翫月呈漢中王

夜深露氣清，江月滿江城。起言夜月。浮客轉危坐，歸舟應獨行。關山同一照，烏鵲自多驚。四句翫月之情。詳『歸舟』句，疑謂漢中王歸蓬州，不然或是兼憶嚴大夫也。『照』一作『點』，引東坡『一點明月』之詞爲證，非是。欲得淮王術，風吹暈已生。淮南子：『畫隨灰而月暈缺。』此借以比漢中王也。用事稱題，應首聯。

陪王侍御宴通泉東山野亭

江水東流去，以亭中所見起興。清樽日復斜。言宴之久。異方同宴賞，何處是京華。言宴飲所感之情。『宴賞』，貼『清樽』。亭景臨山水，村煙對浦沙。狀東山野亭之景。狂歌遇形勝，得醉即爲家。結總上文。公有春歸排律，結句云：『此身醒復醉，乘興即爲家。』意同此結。

遠遊

賤子何人記，言故人之忘己。迷方着處家。言己客之無定。命題『遠遊』，意在於此。竹風連野色，江沫擁春沙。遠遊之景。種藥扶衰病，吟詩解嘆嗟。遠遊之情。似聞胡騎走，失喜問京華。亂息則遠遊可歸，故『喜問京華』也。此篇後有七言律一首，題曰聞官軍收河南河北，所謂『胡騎走』也。

春日梓州登樓二首

行路難如此，公在久客，故發嘆以起興，不必與下句相貫也。登樓望欲迷。身無卻少壯，嘆老。迹有但羈棲〔五〕。嗟卑。二句登樓所感之情。本謂：『身卻無少壯，迹但有羈棲。』因倒一字以協律，翻使句奇而不腐。江水流城郭，所見。春風入鼓鞞。所聞。二句登樓所對之景。雙雙新燕子，依舊已銜泥。即時物之得所，見己之失所也。趙云：後兩聯俱承第四句言。瑗按：後三聯俱承第二句言也。

天畔登樓眼，隨風入故園。因登樓而思故園。戰場今始定，移柳更能存。因戰定而憶園柳。厭蜀交游冷，思吴勝事繁。因厭蜀而思游吴。應須理舟楫，長嘯下荆門。承上聯，言欲去蜀而往吴也，然亦可見吴蜀待公之厚薄，非特託言而已。

花底

紫萼扶千蕊，黄鬚照萬花。言花之盛。花外曰『萼』，内曰『蕊』。『蕊』，花鬚點也。忽疑行暮雨，喻花氣之滋潤。何事入朝霞。喻花色之鮮明。恐是潘安縣，堪留衛玠車。借古事以形容花之盛而美也。然曰『忽疑』，曰『何事』，曰『恐是』，曰『堪留』，皆形容之詞。深知顔色好，明言其好。總結上文。莫作委泥沙。承上句而致愛花之意。

柳邊

只道梅花發，那知柳亦新。借梅見柳之早。枝枝總到地，葉葉自開春。發生之盛。紫燕時翻翼，黄鸝不露身。借鳥棲藏，以見其盛。漢南應老盡，喻己在梓州也。灞上遠愁人。言己思長安也。結因借柳寫己久客思歸之情。『漢南』『灞上』，謂漢南、灞上之柳也。

郪縣西原送李判官兄武判官弟赴成都府

憑高送所親，見送别之處。久坐惜芳辰。見惜别之情。遠水非無浪，他山自有春。謂道路之遠，非無風波之苦，蓋爲成都之好耳。野花隨處發，官柳着行新。言道路之景。公又有『早花隨處發，春鳥異方啼』之句。天際傷愁别，離筵何太頻。客中送客，已爲可傷；送客不已，其傷益甚，不言可知。公後有『二月頻送客，東津江欲平』『離筵不隔日，那得易爲情』之句，與此結同意。

題郪原郭明府茅屋壁

江頭且繫船，爲爾獨相憐。言因郭之愛己而暫留也。雲散灌壇雨，春青彭澤田。借太公、淵明事，以比郭之德政。頻驚適小國，一擬問高天。述己之客情。别後巴東路，逢人問幾賢。言别後思郭之情。○連用二『問』字，亦當避之。

奉送崔都水翁下峽

無數涪江筏，鳴橈總發時。此聯以舟楫之盛，而見其遠別。別離終不久，宗族忍相遺。此聯以宗族之情，而勸其早歸。白狗黄牛峽，朝雲暮雨祠。此聯言峽中景迹之勝，爲結張本，就句對。所過憑問訊，到日自題詩。言過上聯所言之勝地，不可無詩也。

陪李梓州王閬州蘇遂州李杲州四使君登惠義寺

春日無人境，虚空不住天。鶯花隨世界，樓閣倚山巔。四句遊寺所覽之時景。遲暮身何得，登臨意惘然。歎己。誰能解金印，瀟灑共安禪。諷四使君也。四句遊寺所感之情。

涪江泛舟送韋斑歸京得山字〔六〕

追餞同舟日，言泛舟。傷春一水間。指涪江。飄零爲客久，衰老送君還。言己久客而羡韋歸。花雜重重樹，雲輕處處山。敘道路之景物，貼『春』字。天涯故人少，更益鬢毛斑。言韋别去而增愁也。貼三、四，猶前『江漢故人少，音書從此稀』之意。

送竇九歸成都

文章亦不盡，竇子才縱橫。非爾更苦節，何人符大名。四句稱竇子才志之高。第四句有『詩名惟我共』之意。讀書雲閣觀，問絹錦官城。言竇子歸成都所爲之事。我有浣花竹，題詩須一行。時公妻子在成都，蓋託之之詞。

泛江送客

二月頻送客，東津江欲平。起聯應題。『二月』紀時。煙花山際重，見二月送客之景。舟楫浪前輕。見泛江送客之事。淚逐勸杯落，愁連吹笛生。見送客之悲。離筵不隔日，那得易爲情。見送客之頻，貼『頻送客』。

上牛頭寺

青山意不盡，衮衮上牛頭。言登山之意興難盡，故屢來遊。『衮衮』，謂來遊不已。無復能拘礙，真成浪出遊。見衮衮來遊之意。花濃春寺靜，竹細野池幽。常建：『竹徑通幽處，禪房花木深。』視此遠矣。何處鶯啼切，移時獨未休。結聯寄興，意在言表。○上聯所見，此聯所聞，皆遊寺之景。○張天覺律詩格云：『花濃』，喻媚臣秉政；『春寺』，比國家；『竹細野池幽』，喻君子在野，未見用也。漁隱深闢其穿鑿，得之矣。

望牛頭寺

牛頭見鶴林，觀名。梯徑繞幽深。言寺之僻。春色浮山外，春景。天河宿殿陰。夜景。傳燈無白日，布地有黄金。此聯即佛書以狀寺景。休作狂歌老，回看不住心。結聯述己之情。『不住心』，亦出佛書。○尾句、起句皆言望牛頭寺。中所言景，皆望之者也。

上兜率寺『率』，音律。

兜率知名寺，真如會法堂。『兜率』『真如』字，見佛書。上言兜率爲名寺，見知於時；下言與朋友宴會於寺。江山有巴蜀，言寺之勝。棟宇自齊梁。言寺之古。二句應『知名寺』。『有』『自』二字是眼。石林云：詩人以一字爲之，世固知之，惟杜老變化開闔，出奇無窮，殆不可以形迹捕緝。如此聯，則其遠近數千里，上下數百年，只在『有』與『自』兩字間；而呑吐山川之氣，俯仰古今之懷，皆見於外也。庾信哀雖久，言思故鄉之久。何顒好不忘。言念朋友之好。二句應『會法堂』。○北史曰：庾信雖位望通顯，常作鄉關之思，乃作哀江南賦以致其意。後漢書曰：何顒因陳蕃、李膺之敗，爲宦官所陷，亡匿汝南間。所至皆親其豪傑，有聲，袁紹慕之，私與往來，結爲奔走之友。此聯所引，蓋謂己雖久思故鄉，而客中朋友之好，亦有不能恝然而忘者，乃述己登寺所感之懷耳，無與於佛事也。後岳麓道林寺云：『久爲野客尋幽慣，細學何顒免興孤。』亦是此意。舊註謂當指南史周顒奉佛事，譏少陵爲誤記，謬矣！然庾信又未嘗奉佛，不知何以處之？或謂何顒嘗欲謀誅曹操未遂，公或託意在此，亦未必然。白牛車遠近，且欲上慈航。佛説以大白牛駕寶車，喻大法乘。『慈航』字，亦出佛書。結聯正承上聯，言故鄉既不得歸，朋友又不能忘，故且爲遊寺之樂可也。

望兜率寺

樹密當山徑，江深隔寺門。起見望寺。霏霏雲氣重，貼『山』。閃閃浪花翻。貼『江』。不復知天大，貼『樹』。空餘見佛尊。貼『寺』。『見』，如字。舊謂『見』音『現』，恐非。時應清盥罷，隨喜結孤園。言己常喜游此寺也。前六句望寺之景，後二句望寺之情。

泛江送魏倉曹還京因寄岑中允參范郎中季明

遲日深江水，輕舟送別筵。言泛江送魏。帝鄉愁緒外，春色淚痕邊。下句因上句，因送魏還京而動故鄉之思耳。舊註指玄宗、肅宗葬事，非也。見酒須相憶，將詩莫浪傳。囑魏之詞。若逢岑與范，爲報各衰年。託魏之詞。○言魏得歸而己不得歸，故還至京與故鄉宴樂，不可不思我之愁也。『莫浪傳』者，防不知己也。報岑、范者，爲知己也。

登牛頭山亭子

路出雙林外，亭之所經。亭窺萬井中。亭之所瞰。江城孤照日，山谷遠含風。登亭所覽之景。兵革身將老，關河信不通。登亭所感之情。猶殘數行淚，忍對百花叢。言己登亭客懷之悲。總結上文。

送何侍御歸朝 公自注：李梓州泛舟筵上作。

舟楫諸侯餞，言李泛舟送何。車輿使者歸。言何乘軺還朝。山花相映發，水鳥自孤飛。此聯即景寓情。上見還京者衆，下見己獨淹留。春日垂霜鬢，天隅把繡衣。言己年老客中，不忍别何之情。故人從此去，寥落寸心違。承上申言别後之情。

數陪李梓州泛江有女樂在諸舫戲爲豔曲二首

上客迴空騎，指衆客。佳人滿近船。指伎。江清歌扇底，野曠舞衣前。言歌舞，貼『佳人』。玉袖凌風並，言對舞，貼『野曠』。金壺隱浪偏。『隱』，猶避也。船攲於浪，故壺亦因之而偏，貼『江清』。競將明媚色，偷眼豔陽天。言衆客之留情於伎也。

白日移歌袖，謂舞。清宵近笛牀。謂吹笛。翠眉縈度曲，謂歌。雲鬢儼分行。謂列侍，或曰謂對舞。立馬千山暮，見宴樂之久。迴舟一水香。見攜伎之妙。二句壯而麗。使君自有婦，古樂府全語。莫學野鴛鴦。前結兼戲衆客，此結獨戲李梓州也。室中語云：一日有坐客問公曰：余用古人一句可乎？公曰：然，如少陵『使君自有婦』『而無車馬喧』之類是也。瑗按：名家用古人全語亦多，但古人得意之警句不可竊取。若此類，則是因文勢之來，興之所至，適與己會，偶爾就句成章，固無害也。

惠義寺送王少尹赴成都分得峯字

苒苒谷中寺，見山中有寺。娟娟林表峯。見寺外有山。欄杆上處遠，見寺之高。結構坐來重。見寺之盛。騎馬行春徑，見游之時。衣冠起暮鍾。見游之久。雲門青寂寂，總結上文。此別惜相從。公草堂在成都，故惜不得相從也。〇此詩惟尾句明言送王。

送韋郎司直歸成都

公後有投梓州幕府兼簡韋郎絶句一首，是韋乃梓州幕下郎官，暫還成都耳。舊注謂韋亦避難者，故言同病，非是。

竄身來蜀地，同病得韋郎。言己來蜀而遇韋也。天下兵戈滿，來蜀之由。江邊歲月長。來蜀之久。別筵花欲暮，春日鬢俱蒼。言送韋之時。『鬢俱蒼』，應『同病』。爲問南溪竹，抽稍合過牆。公自注：余草堂在成都西郭浣花里。按，前送竇九詩結云：『我有浣花竹，題詩須一行。』亦此意。

東津送韋諷攝閬州録事

聞説江山好，言閬之勝。憐君吏隱兼。言韋之賢。寵行舟遠泛，言韋之榮。惜別酒頻添。言己之情。

推薦非承乏，攝本『承乏』，反稱其賢。操持必去嫌。稱其執守。他時如按縣，不得慢陶潛。公自比也。劉云：自是丈人行語，今人小兒必怪。

巴西驛亭觀江漲呈竇使君

宿雨南江漲，先言『宿雨』，以見江漲之由。波濤亂遠峯。山亦『波濤』，以見宿雨之甚。孤亭凌噴薄，獨言驛亭，貼第二句。萬井逼春容。槩言巴郡，貼第一句。霄漢愁高鳥，貼『宿雨』。泥沙困老龍。貼『江漲』。天邊同客舍，攜我豁心胸。結言同竇觀漲之興。

其二

轉驚波作惡，即恐岸隨流。起言江漲轉劇之危，旅況不言可知。『轉』字喚前詩意。賴有杯中物，自慰之詞。還同海上鷗。自憐之詞。兩句意打上聯。關心小剡縣，傍眼見揚州。疑是因江漲而動吴越之興耳。不然，當時必有指。爲接情人飲，『情人』，指竇。『飲』，貼『杯中物』。朝來減片愁。承上句而結通篇之意。

又呈竇使君

向晚波微緑，言漲退。連空岸卻青。言雨止。二句驛中所見之景。日兼春有暮，日暮，貼『晚』字。愁與醉無醒。應在下二句。驛中所感之情，每一句而有二意，句法之妙者也。漂泊猶杯酒，『漂泊』，貼『愁』。

『杯酒』，貼『醉』。踟躕此驛亭。應在下。相看萬里別，貼『踟躕』。同是一浮萍。貼『漂泊』。○此上三章，其景，則一章言江漲，二章言漲盛，三章言漲退，以漸而殺也；其情，則一章言愁豁，二章言愁減，三章言愁甚，以漸而劇也。

行次鹽亭縣聊題四韻奉簡嚴遂州蓬州二使君咨議諸昆季

馬首見鹽亭，高山擁縣青。雲溪花淡淡，春郭水泠泠。四句言行次所見之地與景。全蜀多名士，指『咨議諸昆季』。嚴家聚德星。指二嚴使君。長歌意無極，好爲老夫聽。結欲諸君因詩而體悉乎己。後四句奉簡之意。

倚杖 公自注：鹽亭縣作。

看花雖郭外，倚杖即溪邊。『倚杖』，貼『看花』。『溪邊』，貼『郭外』。山縣早休市，貼『郭』字。江橋春聚船。貼『溪』字。狎鷗輕白浪，江中之物。歸鴈喜青天。春日之物。二句即所見之景物，喻己之漂泊而不得歸也。物色兼生意，『生意』，貼『花』字。『物色』，總貼上衆景。淒涼憶去年。言去年嘗倚杖看花於此，今猶未歸，故發淒涼之歎。

陪王漢州留杜綿州泛房公西湖

房綰罷相〔七〕，出刺漢州，時鑿城西爲池。

舊相恩追後，言房相之恩在漢，爲後人所追思也。春池賞不稀。西湖游賞之盛，即是後人追思房相之思。闕庭分去聲。未到，『分』，不分也，如『不分桃花紅勝錦』之『分』字。『未到』，猶未終也。舟楫有光輝。言房公罷相，來刺漢州，雖不終在闕庭爲可分，而恩在漢州西湖，爲後人追思遊賞之盛，其榮多矣。〇四句詠房公西湖。豉化蓴絲熟，刀鳴鱠縷飛。二句言筵之饌，亦湖中所有之物也。使君雙皂蓋，指王與杜。灘淺正相依。後四句言王留杜泛湖之情也。

柑園

公後有章梓州橘亭七言律詩一首云：『秋日野亭千橘香。』此柑園疑即章梓州之橘亭也。

春日清江岸，言園所在。『春日』，紀時。千柑二頃園。言園之廣。下皆承『柑』字言。青雲羞葉密，白雪避花繁。言枝葉之美盛。結子隨邊使，開筒近至尊。言柑入貢。後於桃李熟，終得獻金門。承上聯言。後三句寓意。

臺上得涼字

改席臺爲迴，謂移席於臺而高爽，見宴之地。留門月復光。謂留連於門而月上，見宴之久。雲霄遺暑濕，山谷進風涼。貼『臺迴』。老去一杯足，誰憐屢舞長。言宴之情。何須把官燭，似惱鬢毛蒼。貼

『月光』。

隨章留後新亭會送諸君

新亭有高會，言餞會之處。行子得良時。言行期之佳。日動映江幕，新亭之幕。風鳴排檻旗。行子之旗。二句亭中所見之景。絶葷終不改，勸酒欲無詞。座中必有齋戒而善飲者。二句會餞行子之事。已墮峴山淚，『峴山』，在襄陽。當是會送諸君往襄，故以爲言。因題零雨詩。『零雨其濛』，周公東征而歸所作之詩也。公因會送諸君而嘆己之不得歸耳。或曰鄘有『靈雨既零，命彼倌人。星言夙駕，説於桑田』之詩。此結蓋謂諸君既往襄陽可悲之地，令己下淚；又復星駕而往，不可挽留，令己益可悲也。亦通。

章梓州水亭

公自注：時漢中王兼道士席謙在會，同用『荷』字韻。

城晚通雲霧，見亭倚城。『雲霧』，見晚。亭深到芰荷。見亭在水心。吏人橋外少，見有橋通亭，亭中無吏。秋水席邊多。見亭中有宴，秋以紀時。○趙云：三言其事簡，四言其地勝。四句通狀亭中景物。瑗按：『亭深』以下三句，極爲詠水亭之妙語。近屬淮王至，以漢淮南王安比漢中王。高門薊子過。以漢薊子訓道士席謙。荆州愛山簡，以晋山簡比章梓州。吾醉亦長歌。公自謂也。○劉云：如此用事，自是點綴得人事好。瑗按：公赤甲詩後四句云：『荆州鄭薛寄書近，蜀客郗岑非我鄰。笑接郎中評事飲，病從深酌道吾真。』即此格也。

送元二適江左公自注：元結也。

亂後今相見，幸其再見，『亂』以紀事。秋深復遠行。惜其再别，『秋』以紀時。風塵爲客日，貼『亂』字。江海送君情。貼『行』字。○趙云：離亂之時，作客、送客，其情可知。晉室丹陽尹，公孫白帝城。『丹陽』，屬江左，元所適之地。『白帝』，屬蜀，元所經之地。舊謂：以温嶠尹丹陽之忠爲比元，以公孫之僭竊白帝爲比藩鎮不臣者。瑗按：二句不過取『丹陽』『白帝』對講，以見道闊遠，爲下句『經過』二字張本耳。經過自愛惜，取次莫論兵。劉云：戒其經過論兵，豈非藩鎮節度有難言者乎？趙云：戒其不可輕論時事，愛之之至矣。

客舊館

陳迹隨人事，初秋别此亭。二句言昔别之時景。先言陳迹，後言别此，倒裝句法。重來梨葉赤，依舊竹林青。二句言重來之景物。風幔何時卷，憶昔别所爲之事。寒砧昨夜聲。歎重來所聞之事。無由出江漢，愁緒日冥冥。公屢有去蜀之志而未能，故愁緒無已也。○瑗按：唐韻『聲』在八庚，餘在九青。少陵五言律詩失韻者惟此一首。此詩在九卷之末，或以爲非少陵之作，未知是否？姑誌其疑，以俟博雅。

薄暮以下十六首閬州作。

江水最深地，山雲薄暮時。江山之景，暮以紀時。寒花隱亂草，宿鳥擇深枝。薄暮之景，花鳥寓意。公前有『美花多映竹，好鳥不歸山』之句，每託興於花鳥。劉云：上句似鄭谷亂後牡丹詩『賴是蓬蒿力，遮藏見太平』意也。趙云：二句即景，以比混俗避亂之意。舊國見何日，高秋心苦悲。故鄉之思，下句兼時。人生不再好，鬢髮白成絲。衰老之歎，意承上聯。

薄遊

淅淅風生砌，團團月隱牆。以『風』『月』對起。遥知秋鴈没，半嶺暮雲長。貼『月隱』。病葉多先墜，寒花只暫香。貼『風生』。巴城添淚眼，今夕復秋光。結又獨以客中對月之懷而致哀傷之意。言月則風可知，猶四牡詩，前以父母對言，結獨曰『將母來諗』也。

閬州奉送二十四舅使自京赴任青城

聞道王喬舄，名因太史傳。漢王喬爲葉縣令，每望朔來朝。明帝怪其數來，令太史伺之。臨至，有雙鳧飛來，舉千網張之，得一舄焉。比舅之任青城。如何碧鷄使，把詔紫微天。漢書：方士言益州有金馬碧鷄，可祭祀致也，宣帝使王褒往祀焉。比舅之使自京。秦嶺愁回首，赴任所經。涪江醉泛船。餞別之處。青城漫汙雜，吾舅意悽然。直言青城之陋而舅氏不悦之意也。

放船

送客滄溪縣，縣屬閬州。山寒雨不開。直愁騎馬滑，故作泛舟迴。十字句。○四句放船之由。青惜峯巒過，黃知橘柚來。二句曲盡泛船之景。上一字、下四字句法。鮑曰：舟行湍移，景物如畫，雖速而不言速也。林下偶談：錢起云：『山來指樵徑，峯去惜花林。』不若子美此聯。江流太自在，坐穩興悠哉。結言放船之樂，而無騎馬之愁自在言外。○『山寒雨』承『蒼溪縣』來，三、四承『雨不開』來，後四句承『泛舟』來。此篇從頭順說，而開闔照應，脉絡分明，學者當熟讀之。

對雨

公閬州作此，是年有吐蕃之亂。

莽莽天涯雨，言雨甚。江邊獨立時。言對雨。不愁巴道路，恐濕漢旌旗。此聯貼第一句，謂莽莽之雨，不愁道路之滑，但恐旌旗之濕耳。濕旌旗，正暗含下聯，謂戰戍警急，其旌旗不遑收捲，故爲雨所濕也。道路滑，不過行旅一時之苦，故不必愁。旌旗濕，謂士卒當久戰老戍之疲，而遭此沮洳之患，寧不大可哀乎？『濕』字深切著明，極有意味，有照應。劉作『失』，謂雨中遠道不見也。諸家皆從之，謂『失』字好，豈非好奇之過邪？雪嶺山名。防秋急，繩橋地名。戰勝遲。二句即時事以見對雨獨立所感之懷也。西戎甥舅禮，未敢報恩私。唐屢以公主下嫁吐蕃。結承上聯，以親戚之情言之，則華夷之不辨、控馭之無策，不待言矣。秦州雜詩：『西戎外甥國，何得近天威。』亦此意。○四句皆承第三句來。

警急 公自注：時高適領西川節度使。

才名舊楚將，妙略擁兵機。高嘗爲揚州督都長史、淮南節度，故言『舊楚將』。二句稱高才略之美。玉壘蜀山。雖傳檄，松州會解圍。貼才略。和親知計拙，公主漫無歸。青海今誰得，西戎實飽飛。言吐蕃不念和親之好，但得土地而即去耳，則前結所謂『西戎舅甥禮，未敢報恩私』者，可見其爲反言諷之之意也。

王命

漢北豺狼滿，巴西道路難。應在下。血埋諸將甲，貼『豺狼滿』。骨斷使臣鞍。貼『道路難』。牢落新燒棧，蒼茫舊築壇。是年吐蕃入寇，及逼京畿，旋命郭子儀禦敵。子儀久閑廢，得二十騎而行。此聯譏其無策退賊，又不能命將也。深懷喻蜀意，慟哭望王官。相如有喻巴蜀檄。公止取『喻蜀』字耳，言己仰望朝廷安撫百姓，而急遣將以退賊也。

征夫 舊註：上三首皆爲高適作。吐蕃入寇，高在蜀，調征夫防守，卒陷松、羅等州。故首篇有才略之稱，而下皆敗北之事，所以諷之也。

十室幾人在，千山空自多。人少則山自多。路衢唯見哭，城市不聞歌。應上聯。四句極荒涼喪亂之嘆。漂泊無安地，結上兩聯。銜枚有荷戈。應『征夫』。官軍未通蜀，意同前結。吾道竟如何？言己無所歸也。

西山三首

明皇還蜀後，西山列防秋三戍，民疲於役。高適嘗上疏論之，不聽。今觀少陵之詩，戍雖辛苦，然實當衝要，亦不宜罷也。

夷界荒山頂，蕃州積雪邊。『積雪』，謂西山。西山有松州，正當吐蕃要衝。二句言西山與夷蕃接壤，形勢高遠，見防守轉運之難也。築城依白帝，防守之難。轉粟上青天。轉運之難。蜀將分旗鼓，羌兵助鎧鋋。言羌蜀兵將俱不得安寧。西戎皆和好，『西戎』，貼『夷』『蕃』。殺氣日相纏。『殺氣』，貼『兵』『將』。二句當與前對雨結聯、警急後兩聯同看，皆議其不當和親，雖和親亦無益也。

辛苦三城戍，長防萬里秋。上句因下句。煙塵侵火井，邛州有火井縣。雨雪閉松州。二句貼『防秋』。風動將軍幕，天寒使者裘。二句貼『辛苦』。漫山賊營壘，回首得無憂。賊盛而常憂，此所以爲防秋之辛苦。

子弟猶深入，兵盡可知。關城未解圍。上句爲此。蠶崖鐵馬瘦，兵疲。灌口米船稀。糧少。○『灌』，借『鸛』音，與『蠶』對。辨士安邊策，元戎決勝威。指當時之謀臣猛將。今朝烏鵲喜，欲報凱歌歸。結承上聯，言有人如此，當戰勝也。設爲喜慰之詞耳。

遣憂

亂離知又甚，曰『又甚』，則前此可知。消息苦難真。所憂在此，思家念國，種種俱有。受諫無今日，言當時之君。臨危憶古人。責當時之臣。趙云：所以致亂之由與救亂之術，盡在此也。紛紛乘白馬，攘攘着黃巾。言賊之盛。隋氏留宮室，焚燒何太頻。借隋氏以言京師之陷。往日禄山陷長安，玄宗幸蜀；是年吐蕃陷長安，代宗幸陝，故曰『頻』。○後四句，貼『亂離』『又甚』。

巴山

巴山遇中使，云自陝西來。時代宗出幸陝。盜賊還奔突，言賊尚盛。乘輿恐未迴。言君未歸。二句述中使之言。天寒召伯樹，地闊望仙臺。即陝城之景，狀流落之意，貼『陝城』。狼狽風塵裏，言君之困，貼『乘輿』『未迴』。羣臣安在哉。責臣之罪。前詩云『臨危憶古人』，蓋稱古以愧今，此則直斥之矣。

早花

西京安穩未，不見一人來。感時即事，照應在後。不必着題，未嘗離題；不必與下聯相屬，未嘗不相屬：自是可人意也。拘拘者烏足以知此。臘月巴江曲，山花已自開。上句紀時紀地，可見『早花』，應題。盈盈當雪杏，豔豔待金梅。貼『花』字。直苦風塵暗，貼首聯。誰憂客鬢摧。遠客對花，宜憂衰老。今云不憂者，反言以見亂離可憂之甚也。

城　上

草滿巴西緑，空城白日長。風吹花片片，春動水茫茫。劉云：漸近自然。四句城上所見之景。八駿隨天子，羣臣從武皇。借周穆、漢武事以比代宗幸陝。遥聞出巡狩，貼漢武事。早晚遍遐荒。貼周穆事。詳語意，當時必有復出陝避亂之意。○後四句城上所感之情。

送李卿曄

王子思歸日，曄，宗室之冑，故以『王子』稱之。長安已亂兵。霑衣問行在，走馬向承明。漢殿名。○四句言李思歸長安而急於救君之忠。暮景巴西僻，春風江漢清。晋山雖自棄，閬州本晋城。公時在閬州，但曰『自棄』，與『不才明主棄』之句，益微婉矣。魏闕尚含情。四句言己流落在外而未嘗忘君。

歲　暮　以下十一首，復還梓州作。

歲暮遠爲客，爲客之久。邊隅還用兵。久客之由。煙塵犯雪嶺，鼓角動江城。此下二聯皆貼第二句，而歲暮遠客之情自在其中。天地日流血，朝廷誰請纓。言世遭兵戈之久而爲國無人。濟時敢愛死，寂寞壯心驚。言己有濟難之心而不爲世用。○玉露曰：自古夷狄盜賊之禍所以蔓延滋長，日深一日，其終或至於亡國者，皆將帥之臣玩寇以自安，養寇以自固，譬寇以自重也。故少陵詩，其於王室播遷之禍，每每深責將帥，如云『天地日流血，朝廷誰請纓』，又云『登壇名絕假，報主爾何遲』，又云『將帥蒙恩澤，兵戈有歲年。至今勞聖主，何以報皇天』，皆是意也。

舍弟占歸草堂檢校聊示此詩 草堂在成都。

久客應吾道，猶云『我道蓋如是』也，自慰之詞。相隨獨爾來。言占獨相隨，見相念之情。熟知江路近，頻爲草堂迴。上句因下句，見占數歸草堂。鵝鴨宜常數，柴荊莫浪開。東林竹影薄，臘月更雖栽〔八〕。四句檢校之事。

收京 是年郭子儀收京，代宗至自陝。

復道收京邑，兼聞殺犬戎。言郭子儀收京退賊。衣冠卻扈從，車駕已還宮。言羣臣扈代宗還京。○下聯因上聯。劉看『卻』字太深，非是。剋復誠如此，應第一聯。扶持在數公。應第二聯。莫令回首地，慟哭起悲風。結欲豫謹其將來。不以今日之收京爲喜，而以禍之復萌爲憂，可謂老成長慮者矣。

有感五首

將帥蒙恩澤，兵戈有歲年。觀下句，則上句自愧。至今勞聖主，貼第二句。何以報皇天。貼第一句。白骨新交戰，曰『新』，則舊可知，貼第二句。雲臺舊拓邊。可見今之爲帥者，不如舊日雲臺二十八將，貼第一句。乘槎斷消息，無處覓張騫。喻當時之使臣，如李之芳等爲虜所留者。兵戈之不解，將帥之無能，俱可見矣。

幽薊餘蛇豕，專指一方。乾坤尚虎狼。泛言其槩。諸侯春不貢，指藩鎮不臣者。使者日相望。言遣使之頻。慎勿吞青海，西羌。無勞問越裳。東夷。大君先息戰，歸馬華山陽。此章言盜賊充斥，諸侯不服，徒勞遣使東征西伐，亦無益也。但偃武脩文以來之，則可耳。玉露曰：春秋之時，天王之使交馳於列國，而列國之君如京師者絶少。夫子謹而書之，固以正列國之罪，而端本澄源之意，其致責於天王者尤深矣。唐之藩鎮，猶春秋之諸侯也。杜陵云：『諸侯春不貢，使者日相望。』蓋與春秋同一筆。

洛下舟車入，天中貢賦均。日聞紅粟腐，寒待翠華天子之旗。春。四句言百姓貢賦之多，以供天子之用。然使紅粟腐爛而不知散之於民，其奢可知矣。上富則下貧，其盜賊之起也有由然矣。莫取金湯固，險不足恃。長令宇宙新。日新者德。不過行儉德，盜賊本王臣。四句言人君苟不恃險而行德，則盜賊自息。若行儉德，則必散粟於民，薄取於下。下富上儉，盜賊何從而起乎？

丹桂風霜急，青梧日夜凋。以『桂』『梧』之美木，比宗枝之凋零。由來彊幹地，未有不臣朝。『彊幹』字，從『桂』『梧』生來，以比當時宗室之藩鎮。以朝廷爲根本，以藩鎮爲枝幹，言藩鎮雖盛，未有不臣服者，在處置何如耳。受鉞親賢往，言不假之以權。卑官制詔遥。言不使之驕侈。二句處置之法。終依古封建，豈獨聽蕭韶〔九〕。言若能依古封建之法而處之，則唐虞之治且可興矣，豈復有不臣者乎？

胡滅人還亂，兵殘將自疑。胡既殄滅，而致華人復亂；兵既殘困，而使將帥猜疑：其過當在君也。登壇名絶假，言真拜之，非特假命而已。報主爾何遲。既以真心委任，而將帥無報效之功者，其過又在將帥也。領郡輒無色，之官皆有詞。此譏當時搢紳皆重内官而不樂外任者。願聞哀痛詔，端拱問瘡痍。由此觀之，則上所云者，皆由人君無惻怛之心耳。苟能下哀痛之詔，以天下之疾病爲心，則人自不亂，將自不疑，爲有司者，亦莫不以君上之心爲心，而無重内輕外之私矣。○此五章皆大道理，正議論，可見少陵學術之深宏，非特詩人而已。璐溪謂：少陵似孟子。視此五章，誠無怍色。

寄賀蘭銛

朝野歡娱後，乾坤震蕩中。言承平之久而忽生擾亂。相隨萬里日，總作白頭翁。四句言己與賀蘭老年遭變，相隨於患難之中也。歲晚仍分袂，别離之歎。江邊更轉蓬。流落之悲。勿云俱異域，應五、六。飲啄幾回同。應三、四。○此篇多追述既往之事，以寫今日之懷而寄之耳。『回』，趙改作『時』，非是。

愁坐

高齋常見野，愁坐更臨門。十月山寒重，孤城水氣昏。四句愁坐所見之景。葭萌氏音『支』。種迴，左擔犬戎屯。『葭萌』，屬利州。『左』，鮑曰：當作『武』，見成都記。終日憂奔走，歸期未敢論。四句愁坐所感之情。

避地

此首少陵逸詩，書市集本，舊並無之，見文苑英華。嚴滄浪曰：真少陵語也。題下自註云：至德二載丁酉作。今本文編入廣德二年甲辰作，姑仍之。

避地歲時晚，言其久。竄身筋骨勞。言其苦。詩書逐牆壁，餘事可知。奴僕且旌旄。餘人可知。行在僅聞信，消息未真。此生隨所遭。行止未定。神堯舊天下，會見出腥臊。預期之詞，用以自慰。

巴西聞收京闕送班司馬入京

綿州，爲巴西郡。公是年自梓州挈家往閬州，故道經綿州也。

聞道收宗廟，鳴鑾自陝歸。傾都看黃屋，正殿引朱衣。四句言收京、君歸之事。劍外春天遠，巴西敕使稀。念君經世亂，匹馬向王畿。四句言送班入京之情。

送司馬入京 此是又送者。

羣盜至今日，言亂之久。先朝忝從臣。述己之事。歎君能念主，久客羨歸秦。己非不念主也，特不得歸耳。羨人即所以歎己也。『久客』，應第一句。黄閣長司諫，丹墀有故人。公曾爲拾遺，故有司諫之故人也，應第二句。向來論社稷，爲話涕霑巾。緊承上聯。後四句乃託班致意同寮之詞，故復有此作。

泛　江 以下十三首閬州作。

方舟不用楫，極目總無波。應題。長日容杯酒，貼『方舟』。深江净綺羅。貼『無波』。此句猶『澄江净如練』之意。舊謂『江花色净如綺羅』，非是。亂離還奏樂，飄泊且聽歌。二句因泛江之樂事，而有感於己之愁懷，憂中之喜。故國流清渭，如今花正多。二句因泛江之愁懷，而回思長安之景物，喜中之憂。

江亭送眉州辛别駕昇之得蕪字

柳影含雲幕，亭中之幕。江波近酒壺。二句言江亭送别，而景在其中。異方驚會面，終宴惜征途。二句言他鄉送别，而情自可見。『終宴』，貼『酒壺』。沙暖低風蝶，天晴喜浴鳬。二句專言江亭之景。『沙暖』『浴鳬』，貼『江波』。别離傷老大，意緒日荒蕪。二句專言送别之情，貼『惜征途』。

陪王使君晦日泛江就黄家亭子二首

王使君，閬州守也。唐以正月晦日爲令節。

山豁何時斷，江平不肯流。欲言江平，先言山斷。稍知花改岸，始驗鳥隨舟。舟移則花改而鳥隨，二句極盡放船之景，與『青惜峯巒過，黄知橘柚來』同趣。結束多紅粉，歡娱恨白頭。老對紅粉而自恨。非君愛人客，晦日更添愁。因得賢主而減愁。

有徑金沙暖，無人碧草芳。暗用蘭生深林不以無人而不芳之意。野畦連蛺蝶，江檻俯伏也。鴛鴦。日晚煙花亂，風生錦繡香。『錦繡』，喻煙花。〇六句言就黄家亭子之景。不須吹急管，衰老易悲傷。二句言登亭所感之情。〇前詩詠晦日泛江，而結言愁不添。後詩詠就黄家亭子，而結言悲傷。

江亭王閬州筵餞蕭遂州

離亭非舊國，春色是他鄉。此言他鄉送别。二句一意，既曰『非舊國』，則是他鄉也。老畏歌聲短，愁從舞曲長。此言臨老送别。二句亦一意，既『畏歌聲短』，則喜『舞曲長』矣。四句述己之情。二天開寵餞，五馬爛生光。後漢蘇章遷冀州刺史，故人爲清河太守，章行部，案其姦贓。乃請太守，設酒肴，陳平生之好。太守喜曰：『人皆有一天，我獨有二天。』次日，章竟以法案其罪。此但取『設酒肴，陳平生』之意以比王也。『五馬』，指蕭。二句言王餞蕭之事。川路風煙接，閬、遂二州皆屬蜀，故有此句。俱宜下鳳凰。結聯兼稱二公，但尾句有三解，未知孰是。或曰：『鳳凰』，謂詔書也。或曰：黄霸治潁川，鳳凰集於郡，此以比二公爲郡之治效也。或曰：此引王喬乘梟、蕭史跨鳳，以美二公不凡也。瑗按：前説近是。

滕王亭子

亭在玉臺觀内，王曾典此州。

寂寞春山路，君王不復行。起便感慨。上句因下句。古牆猶竹色，虚閣自松聲。葉夢得云：若不用『猶』與『自』兩字，則餘八字，凡亭子皆可用，不必滕王也。此皆工妙至到，人力不可及。瑗按：『古』字、『虚』字，皆是眼。二句下因上法。鳥雀荒村暮，雲霞過客情。中兩聯皆言寂寞之意。尚思歌吹入，千騎把霓旌。結追言滕王出牧時歌騎之盛，以見今日之寂寞也。

玉臺觀

浩劫因王造，道書：惟有元始，浩劫之家。臺在觀内，故曰『浩劫』。起見臺是滕王所造。平臺訪古遊。此句言己遊臺之意。綵雲蕭史駐，文字魯恭留。蕭史教秦女弄玉吹簫，作鳳鳴，有鳳來止其屋，穆公爲作鳳臺。太白有鳳臺曲。漢恭王在魯，好治宫殿臺榭，故以蕭史、魯恭比滕王。趙云：以詩意推之，必有文書遺迹在焉。宫闕通羣帝，乾坤到十洲。東方朔有十洲記。二句言臺觀之勝。人傳有笙鶴，時過北山頭。結用周靈王太子晋緱山事，見滕王之神時來遊於此也。○後三聯皆承『訪古』而言。

渡江

春江不可渡，二月已風濤。『二月』，貼『春』字。『風濤』，貼『不可渡』。舟楫攲斜疾，魚龍偃臥高。二句承『風濤』言。渚花張素錦，汀草亂青袍。二句江中之景。公送表姪王砅古詩一聯云：『水花笑白首，春草隨青袍。』蓋取庾信哀江南賦『青袍如草』語。戲問垂綸客，悠悠見汝曹。二句江中之事。○前四句言春江之惡，冒險而渡；後四句言江景之勝，釣客之樂也。

暮寒

霧隱平郊樹，暗言暮意。風含廣岸波。暗言寒意。沉沉春色静，貼第一句。慘慘暮寒多。貼第二句。成鼓猶長擊，見亂之久。林鶯遂不歌。禽鳥如此，則人可知。二句言今日遭亂之苦。忽思高宴會，朱袖拂雲和。『雲和』，琴瑟也。二句追想昔日長安宴遊之樂。○前四句暮寒之景，後四句暮寒所感之情。

遊子

趙云：公時欲南下，而尚在巴蜀，故是篇有留滯之歎。

巴蜀愁誰語，言居蜀無知己。吴門興杳然。言思吴而不遂。○公前有詩曰『厭蜀交遊冷，思吴勝事繁』，即此意也。九江春草外，貼第二句。三峽暮帆前。貼第一句。○『九江』『三峽』，正是南下所經也。厭就成都卜，用嚴君平事。休爲吏部眠。用畢卓事。此聯貼第一句。趙云：公意厭往成都，言休爲酒而眠，更留滯於此。

蓬萊如可到，衰白問神仙。貼第二句。趙云：非止南下遊吴而已，蓬萊仙山可到，則亦往矣。○瑗按：結聯雖若推開説，其實從前通篇之意來，言蜀既不可居，吴又不能去，於是因想蓬萊之仙山耳。

雙燕

旅食驚雙燕，銜泥入此堂。『旅食』，公自謂也。『銜泥』以下五句，皆承『雙燕』講。應同避燥濕，海邊濕，南國燥，燕之來此，蓋避濕而就燥也。『應同』，謂己旅食於此，亦與燕同。寓避亂之意。且復過炎涼。燕經夏秋而去，故曰『過炎涼』。養子風塵際，言燕客居之苦。來時道路長。言燕來客之難。今秋天地在，吾亦離殊方。言燕既去此堂，而已亦不能久居於此，應『旅食』。○時公欲出峽，故託物以寫己意。

百舌

百舌者，反舌也，能反覆其舌，隨百鳥之音，春囀夏止。

百舌來何處，重重祗報春。中兩聯申言『報春』，起便寓怪異諷喻之意。知音兼衆語，讒人之譖，無所不至。整翮豈多身。讒佞害事，豈在多人？花密藏難見，貼第四句，有『爲鬼爲域』之意〔一〇〕。枝高聽轉新。貼第三句，有『言如簧』之意。過時如發口，君側有讒人。周書月令云：芒種之日，螳蜋生。又五日，鵙始鳴。又五日，反舌無聲，是謂陰息。反舌有聲，佞人在側。少陵結句用此。昔黄山谷初讀此詩，不解結句之意，及讀周書月令而後得之。可見作詩，亦不可不多讀書也。

別房太尉墓

房琯赴召，道卒於閬州僧舍。此赴蜀時哭別之作也。

他鄉復行役，駐馬別孤墳。上句見別墓之由。近淚無乾土，低空有斷雲。二句言哭別之意。劉云：鍾情苦語，着『低』『近』二字，惟孟東野有之。對棋陪謝傅，言在生相好之情。把劍覓徐君。言死後不忘之情。唯見林花落，鶯啼送客聞。二句一意，以『聞』『見』二字參錯押韻。本謂別時不見房公，送客唯有落花啼鳥耳。與『岸花飛送客，檣燕語留人』同意，但彼言人情之薄，此言死生之隔也。

校記

〔一〕本詩及評語，汪仲弘本無。

〔二〕文　當作『丈』。

〔三〕因　當作『應』。

〔四〕鷄　當作『鸂』。

〔五〕鷄　當作『鸊』。

〔六〕斑　今見本作『班』。

〔七〕綰　當作『琯』。

〔八〕雖　今見本作『須』。

〔九〕蕭　當作『簫』。
〔一〇〕域　當作『蜮』。

杜律五言補註卷三

自閬州領妻子卻赴蜀山行三首

公出峽之計未遂，因聞嚴武再鎮成都，遂歸草堂。〔一〕

汩汩避羣盜，悠悠經十年。起見避地之久。不成向南國，前此屢思南下遊吳而竟未遂。復作遊西川。言卻赴蜀。物役水虛照，言身爲物所役，水亦徒相照，不得優游觀賞也。魂傷山寂然。二句山行之景，而有自愧自悲之意，情詞悽惋可誦。劉云：『物役』不成語。非也。趙云：見再入蜀，甚非得已。我生無倚着，盡室畏途邊。二句山行之情。『盡室』，貼『領妻子』。『畏途』字，出莊子。

長林偃風色，迴復意猶迷。趙云：第二句，以再入蜀非本心故也。衫裛翠微潤，馬銜青草嘶。棧懸斜避石，橋斷卻尋溪。趙云：此聯盡途中斜側登降之態。何日兵戈盡，飄零愧老妻。此詩惟結聯與第二句言赴蜀之情，餘皆言山行之景。○趙云：工部以蜀中人情冷落，故欲遊吳。二詩皆黯然有愁歎之意，可見再依嚴武，非其本心。

行色遞隱見，人煙時有無。劉云：得高下之趣。趙云：盡途中旅行出没、村落遠行之意趣。僕夫穿竹語，稚子入雲呼。見行色之隱。轉石驚魑魅，抨弓落狖鼯。見人煙之無。真供一笑樂，似欲慰窮途。

結承五、六言。趙云：後六句言從者沿途嬉弄，忘行役之勞，以自慰也。○瑗按：三詩皆佳，而亦有章法存乎其間。首章山水總泛言也，後二章皆詳言山水之曲折也。第二結承首結『盡室』字來，第三結承首結『畏途』字來。一題而作數首者，不可不知此法。

歸　來

此下二十六首，歸成都草堂，並在嚴公幕府中作。

客裏有所適，追昔日去草堂。歸來知路難。言今日歸草堂。開門野鼠走，韓有『廟開鼯鼠叫』之句，本此。散帙壁魚乾。『壁魚』，書中蟲也。二句見『有所適』之久。洗杓開新醖，低頭着小冠。一作『拭小盤』。二句言歸來之樂。【汪仲弘本：一作『拭小盤』，未若此句之勝。二句言歸來之樂。】憑誰給麴蘖，細酌老江干。承第五句，言公歸草堂實爲嚴鄭公也。結聯雖若泛言，而實致望於嚴鄭公耳。【汪仲弘本：承第五句，言公歸草堂實爲嚴鄭公也。結聯雖若泛言，而實致望于嚴鄭公，而意有未滿耳。】

過南鄰朱山人水亭

瑗按：公前在成都南鄰詩云『錦里先生烏角巾』，絶句云『梅熟許同朱老喫』，即此人也。

相近竹參差，相過人不知。言南鄰往來之僻。幽花敧滿樹，曲水細通池。言水亭景物之幽。歸客村非遠，『歸客』，公自謂也。『村非遠』，貼『相近』。殘樽席更移。下句因上句，固見主人好客之情，亦見客戀主人之意。看君多道氣，從此數追隨。承上句，言山人不俗如此，當常來相訪也〔二〕。玉露曰：士之閒居野處，必有同道同志相與往還，故有以自樂。陶淵明移居詩云：『昔欲居南村，非爲卜其宅。聞多素心人，樂與數朝夕。』又云：『鄰曲時來往，抗言談在昔。奇文共欣賞，經義相與析〔三〕。』則南村之鄰，豈庸庸之士哉？李太白尋魯城北范居士誤落蒼耳中詩云：『忽憶范野人，閒園養幽姿。』又云：『還傾四五酌，自詠猛虎詞。近作十日歡，遠爲千載期。風流自簸蕩，謔浪偏相宜。』夫『范野人』云者，固可人之流也。杜少陵在錦里，亦與南鄰朱山人往還，其詩曰『錦里』云云，又曰『相近竹參差』云云，所謂『朱山人』者，亦非常流矣。

過斛斯校書莊二首

公自註：老儒艱難，時病於庸蜀，歎其歿後方授一官。瑗按：前有聞斛斯六官未歸一首，此云『歿後方授一官』，謂歿後加秩耳。

此老已云歿，鄰人嗟未休。起見斛斯之賢，死後爲人追思。竟無宣室召，言在生之艱難。徒有茂陵求。言歿後方授一官。妻子寄他食，『食』，疑作『舍』字。『寄他舍』，全語見孔融傳。園林非昔遊。此聯言歿後妻子之流離、園林之零落。空餘繐帷在，淅淅野風秋。結言物在人亡，以寓寂寞之歎。

燕入非傍舍，鷗歸只故池。斷橋無復板，臥柳自生枝。四句敘斛莊景物之寥落，以寓寂寞之歎。或曰：首聯見禽鳥有戀主之意。遂有山陽作，晉向秀經山陽嵇康故居，作思舊賦。借以比己之詩。多慚鮑叔知。見作詩之由。素交零落盡，白首淚雙垂。結又泛言朋友喪亡略盡，斛斯自在其中。後四句言己過斛莊之情。

寄邛州崔録事

邛州崔録事，聞在果園坊。『果園坊』，在成都。見崔所在。久待無消息，終朝有底忙。怪崔久不見訪。應愁江樹遠，怯見野亭荒。表崔不肯見訪之由。浩蕩風塵外，誰知酒熟香。邀崔見訪之意。

長吟

江渚翻鷗戲，官橋帶柳陰。波飛競渡日，貼『江』字。草見踏青心。貼『橋』字。○四句言景。已撥形骸外，真爲爛熳深。『爛熳』，猶言懶散。賦詩新句穩，不覺自長吟。○四句言懷。

軍中醉飲寄沈八劉叟

酒渴愛江清，餘酣漱晚汀。『餘酣』，貼『酒渴』。『漱晚汀』，貼『愛江清』。軟沙攲坐穩，冷石醉眠醒。承首聯言。野膳隨行帳，言宴軍中。華音發從伶。言宴有樂。數杯君不見，指沈、劉，本謂不見君。醉已遣沈冥。前六句述軍中醉飲，結聯述寄沈、劉之懷，始終不離醉飲意。但用二『醉』字，頗覺重疊。○文苑英華作暢當之詩；黄伯思註杜集，編作少陵詩，似也。今書市集本皆有之，未敢削去。姑誌其説，以俟博雅。

村　雨　此自院中還西郭茅舍作。

雨聲傳兩夜，紀雨之多。寒事颯高秋。秋固寒時，亦因雨故。挈帶看朱紱，開箱覩黑裘。『挈』一作『攬』。言寒事。世情只益睡，盜賊敢忘憂。言夜懷。松菊新霑洗，茅齋慰遠遊。言雨景。

倦　夜

竹涼侵臥内，野月滿庭隅。以風、月詠夜景。重露成涓滴，稀星乍有無。以星、露詠夜景。暗飛螢自照，水宿鳥相呼。以螢、鳥詠夜景。萬事干戈裏，空悲清夜徂。以世事詠夜懷。○起句『侵臥内』貼『倦』字，尾句直言『夜』字，喚起一篇所言之景。中乃鋪敘，法度森然，非苟作者。劉謂：第三聯皆比興。恐未然也。若深求之，則前六句皆可比興，豈獨螢、鳥哉？

樹　間

岑寂雙柑樹，婆娑一院香。以千萬言之，則雙樹爲少，故曰『岑寂』；以孤特言之，則雙樹爲多，故曰『婆娑』。交柯低几杖，言柯之長。『交』，貼『雙』字。垂實礙衣裳。言實之盛。○此聯下三字暗含尾句坐於樹間之意。滿歲如松碧，借松以比柯色之碧。同時待菊黄。借菊以比實色之黄。幾回霑夜露，乘月坐胡牀。言己常於月露之夜而偃息樹間。此雙柑之所由賦也。

送舍弟潁赴齊州三首

岷嶺南蠻北，徐關東海西。言弟所發、所赴之處，見道路遼遠，爲下句起也。或以上言己之所在，爲五、六張本；下言弟之所在，爲三、四張本，亦通。此行何日到，承上聯言。送汝萬行啼。承『此行』言。絶域惟高枕，清風獨杖藜。此聯敘己客中臥病寥廓之懷，見弟舍己而去也。『惟』『獨』二字要重看，不必他處。危時暫相見，衰白意都迷。時危年老，暫聚遠離，此所以心意迷亂也。

風塵暗不開，汝去幾時來。世亂道阻，不能卒來也。下皆承前二句言。兄弟分離苦，形容老病催。兄弟分離，人皆有之，但老病相催，恐不能待弟之來，此所以爲苦也。江通一柱觀，日落望鄉臺。此聯述己所寓之地，爲下聯起，見己常於此地而望弟之來也。客意常東北，齊州安在哉。『東北』，即前首起聯之『東』『北』字，言己常自蜀而望齊也。承上聯言。○後四句蓋豫言别後相思之情。

諸姑今海畔，兩弟亦山東。『兩弟』，謂觀、豐也。此聯爲下句起，見潁赴齊之事。去傍干戈覓，言往覓『諸姑』『兩弟』也。來看道路通。此句豫爲喜幸之詞。短衣防戰地，匹馬逐秋風。此言慎其去也。貼第三句。莫作俱流落，長瞻碣石鴻。『碣石』，海畔之山。齊州近海。此言望其來也。貼第四句。○一章言相見之暫，二章言相望之切，三章言不可去而不來，使己徒望也。

嚴鄭公階下新松得霑字

下七首在嚴幕府作。時嚴薦公爲參謀。

弱質豈自負，移根方爾瞻。『爾』字指松。細聲聞玉帳，時嚴武鎮蜀，故用『玉帳』字。疏翠近珠簾。未見紫煙集，虛蒙清露霑。六句上二字，俱見『新松』意。何當一百丈，敧蓋擁高檐。豫期日後之盛。○此詩若無比興則已，若有比興，觀五、六所言，則嚴武待公，亦未爲深厚也。【汪仲弘本：此詩若有比興，觀五、六所言，則嚴武待公，亦未爲深厚也。】

嚴鄭公宅同詠竹得香字

緑竹半含籜，新稍纔出牆。見新竹意。色侵書帙晚，言讀書竹下之樂。陰過酒樽涼。言開宴竹下之樂，句法與『陰益食簞涼』同。雨洗娟娟净，風吹細細香。言其可愛。但令無剪伐，會見拂雲長。意猶前結。○孫季昭示兒編云：花竹亦有無香者，世所共知。櫻桃初無香，退之云『香隨翠籠擎初重』，則以香言之。竹與枇杷本無香，子美云『風吹細細香』『枇杷樹樹香』，則皆以香稱之。至於太白又以柳爲有香，其曰『白門柳花滿店香』是也。若夫荊公梅詩有云：『少陵爲爾添詩興，可是無心賦海棠。』豈謂海棠無香而不賦乎？瑗按：太白：『梨花白雪香。』世亦多言梨花不香，譏太白爲謬，余嘗辨於李詩中。蓋凡物之有生意氣味者，則謂之香，奚必蘭蕙、椒桂、梅花而後可謂之香哉？俗儒固陋亦甚矣。

晚秋陪嚴鄭公摩訶池泛舟得溪字

公自註：池在府内。蕭摩訶所開，因是得名。

湍駛風醒酒〔四〕，船回霧起隄。言泛舟宴歸之遲。上與『雲黑雨催詩』可作的對。高城秋自落，雜樹晚相迷。言時與景。『秋自落』，貼『風』字。『晚相迷』，貼『霧』字。巢傾翡翠低。池上之物，繫纜所致。莫須驚白鷺，池中之物，蓋自況也。爲伴宿清溪。『清溪』，公自指浣花溪。坐觸鴛鴦起，池中之物，泛舟所致。巢傾翡翠低。

言鴛鴦、翡翠任其傾觸，而白鷺、幽鳥慎莫驚飛，留與伴宿也。後四句寓意。

初冬

垂老戎衣窄，言垂老非其任，故曰『白頭趨幕府，深覺負平生』。歸休寒色深。言歸休非其時，明年春，果歸溪上。漁舟上急水，獵火着高林。漁獵之樂，初冬之事也。日有習池醉，愁來梁甫吟。干戈未偃息，出處遂何心。有日醉之樂而猶抱愁吟之懷者，蓋以亂世出仕，垂老戎衣，非其本心也。與前結皆有『去幕府而歸草堂』之意。趙謂：公以諸葛自比。非也。

觀李固請司馬弟山水圖三首

簡易高人意，指李。匡牀竹火爐。此見『簡易』。寒天留遠客，見李好事。碧海挂新圖。留客之事。雖對連山好，貪看絶島孤。極盡看山之趣，豈獨觀畫？羣仙不愁思，冉冉下蓬壺。後兩聯承第四句言。

方丈渾連水，天台總映雲。人間長見畫，老去恨空聞。『畫』字指上聯，言徒常見人間所畫仙山而實未嘗得到。今已老矣，恐但付之空聞，畢竟不能往遊，以爲恨也。范蠡舟偏小，王喬鶴不羣。圖必有舟與鶴，故以二事比之。此生隨萬物，何處出塵氛。後四句與前四句相喚，言己此生隨逐萬物，不能如范蠡、王喬之出塵氛，空聞此仙山、見此圖畫而已耳。

高浪垂翻屋，崩崖欲壓牀。野橋分子細，沙岸繞微茫。紅浸珊瑚短，青懸薜荔長。浮查並坐得，仙老暫相將。此篇全詠畫，惟結寓觀畫之興。○觀三篇所賦，其圖所畫必皆仙山、仙人也。一章言主人留客觀畫，二章言己見畫不能真遊，三章言己欲與仙老同遊，其立意亦各不同也。

正月三日歸溪上有作簡院內諸公 時自嚴武幕中歸浣花溪。

野外堂依竹，籬邊水向城。即溪上之景，見草堂之趣。蟻浮仍臘味，堂中之事。鷗泛已春聲。水中之物。『蟻』『鷗』，借對。二句見銜杯對景之樂。藥許鄰人劚，野外之物。書從稚子擎。堂中之事。二句見洽鄰讀書之樂。白頭趨幕府，深覺負平生。結直言辭幕府歸溪上之意，以告同院諸公也。

春日江村五首

農務村村急，春流岸岸深。言春日村農之務，此羨其在人者。乾坤萬里眼，時序百年心。言望歸感時之懷，此歎其在已者。茅屋還堪賦，桃源自可尋。茅屋既可居，而復思桃源者，爲下聯之意也。艱難昧生理，貼第一聯。飄泊到如今。貼第二聯。

迢遞來三蜀，離家之遠。蹉跎又六年。留滯之久。客身逢故舊，『客』字總承上聯。發興自林泉。二句言裴冕發興林泉爲已作草堂耳。趙以爲少陵發興，非也。過懶從衣結，頻遊任履穿。藩籬頗無限，恣意向江天。後四句言已有林泉蕭散登眺之樂。雖承『林泉』字來，而第五句不可專屬少陵也。讀者詳之。按，公有營屋詩曰：『愛惜已六載，兹晨去千竿。蕭蕭見白日，洶洶出奔湍。』即此結聯之意。

種竹交加翠，栽桃爛熳紅。經心石鏡【地名。】月，到面雪山【山名。】風。此即花竹風月之景，見草堂之勝，亦足以自娛。赤管筆也。隨王命，銀章印也。付老翁。爲下聯張本。豈知牙齒落，承『老翁』言。名玷薦賢中。後四句言懷。

扶病垂朱紱，見仕幕府非其本心。歸休步紫苔。見還草堂足以自樂。郊扉存晚計，貼第二句。幕府愧羣材。貼第一句。燕外晴絲卷，鷗邊水葉開。言春日之景，見草堂之勝。鄰家送魚鼈，問我數能來。言村鄰之好，見草堂不孤。後兩聯承第三句言。

羣盜哀王粲，中年召賈生。二句是骨子。登樓初有作，指王。前席竟爲榮。指賈。宅入先賢傳，指王。才高處士名。指賈。異時懷二子，春日復含情。結總言之，以致懷仰之意。○此上五章，一章言己飄泊之久，二章言有林泉之樂，三章言年老而不應薦，四章言因病而辭幕府，五章即古人以自寓，此屬意所在之要旨也。趙云：此五詩首尾開闔，始終相承，皆有意義。所謂『憂中有樂，樂中有憂』者也。讀者宜細推之。

春遠

肅肅花絮晚，菲菲紅素輕。『紅』謂花，『素』謂絮。日長惟鳥雀，見過客之稀。春遠獨柴荊。見村居之僻。此聯句法與前『絕域惟高枕，清風獨杖藜』同。○四句言草堂暮春之景。【汪仲弘本：見村居之僻。四句言草堂暮春之景。】數有關中亂，何曾劍外清。爲下張本。故鄉歸不得，地入亞夫營。亞夫營在長安，公之故鄉也。故鄉亦爲屯兵之地，則不得歸益可見矣。尾句又申言關中之亂，猶言無家可歸耳。

去蜀

此下四十二首，是離成都草堂，歷戎州、渝州、忠州，居雲安之所作也。

五載客蜀郡，一年居梓州。如何關塞阻，轉作瀟湘遊。趙云：此歎旅寓轉徙之勞且久，而終不能歸關中，宛轉悲壯。句法與前『汩汩避羣盜，悠悠經十年。不成向南國，復作遊西川』相類。萬事已黃髮，殘生隨白鷗。衰老飄泊之歎。安危大臣在，何必淚長流。此固所以自慰，亦以責當時之爲將相者。『大臣』泛言，不必指郭子儀。

喜雨

南國旱無雨，喜雨之由。今朝江出雲。將雨之候。入空纔漠漠，灑迥已紛紛。見雨漸多爲可喜。巢燕高飛盡，林花潤色分。見雨遍物爲可喜。晚來聲不絶，應得夜深聞。見雨不止爲可喜。

宴戎州楊使君東樓

勝絶驚身老，言地之勝。情忘發興奇。言情之真。二句下因上。座從歌伎密，樂任主人爲。重碧拈春酒，輕紅擘荔枝。山谷曰：『拈春酒』『擘荔枝』，此主人用歌伎爲樂者也。瑗按：中兩聯皆貼第二句。樓高欲愁思，横笛未休吹。此所謂『興盡悲來，樂極哀生』也。貼第一句。

渝州候嚴侍御不到先下峽

聞道乘驄發，指嚴。沙邊待至今。指己。不知雲雨散，貼第一句。虚費短長吟。貼第二句。○四句言己候嚴不到。山帶烏蠻闊，江連白帝深。述下峽之形勝，見道路之遥遠。船經一柱觀，留眼共登臨。又約候於此。○四句言己先下峽，以期終相會也。

聞高常侍亡 公自注：忠州作。

歸朝不相見，悲出處之異。蜀使會傳亡。痛死生之分。虛歷金華省，言生未得盡行其道，貼『朝』字。何殊地下郎。實無愧於古人，貼『亡』字。致君丹檻折，言適得君臣之義，貼『朝』字。哭友白雲長。言已盡朋友之情，貼『亡』字。獨步詩名在，言適雖死而不死，貼『地下』句。祇令故舊傷。言己可哀而益哀，貼『哭友』句。

宴忠州使君姪宅

出守吾家姪，言姪守忠州。殊方此日歡。言他鄉相見。自須遊阮舍，阮咸，阮籍之姪。不是怕湖灘。忠州灘名。此聯言已留戀於此，非是怕湖灘之險，欲盡叔姪之情耳。樂助長歌送，上因下。杯饒旅思寬。下因上。此聯貼第二句。昔曾如意舞，王戎，王導之姪，嘗以如意起舞。牽率强爲看。結承上聯，言今在殊方，宴遊雖樂，畢竟與昔日家庭之樂出於自然者不同也。○不以歌舞作對，而開闔抑揚，斡旋有味。前六句憂中之樂，後二句樂中之憂。

禹廟

禹廟空山裏，言廟之所在。秋風落日斜。言謁廟之時。荒庭垂橘柚，古屋畫龍蛇。孫莘老云：暗用橘柚、錫貢、驅龍蛇之事。二句言廟中之景。雲氣生虛壁，石壁必鑿斷而後虛，虛而後雲氣生。江聲走白沙。江沙必疏通而後走，走而後有聲。二句言廟外之景。早知乘四載，『早知』，猶言生知耳。『四載』，謂水乘舟，陸乘車，泥乘楯，山乘樏。疏鑿控三巴。結繳上二句。○瑗按：『橘柚』『龍蛇』，固廟中之所有；而『荒庭』『古屋』，又可見空山寂寞之景也。石斷水流，固言疏通之功；而雲氣江聲，又可見秋風落日之景也。前四句言禹之廟，後四句言禹之功。又嘗聞之師曰：中兩聯不必深解，解亦有味；實不用事，偶然合事。如此看亦可，不如此看亦可。公武侯廟詩曰：『遺廟丹青古，空山草木長。』此『橘柚』亦不過言草木，『龍蛇』亦不過言丹青耳。公諸葛廟詩又有『蟲蛇穿畫壁』之句，與此『古屋畫龍蛇』句何異？

題忠州龍興寺所居院壁

忠州三峽内，井邑聚雲根。言忠州城市之幽僻。小市常争米，言市幽僻常争米，則俗薄可知。孤城早閉門。言城幽僻早閉門，則事少可知。空看過客淚，莫覓主人恩。有客無主，城市幽僻之陋可知。淹泊仍愁虎，深居賴獨園。愁虎獨居，旅況之蕭索可知。佛書有『給孤獨園』。下句見居寺。【汪仲弘本：旅況之蕭索可知。佛書有『給孤獨園』。下句見居寺。】瑗按：前詩忠州，乃公之姪爲守；此云『莫覓主人恩』，則待公之薄可知，故不久而遂去雲安也。

哭嚴僕射歸櫬 嚴，華陰人，時節度劍南，薨於位，年四十耳。

素幔隨流水，歸舟返舊京。二句言『歸櫬』。公八哀詩有『飛旐出江漢，孤舟轉荆衡』之句，與此相表裏。老親如宿昔，公八哀詩有『空餘老賓客』之句。此『老親』，公自謂『老年親情』。嚴公雖死如宿昔，不忍忘也。部曲異平生。見不可復得如嚴公之主將也。二句言嚴公死後爲人所追思。趙以上句指嚴公之母尚健如宿昔，容更詳之。風送蛟龍雨，公嘗贈嚴詩有『蛟龍得雲雨』之句。貼『歸舟』。劉云：謂其化爲蛟龍而風雨送之。天長驃騎營。貼『部曲』。二句言其人才武略之妙。一哀三峽暮，言己哭嚴之情。遺後見君情。言嚴臨死不忘乎己之意。觀此尾句，則世傳嚴武欲殺子美之説，似不足信矣。二句就對。【汪仲弘本：言嚴臨死不忘乎己之意。觀此尾句，則世傳嚴武欲殺子美之説，似不足信。或禮貌少衰而去耳。】

放船

收帆下急水，卷幔逐回灘。起言放船之事，句法與前『田舍清江曲，柴門古道傍』相類。雖微有不同，亦幾重復。少陵律詩首尾每喜對偶，固以此得之，亦以此失之也。江市戎戎暗，山雲淰淰寒。二句言放船之景，而時在其中。荒林無徑入，獨鳥怪人看。二句言到岸之事。本當講在『已泊城樓底』之後，而豫言之耳。少陵每有此法。已泊城樓底，何曾夜色闌。結言到城之早，以見放船之速。第二聯已言晚景，此又云『何曾夜色闌』，『闌』者，殘也，謂夜尚未深耳。少陵此樣甚多，元不相背，讀者詳之。

旅夜書懷 與前一時所作。前詩放船，此詩泊船。

細草微風岸，危檣獨夜舟。起謂泊舟於岸，帶言景耳。與下平看，非是。星垂平野闊，月涌大江流。承上『夜』字，專言景也。『垂』『涌』二字是眼。名豈文章著，官應老病休。名實因文章而著，官不爲老病而休，以『豈』『應』二虚字作眼斡旋，反言以見意也。飄飄何所似，天地一沙鷗。貼上『獨』字。後四句言旅懷。

懷舊

地下蘇司業，見所懷之人。親情獨有君。見所懷之由。那因喪亂後，追昔離別之苦。便有死生分。傷今幽明之隔。老罷知明鏡，本謂覽鏡知老，倒文與下作對。悲來望白雲。前嚴歸櫬詩亦曰：『哭友白雲長。』蓋暗用淵明停雲思友詩之意，見所懷之永。自從失詞伯，不復更論文。有鍾期死伯牙不復鼓琴之意，見所懷之切。〇此詩每聯自相唤應，皆有哀死之意。

八月十五夜月二首

滿目飛明鏡，歸心折大刀。古樂府：『何當大刀頭。』刀頭有環，言還也。此云『折大刀』，言不得歸也。起言見月思歸不遂之情。轉蓬行地遠，趙云：野中蓬蒿，作團而轉，此自況也。瑗按：自況固是。〔五〕然下皆貼『月』而言，不應此句獨離題目。今俗中秋夜，兒童束縛穰草〔六〕，使一人踏於上，二人曳之而走，謂之拖獅。此俗疑來久矣。少陵『轉蓬行地』之句，或謂此乎。攀桂仰天高。此聯因月喻己遠別還家之難，承『歸心』言。水路疑霜雪，林棲見羽毛。此時瞻白兔，直欲數秋毫。四句皆狀秋月之最明也。承『明鏡』言。

稍下巫山峽，猶銜白帝城。『稍下』『猶銜』，皆言月也。**氣沉全浦暗，**貼『稍下』。**輪側半樓明。**貼『猶銜』。太白：『月落西上陽，餘輝半城樓。』即此句之意。少陵語簡而意盡，可見鍛錬之功，亦不可無。**刁斗**軍營警夜之器。**皆催曉，**貼『暗』字。**蟾蜍且自傾。**貼『明』字。○前六句皆先言『稍下』，而後言『猶銜』，倒裝法。**張弓倚殘魄，**此句意與『刁斗皆催曉』相類，言軍士張弓而守夜耳，爲下句張本。劉謂：月如弓。非是。『倚』，如長倚天外之倚。『殘魄』，謂將曉也。可見軍士達曙不眠之苦，亦貼『稍下』『猶銜』之意。**不獨漢家營。**虜營『張弓倚殘魄』，亦可知矣。時與吐蕃交兵，故結及之。○前篇言月之升，首聯言己之情，而後皆詠月；後篇言月之落，前皆詠月，而尾聯方及時事。此章法也。

雲安九日鄭十八攜酒陪諸公宴

寒花開已盡，菊蕊獨盈枝。先言衆花盡，以起菊之獨存。起言九日之景物。**舊摘人頻異，**劉云：只一『頻』字，而上下二三十年，無不可感，與去年、今年語別，故知作者用心之苦，語不在多。**輕香酒暫隨。**見鄭攜酒。『隨』字，見陪諸公；『暫』字，見己衰老。與上『人頻異』相應，言己不久又將爲異人矣。情意潸然可悲，讀之令人淚下。與『明年此會知誰健，醉把茱萸子細看』又不同矣。○上句追往，下句傷今。『舊摘』『輕香』，貼『菊』字。四句大抵對菊感興，雖不言九日，而九日可知。【汪仲弘本：見鄭攜酒。『隨』字，見陪諸公；『暫』字，見己亦衰老。與上『人頻異』相應，言己不久又將爲異人矣。情意潸然可悲，讀之令人下淚。與『明年此會知誰健，醉把茱萸子細看』又不同矣。按，『人頻異』，言己不能長作花之主；『喜暫隨』，言已不能時有賞花之樂也。○上句追往，下句傷今。『舊摘』『輕香』，貼『菊』字。四句大抵對菊感興，雖不言九日，而九日可知。】地偏初衣袷，山擁更登危。此聯暗用九月授衣、九日登高之事。『地偏』『山擁』，固言攜酒之處，亦見雲安風土之殊，以寓流落之感也。萬國皆戎馬，酣歌淚欲垂。結即時以見己離鄉之由、思歸之苦也。『酣歌』，貼『酒』字。

長江二首

衆水會涪萬，『涪萬』，峽中二郡名。瞿塘争一門。『涪萬』『一門』，借意倒對。二句言江水會聚經過之處。朝宗人共挹，盗賊爾誰尊。此言叛逆之徒不如江水知朝宗也。孤石隱如馬，指灩澦石。語曰：『灩澦如馬，秋船莫下。』謂秋至水深也。高蘿垂飲猿。『馬』『猿』，借對。歸心異波浪，何事即飛翻？言己不得如江水之東歸也。

浩浩終不息，乃知東極臨。本謂臨東極，倒文以押韻也。衆流歸海意，萬國奉君心。此言臣民歸順之士，如江水之知歸海也。色借瀟湘闊，聲驅灩澦深。二句雄壯。未辭添霧雨，接上遇衣襟。劉云：『接上』，不可曉。『遇』一作『過』。或曰：江水得霧雨接添，而深過衣襟耳。瑗按：尾句有誤，不可强解，缺之可也。○二首體裁相類，正意俱在第三句，借江之朝宗於海，欲人之尊奉乎君也。五、六詠江之景，七、八因江而感懷也。

承聞故房相公靈櫬自閬州啓殯歸葬東都有作二首 房琯，河南人。罷相，貶漢州刺史。廣德元年赴召，道病，卒於閬州。時權瘞於彼，後贈太尉。

遠聞房太守，不稱相而稱守，亦是書法。劉云：正是恨意。五字能言人所難言，改爲『太尉』，誤矣。歸葬陸渾山。山在河南，起已盡題。一德興王後，孤魂久客間。『一德』，即『咸有一德』之一德。謂房以一德事君，相業方成之後，遂遭謫貶。客死，久殯閬州，今方得歸，爲可恨也。劉以上句謂爲房玄齡之裔，非是。孔明多故事，蜀志：荀勖等定故丞相諸葛故事二十四篇以進。此喻房公奏議可爲朝廷典故也。安石竟崇斑〔七〕。晋謝安薨，加贈太傅。此喻房公死後追贈太尉也。○上聯言屈抑於生前，下聯言褒崇於死後。公前過故斛斯校書莊云：『竟無宣室召，徒有茂陵求。』即此中兩聯之意也。他日嘉陵淚，自閬州赴河南道，必經嘉陵江。仍霑楚水還。結言櫬經嘉陵，猶得撫棺一哭。後詩所謂『盡哀知有處』是也。

丹旐飛飛日，言靈櫬之歸。初傳發閬州。言起殯之處。風塵終不解，江漢忽同流。未静風塵之擾，忽同流水而逝，當此亂世，可無斯人邪？劍動新身匣，趙曰：善本作『親身』，方有義。劉云：『新身』『親身』，皆不雅，必誤。瑗按：對下『故』字，作『新』是，恐是『身』字誤耳。暗用平津化劍事，喻言其死。書歸故國樓。寓言歸葬。盡哀知有處，言櫬必經嘉陵，得一哭也。爲客恐長休。言櫬過嘉陵，哭君固有處所；而我之爲客，恐長休已，如君之孤魂死於久客間，而不得生還也。

別常徵君

兒扶猶杖策，見病後之態。臥病一秋强。見病愈之時。白髮少新洗，寒衣寬總長。此聯上三字、下二字句，貼『病』字。○四句述己之懷也。故人憂見及，總結上四句，言常徵君憂己之病危也。此別淚相忘。謂病不能哭別也。各逐萍流轉，彼此飄泊之嘆。來書細作行。別後忽忘之思〔八〕。○後四句方言別意。

遣憤

時郭子儀與回紇合兵破吐蕃，贈賚甚厚，府藏空竭，稅百官俸以給之。

聞道花門將，指回紇。論功未盡歸。言猶求賞不已。自從收帝里，言破吐蕃而收京也。誰復總戎機。言既藉回紇破賊收京之後，當攬其權，不然回紇亦蠻夷之類，能免蜂蠆之毒乎？蜂蠆終懷毒，喻回紇。雷霆可震威。言天子當攬其權。莫令鞭血地，指禁中也。漢書：禁中，非刑人鞭血之地。再濕漢臣衣。言既遭禄山、吐蕃之禍，苟不攬回紇之權，又將不免其害也。

冬深

花葉隨天意，此謂早霞有如花葉耳，故曰『隨天意』。江溪共石根。二句言冬深之景。早霞隨類影，言其變態多端，其影隨類而呈現也，貼第一句。一、三用二『隨』字，句法意義相同。少陵往往有此病，亦當避之。寒水各依痕。貼第二句。易下楊朱淚，難招楚客魂。冬深所感之情。風濤暮不穩，『暮』與『早』應。捨棹宿誰門？所感之情在此。觀結聯，此篇當時有所適而泛江之作也。

將曉二首

石城除擊柝，鐵鎖欲開關。鼓角悲荒塞，星河落曉山。上三句言將曉之事，第四句言將曉之景。巴人常小梗，蜀使動無還。垂老孤帆色，飄飄犯百蠻。『百蠻』，指上巴蜀。四句將曉所感之情。

軍吏回官燭，舟人自楚歌。將曉之事。寒沙蒙薄霧，落月去清波。將曉之景。壯惜身名晚，衰慚應接多。歸朝日簪笏，筋力定如何？『筋力』，貼上『衰晚』。四句將曉所感之情。○此上三篇，章法相類，皆前四句景，後四句情也。

又雪

南雪不到地，青崖霑未消。見南方少雪。微微向日薄，脉脉去人遥。言雪少之狀。冬熱鴛鴦病，峽深豺虎驕。言雪少之害。趙云：雪少，故冬熱，而禽之浮弱者病；峽深，則冬涼，而獸之猛者驕。愁邊有江水，焉得北之朝？結推開説，見己不忘君也。○後四句比興。

送王侍御往東川放生池祖席

東川詩友合，言王往東川之樂。此贈怯輕爲。言己無贈王之物。況復傳宗近，『傳宗』，謂傳詩家之宗派也。貼第一句。空然惜別離。貼第二句。梅花交近野，言途中之景。草色向平池。言放生池之景。儻憶江邊臥，歸期願早知。結欲王之念己而早還也。

懷錦水居止二首 指成都草堂。

軍旅西征僻，風塵戰伐多。見賊之害國。猶聞蜀父老，不忘去聲。舜謳歌。見民之思君。天險終難立，言蜀地險阻，盜賊終不能爲害也。總結上四句，以爲下句張本。柴門豈重過。言不得重過錦水居止，爲盜賊故也。朝朝巫峽水，遠逗錦江波。承上句而言。○後三句言懷錦水居止，前五句見不得還錦水居止之由。

萬里橋西宅，百花潭北莊。見草堂所在。層軒皆面水，老樹飽經霜。草堂近景。雪嶺界天白，錦城曛日黃。草堂遠景。○或曰：『水』言春，『霜』言秋，『雪』言冬，『日』言夏，未知是否？【汪仲弘本：草堂遠景。○或曰：『水』言春，『霜』言秋，『雪』言冬，『日』言夏，亦似可玩。】惜哉形勝地，『形勝』二字，總應上文。回首一茫茫。結見懷之之意。

老病

老病巫山裏，稽留楚客中。臨老抱病，久客殊方，其情可知。藥殘他日裏，貼『老病』。花發去年叢。貼『稽留』。夜足霑沙雨，春多逆水風。即殊方之景，見旅況蕭索。合分雙賜筆，猶作一飄蓬。歎己不用於朝而流落於野也。尾句應首聯。

雨

冥冥甲子雨，已度立春時。二句憂之之詞。此起與人日詩相似。【汪仲弘本：諺云：『春甲子雨，赤地千里。』此蓋憂之之詞也。按舊史：是年果旱。用諺語起，與人日詩相似。】輕箑煩相向，纖絺恐自疑。形容春時寒熱不常之候，最是妙意，重在下句，謂方熱而復寒也。照題。煙添纔有色，風引更如絲。見雨之細。直覺巫山暮，貼『冥冥』字。兼催宋玉悲。謂當春時，風雨悽然如秋也，故用宋玉事。與夏日納涼結句『歸路翻蕭索，陂塘五月秋』相類。此猶微婉含蓄，情景躍如。【汪仲弘本：謂當春時，風雨悽然如秋也，故用宋玉事。與夏日納涼結句『歸路翻蕭索，陂塘五月秋』相類。此猶微婉。】

南楚

南楚青春異，此句是骨子。『南楚』二字紀地，不可輕看，故以命題。暄寒早早分。所異在此。無名江上草，隨意嶺頭雲。正月蜂相見，非時鳥共聞。兩聯即景物以驗氣候之異。雖是混講，大約『江上』『嶺頭』貼『南楚』，『正月』『非時』貼『青春』。杖藜防躍馬，不是故離羣。『躍馬』，用公孫述事，言己爲避亂而來南楚，非是故要離羣索居也。○前六句言南楚之景，結聯言客南楚之情。詳後四句，此詩當有所寄贈而作也。

子　規

峽裏雲安縣，江樓翼瓦齊。言客居之地〔九〕，聞子規之地也。兩邊山木合，終日子規啼。上句言客居之景，見子規所啼之處也。下句方見題。眇眇春風見，蕭蕭夜色凄。『春』『夜』見子規所啼之時。二句情景慘然，見於言外。客愁那聽此，故作傍人飛。直言懷抱，總結上文。

移居夔州郭

伏枕雲安縣，遷居白帝城。見因病移居。春知催柳別，江與放船清。見移居之時景，貼第一句。農事聞人説，山光見鳥情。殷璠撰河嶽英靈集，首列常建詩，愛其『山光悦鳥性，潭影空人心』之句，以爲警策，不知其爲少陵之緒餘也。禹功饒斷石，且就土微平。兩聯見移居之樂事，貼第二句。蓋未到夔而預言之耳。

船下夔州郭宿雨濕不得上岸别王判官

依沙宿舸船，石瀨月娟娟。風起春燈亂，下因上。江鳴夜雨懸。上因下。○四句言宿郭之時景。晨鍾雲外濕，承上句『雨』字言。勝地石堂煙。承上句『晨』字言。二句見己不得上岸别王判官之由。『石堂』，夔州佳處，後貼柳少府詩云『並坐石堂下，俛俯大江奔』是也。二句明白，不煩解説。趙疑有誤字，亦求對偶之過耳。殊不知杜詩中聯亦往往有一二字對偶不甚切者，不暇枚舉，遍考之自見。柔櫓輕鷗外，貼第一句。趙指他舟言，非是。含悽覺汝賢。此頌王判官，憐己旅況之蕭索也。

上白帝城 漢公孫述僭據所築者，後爲光武所誅。

城峻隨天壁，樓高更女牆。言城之險，爲結聯張本。江流思夏后，風至憶襄王。登城感古之情。老去聞悲角，人扶報夕陽。登城傷時之情。公孫初恃險，躍馬意何長。見險之不足恃也。應首聯。

曉望白帝城鹽山

徐步移班杖〔一〇〕，看山仰白頭。起聯直敘。翠深開斷壁，紅遠結飛樓。『翠』，言壁上之苔蘚。『樓』，言山上之雲氣。望山之景也。日出清江望，暄和散旅愁。『日出』，應題『曉』字。『暄和』，含下『春』字。望山之興也。〇六句言望白鹽山。春城見松雪，始擬進歸舟。言欲乘時泛舟而往遊也。

王十五前閣會

晨岸收新雨，春臺引細風。言閣之景。情人來石上，鮮鱠出江中。言會之事。鄰舍煩書札，肩輿強老翁。貼『情人』。病身虛俊味，何幸飫兒童。貼『鮮鱠』。

憶鄭南玼

鄭南，謂華州鄭縣之南。『玼』，音紫，石似玉也。公嘗出牧華州，故憶之而賦。

鄭南伏毒寺，瀟灑到江心。言寺在江中，見玼之所在。石影銜珠閣，泉聲帶玉琴。見玼映帶之勝。風杉曾曙倚，雲嶠憶春臨。言昔日遊寺玩玼之興，與今日相憶之情。萬里蒼茫水，龍蛇只自深。貼『江』字，與首聯相應，見今日隔遠，不得遊寺而玩玼也。『蒼茫』一作『滄浪』，言滄浪之水徒爲龍蛇深藏，不似鄭南江心之可到也，非是。

奉寄李秘書文嶷二首

瑗按：此詩大曆元年夏六月夔州作。秘書與公有親，時在雲安。公寄此詩，約其來會於夔。後八月，秘書果來夔。公有贈別五言古詩一首，讀者當參看。蓋汧國公李勉，宗室鄭惠王孫也，時爲江西觀察使。秘書乃汧公之族子，時欲謁之，道必經夔，故約其早來也。觀後詩『北迴白帝棹，南入黔陽天』之句可見。

避暑雲安縣，言即今時固不可來。秋風早下來。言至此時則宜早來。暫留魚腹浦，同過楚王臺。承第二句，言李來日當暫留於夔，相與同遊賞也。猿鳥千崖窄，言雲安之僻，如前所謂『兩邊山木合，終日子規啼』是也。江湖萬里開。言夔州之勝，如前所謂『禹功饒斷石，且就土微平』是也。竹枝歌未好，公自註：竹枝歌，巴渝之遺音也，惟峽人善唱。此言雲安之風俗亦不甚美。畫舸且遲迴。承上三句，言雲安僻陋，不如夔州，何爲尚且夷猶於彼而不早來邪？此又促之之意，與首聯相應。『遲迴』，猶徘徊也，夷猶不行之意。

行李千金贈，此句言秘書啓行謁汧公也。衣冠八尺身。此句稱秘書。後詩亦有『不聞八尺軀，常受衆目憐』之句。飛騰知有策，意度不無神。稱秘書才略丰采之美，貼『八尺身』。斑秩兼通貴，公侯出異人。上句稱李爲秘書，下句稱秘書爲汧公宗室之子，貼『衣冠』。後詩亦有『汧公制方隅，迥出諸侯先』之句，是『公侯』，指汧公也。玄成負文彩，世業豈沉淪？漢韋賢少子玄成，能文通經，仕至相位。後詩亦有『玄成美價存，子山舊業傳』之句。結聯總上文。

熱三首

雷霆空霹靂，雲雨竟虚無。見熱之由。炎赫衣流汗，低頭氣不蘇。見熱之甚。乞爲寒水玉，願作冷秋菰。欲化物而不能。何似兒童歲，涼風出舞雩？追往事而不得。○後兩聯皆承三、四言，以狀其熱之甚也。

瘴雲終不滅，瀘水復西來。言雲水之不能爲雨，見熱之由。閉户人高卧，歸林鳥卻回。言人、物之避暑，見熱之甚。峽中都似火，見無處可逃。江上只空雷。意猶首聯事，猶前詩起句。想見陰宫雪，風門颯沓開。公題省中壁曰：『洞門對雪常陰陰。』山谷曰：唐省中皆青壁畫雪。結公蓋因熱而憶爲拾遺之時也。○前結悲少不可再，此結悲位不得復。

朱李沉不冷，雕胡炊屢新。即物以見熱。將衰骨盡痛，見老不禁熱。被暍味空頻。見苦熱得病。『味』字，貼首聯。欻翕炎蒸景，此句方説破熱。飄颻征伐人。十年可解甲，爲爾一霑巾。前四句言己老病之苦熱，後四句言征人久戰之苦熱。

晚晴

晚照斜初徹，浮雲薄未歸。即雲、日以見晚晴。江虹明遠飲，峽雨落餘飛。即江虹以見晚晴。蓋雨止而虹見，虹見而後晴。然晴中亦每有細雨飄灑，故曰『落餘飛』，非善賦者不能及此。或者以爲既賦『晚晴』，又曰雨飛，爲不切，是拘促之見也。鳧鶴終高去，熊羆覺自肥。即鳥獸以見晚晴。蓋言鳥獸當此晚晴，得以自適；而己尚客他鄉，不自安也。秋風客尚在，承上聯看，方有意味。竹露夕微微。『夕』貼起句『晚』字。此詩皆言晚晴之景，惟第八句言晚晴之懷耳。

宿江邊閣

暝色延山徑，言將夜之景，貼『宿』字。高齋次水門。見閣在江邊。薄雲巖際宿，貼『山』字。孤月浪中翻。貼『水』字。○四句言宿江邊閣之景。『孤月浪中翻』與『月湧大江流』皆爲警句，但此聯未免襲庾信『白雲巖際出，清月波中上』之句。楊誠齋謂『出』『上』二字勝矣。鸛鶴追飛盡，豺狼得食喧。不眠憂戰伐，無力正乾坤。四句宿閣感時之情。○體製與前詩同。舊註：『鸛鶴』以喻軍士，『豺狼』以喻盜賊。然則前詩『鼂鶴』蓋喻幽人，『熊羆』蓋喻將帥耳。

白鹽山

卓立羣峯外，言其高。蟠根積水邊。言其大。他皆任厚地，貼『蟠根』。爾獨近高天。貼『卓立』。白牓千家邑，清秋萬估船。言居民賈客集聚之盛，以見山之高大也。詞人公自謂也。取佳句，刻畫竟誰傳。周顒刻畫無鹽，公因山名白鹽，遂託以喻己之詩。『刻畫』，謂己苦心作詩，求取佳句。『竟誰傳』，謂無人知其刻畫之苦心耳。然則劌目鉥心〔一一〕，刃迎縷解，鉤章棘句，掐擢胃腎〔一二〕，豈獨孟郊也哉！以少陵之才，欲求句之佳，尚不能不費刻畫之力，則吾人之爲詩，而鍛鍊敲推之功，其不可少也審矣。

灩澦堆

在夔州西蜀江中心，瞿塘峽口。冬水淺，則盡出；夏水長，則半没。諺云：『灩澦如象，瞿塘莫上；灩澦如馬，瞿塘莫下。』言其險絶。舟人常以此候之。

巨石水中央，見堆所在。江寒出水長。言水淺時。沉牛荅雲雨，謂舟人往來沉牛而祭也。如馬戒舟航。二句言水漲時。『沉牛』『如馬』，借對。天意存傾覆，神功接混茫。言險絶，意精語壯。劉云：此坡賦之祖。干戈連解纜，行止憶垂堂。結寓飄泊之歎，言己因世亂而冒險來此也。

瞿塘懷古

瞿塘，峽名。

西南萬壑注，言峽當衝要。勍敵兩崖開。言峽之形勢。地與山根裂，貼第二句。江從月窟來。貼第一句。削成當白帝，言峽之高。空曲隱陽臺。言峽之深。疏鑿功雖美，郭璞江賦：『巴東之峽，夏后疏鑿。』此貼『懷古』。陶鈞力大哉。結言疏鑿雖神禹之功，而形勢雄壯，則造化之力，非人之所能爲也。題曰『懷古』，則當專歸美於禹，而又推言於造化，所謂『百尺竿頭，更進一步』之法也。

陪柏中丞觀宴將士二首

極樂三軍士，誰知百戰場？人但知今日宴飲之樂，而不知當時戰伐之危，非少陵不能及此意。無私齊綺饌，言軍士。久坐密金章。言將帥。○二句貼『極樂』。醉客拈鸚鵡，杯也，言陪宴者。佳人指鳳凰。瑟也。言侑觴者。幾時來翠節，特地引紅粧？意與首聯相應。言今日之宴樂則樂矣，然回思百戰之場，將士危亡之苦，蓋有令人慘然而悲者，固非狂歌痛飲之時也。何時特地引紅粧而來此一醉乎？此要索柏中丞爲主之詞也。『紅粧』，承『佳人』言。

繡段裝檐額，『繡段』，樂工之額餙，舞者所用也。金花貼鼓腰。『金花』，樂器之鼓餙，歌者所用也。一夫先舞劍，貼第一句。百戲後歌樵。貼第二句。『歌樵』，謂戲爲樵歌之音也。江樹城孤遠，此句似爲下句而設，若以爲泛賦景物，頗覺揬突，與上下不相屬。雲臺使寂寥。言當時出使無還者，如『乘槎斷消息，無處覓張騫』之意。漢朝頻選將，應拜霍嫖姚。結承上聯。言時事，以稱柏中丞也。○前四句言鼓舞〔一三〕，以見宴飲之極樂；後四句言時事，以見將士之危亡。

覽鏡呈柏中丞

渭水流關內，終南在日邊。故鄉之思。膽消豺虎窟，淚入犬羊天。世亂之感。起晚堪從事，行遲更覺仙。故爲屈强之詞，以寫遲暮之歎。鏡中衰謝色，萬一故人憐。承上聯而正言之，『呈柏中丞』之意在此。趙云：衰謝之色，亦流離顛沛之久所致也。

送十五弟侍御使蜀

喜弟文章進，稱弟之才。添余別興牽。敘己之情。數杯巫峽酒，百丈牽船繩。內江船。此聯承上

『別』字。 未息豺狼鬬，傷世之亂。 空催犬馬年。歎己之老。 歸朝多便道，搏擊望秋天。鷹隼至秋則搏擊，比喻御史之職也。後四句言世亂而己老，己無能爲，故望弟還朝，去小人、進君子以靖難也。

送李功曹之荊州充鄭御史判官重贈

曾聞宋玉宅，每欲到荊州。言己久有遊荊之興。 此地生涯晚，遙悲水國秋。孤城一柱觀，落日九江流。中兩聯皆指荊州而言，爲尾句張本，與首聯欲到之興自不相妨也。 使者雖光彩，青楓遠自愁。言李判官雖榮，而未免有他鄉遠別之愁也。

別崔潩因寄薛璩孟雲卿[一四]

公自注：内弟潩赴湖南幕職。

志士惜妄動，知深難固辭。如何久磨礪，但取不磷緇。兩聯皆下句解上句之意。 夙夜聽憂主，飛騰急濟時。稱崔忠勇之義。 荊州遇薛孟，爲報欲論詩。言寄薛、孟之意。

巫峽弊廬奉贈侍御四舅別之澧朗

江城秋日落，山鬼閉門中。敘弊廬寂寞之景，見客居知己之稀。 行李淹吾舅，誅茅問老翁。言舅氏枉弊廬而話別也。 赤眉猶亂世，見客居寂寞之由。應起聯。 青眼只途窮。言舅氏雖肯顧念，而亦不能振己之窮也。應次聯。傳語桃源客，人今出處同。桃源在朗州，故有此句，寓己隱居之志也，然實反言見己途窮而不得用耳。

雨

萬木雲深隱，見雨之由。連山雨未開。見雨之久。風扉掩不定，風扉因雨而開。水鳥過仍回。水鳥因雨而樂。鮫館如鳴杼，鮫人不因雨而廢織。樵舟豈伐枚。樵子卻因雨而阻伐。清涼破炎毒，喜雨之情。衰意欲登臺。覽雨之景。

雨晴

雨晴山不改，或雨或晴，山形不改。晴罷峽如新。既雨初晴，山色如新。天路休殊俗，『天路』，指長安，言休故國而客他鄉。秋江思殺人。言在他鄉而思故國。有猿揮淚盡，他鄉之感。無犬附書頻。故國之思。故國愁眉外，長歌欲損神。總結中兩聯。○惟起聯言雨晴之景，餘皆言雨晴所感之懷也。玉露謂：首聯言或雨或晴，山之體本無改變，然既雨初晴，則山之精神煥然如新焉。朱文公寄胡藉溪詩云〔一五〕：『甕牖前頭翠作屏，晚來相對静儀刑。浮雲一任閑舒卷，萬古青山只麽青。』胡五峯見之，以爲有體無用，乃賡曰：『幽人偏愛青山好，爲是青山青不老。山中雲出雨乾坤，洗出一番青更好。』文公用杜上句意，五峯用杜下句意。然杜只是寫物，二公皆以喻道。瑗按：詩人之詞，雖曰寫物，亦不可謂全無意義、無比興也。

垂白

垂白馮唐老，衰謝之感。清秋宋玉悲。時景之感。江喧長少睡，樓迥獨移時。謂少睡而起立，垂老之態也。多難身何補，無家病不辭。謂遭難而身病，悲秋之情也。甘從千日醉，未許七哀詩。排遣之詞，總結前意。

洞房

洞房環佩冷，『冷』字，預含『風』字。玉殿起秋風。秦地應新月，龍池滿舊宫。謂月色滿宫。○四句即風、月狀長安宫殿寂寞之景，爲下聯張本。一、二倒言，三、四極言。繫舟今夜遠，清漏往時同。唤前兩聯傷今追昔之意，起興懷思之由在此。萬里黄山北，園陵白露中。又承上聯，言長安陵寢之寂寞。『萬里』，貼『遠』字。○此詩蓋因月夜泛舟，因思長安而懷帝闕，以寓己流落之感耳。然『洞房』『玉殿』『秦地』『舊宫』『黄山』『園陵』字樣太多，本非佳句，但參錯開闔，斡旋成章，悲慨之意，藹然言外，亦不失爲作者。

宿昔

宿昔青門門名。裏，蓬萊殿名。仗數移。宫中遊賞之樂。花驕迎雜樹，龍喜出平池。宫中景物之樂。落日留王母，微風倚少兒。宫中狎昵之樂。蓋指貴妃與禄山也。宫中行樂秘，少有外人知。總結上文。劉云：狎褻不凡，諷刺俱有。

能畫

能畫毛延壽，漢毛延壽善畫人形，能得其真。投壺郭舍人。郭舍人善投壺，武帝常賜金帛。每蒙天一笑，復似物皆春。承上聯，言二子常蒙人君寵愛之榮。政化平如水，皇恩斷若神。時時用抵戲，貼前四句。亦未雜風塵。此詩借古以喻今。言漢武雖寵愛倡優技藝之人，而公平果斷之德，不能爲其所惑，故尚不足以致亂也。若明皇，既無漢武之德，而乃寵愛貴妃、禄山如此，烏能免開元、天寶之禍乎？

鬬鷄

鬬鷄初賜錦，舞馬既登牀。明皇好爲此戲。簾下宫人出，樓前御柳長。言宫人觀明皇之戲。仙遊終一閟，女樂久無香。寂寞驪山道，清秋草木黄。四句言貴妃之事。

歷歷

歷歷開元事，分明在眼前。指前詩所言明皇無道之事。無端賊盗起，忽已歲時遷。言明皇無道，致亂之久。巫峽西江外，秦城北斗邊。爲郎從白首，臥病數音朔。秋天。四句言己因亂而致流離之苦。

洛陽

洛陽昔陷没，胡馬犯潼關。言禄山之亂。天子初愁思，都人慘別顔。言君民遭亂流離之苦。清笳去宫闕，翠蓋出關山。言胡既去而明皇出蜀以還京也。故老仍流涕，龍髯幸再扳。言明皇還京，百姓喜幸也。○前四句言初亂之事，後四句言亂定之事。

驪山

驪山絶望幸，花萼罷登臨。明皇歲幸驪山，嘗建花萼樓，爲宴集之地。此言明皇既死，而不復有臨幸之事也。地下無朝燭，人間有賜金。鼎湖龍去遠，銀海鴈飛深。四句皆言明皇之死。『賜金』，謂賞賚婞佞之奢侈也。萬歲蓬萊日，謂崩於蓬萊殿中。長懸舊羽林。漢有羽林軍。此言護陵寢者。

提封

提封漢天下，萬國尚同心。借漢以比唐。借問懸車守，何如儉德臨？懸車守險，而不如修德。明皇則有賜金之侈。時徵俊乂入，莫慮犬羊侵。賢者在位，則邊釁不生。明皇但知婞佞之愛。願戒兵猶火，恩加四海深。顧戒兵戈而加恩於百姓，則萬國同心，邦本自固，險不必守，夷狄莫侵，而天下治矣。然加恩之道，亦惟脩德進賢而已矣。〇自雨晴至此十章，皆以首二字名題，似是一時之作。後八章皆詠開元之事，頗有次第。瑗嘗謂：可與太白宮中行樂詞八章相表裏，而宿昔一章，又絶類太白宮中行樂詞也。古之文人亦多仿擬，如韓有平淮碑，柳有平淮雅；韓有進學解，柳有起廢荅；韓有送窮文，柳有韋中立論文；韓有張中丞傳敘，柳有段太尉逸事；韓送孟郊序用數十『鳴』字，柳作愚溪記用數十『愚』字：則少陵此八章擬太白宮中行樂詞而作，未可知也。太白作於明皇之前，故微婉其詞而諷之；少陵作於明皇之後，故直述其事而刺之。然其才力格調，可謂兩雄力相當者也。學者當並觀之。

吾宗 公自注：衛倉曹崇簡。

吾宗老孫子，質朴古人風。下皆承此句言。耕鑿安時論，衣冠與世同。美其安時處順。在家常早起，憂國願年豐。美其勸生憂國。語及君臣際，經書滿腹中。美其通經知君臣大義。上三聯皆謂其有古人質朴之風也。蓋質朴者，敦龐誠愨之謂，非鄙陋粗俗之謂也。柳子與楊京兆憑書一段，論無用之朴。學者合此詩而觀之，則知古人之所謂質朴者矣。

第五弟豐獨在江左近三四載寂無消息覓使寄此二首

亂後嗟吾在，幸己之不死。羈棲見汝難。憫弟之流離。草黄騏驥病，貼『嗟吾在』，言世亂，君子不得志也。沙晚鶺鴒寒。貼『見汝難』，言歲暮兄弟不相見也。楚設關城險，言己所在。吴吞水府寬。言弟所在。二句見相去之遠。十年朝夕淚，衣袖不曾乾。言久別哀思之情。題曰『三四載』，此曰『十年』者，蓋相別者十年；而近無消息者三四載耳。題之妙在於『近』字。

聞汝依山寺，杭州定越州。言但聞弟寓居山寺，而未知其的在何州。『杭』『越』，江左之地，弟之所在也。『定』，乃疑辭。『不知西閣意，肯別定留人』，二『定』字同。風塵淹別日，江漢失清秋。言己久別之故、恨別之情。『江漢』，乃己所寓之地。『失』，如『孟賁失其勇，儀秦失其辯』之『失』。影着啼猿樹，魂飛結蜃樓。『猿』乃巴峽之物，貼『江漢』。『蜃』乃江左之物，貼『杭』『越』。『影着』者，言己身淹於江漢而不能去。『魂飛』者，言己惟神馳於杭、越之間耳。二句言己思弟之情。明年下春水，東盡白雲求。江左在楚東盡之處。二句言己訪弟之情。考公明年，未嘗有下峽入越之事，此亦言其思欲見弟之意耳。

送田四弟將軍歸夔州柏中丞命起居江陵節度使陽城郡王衛公幕

離筵罷多酒，言己餞別之情。起地發寒塘。言田發軔之處。劉云：『多酒』可，『起地』不可，『起地發』又不可。回首中丞座，言奉柏中丞命。馳箋異姓王。言起居陽城王。燕辭楓樹日，鴈度麥城霜。以二物喻田之遠別，時、景俱在其中。空醉山翁酒，遥憐似葛彊。舊註：『山翁』，指晉山簡，比柏中丞。『葛彊』，山簡愛將，比田將軍。瑗按：『山翁』，疑公自謂，與起句應。不必因用葛彊而必指山簡也。但既曰罷酒，又曰醉酒，亦不佳。

覆舟二首

玄宗好神仙燒煉之術，黔陽貢丹砂等物，經峽覆舟。此詩紀其事而諷之。

巫峽盤渦曉，黔陽貢物秋。『巫峽』，見覆舟之地；『盤渦』，見覆舟之由；『貢物』，見覆舟之事；『秋』『曉』，見覆舟之時；『黔陽』，見覆舟爲何處之人也。十字紀事詳明，非泛作者。丹砂同隕石，翠羽共沈舟。言所貢之物而漂没。羈使空斜影，龍居謂水底。閟積流〔一六〕。言貢物之人而溺死。篙工幸不溺，俄頃逐輕鷗。言篙工善水，猶幸得生也。

竹宫時望拜，桂館或求仙。姹女凌波日，神光照夜年。『姹女』，見丹書，謂真汞也。餘三句皆借漢武求仙之事以比玄宗。徒聞斬蛟劍，佽飛斬蛟渡江事，見呂氏春秋。澹臺滅明斬蛟渡河事，見酈元水經注。無復爨犀船。用晋温嶠燃犀照水怪事。二句言使者無此勇術，故不能刺蛟龍水怪，以免覆舟之患也。使者隨秋色，迢迢獨上天。意同前詩第三聯，詳『空斜影』『隨秋色』之句，蓋使者併其尸而失之也。【汪仲弘本：意同前詩第三聯，詳『空斜影』『隨秋色』之句，而使者没矣。】

峽口二首

峽口大江間，西南控百蠻。見峽口爲要衝之地，極控帶之廣也。城敧連粉堞，岸斷更青山。見峽口爲城郭之倚，有重山之繞也。開闢當天險，防隅一水關。見峽口爲天設之險，乃關防之要也。亂離聞鼓角，秋氣動衰顔。言峽口所感之情。此篇大意即後篇起聯是也。時清關失險，言世治不必恃險。世亂戟如林。言世亂險不足恃。去矣英雄事，言劉備未嘗恃險。荒哉割據心。言公孫述險不足恃。○首聯有傷今之意，三、四乃弔古之情。蘆花留客晚，楓樹坐猿深。即峽口之景，見旅況之懷。疲薾煩親故，諸侯數賜金。公自注：主人柏中丞，頻分月俸。承上聯，言旅況蕭條之中，不能自振，而喜得知己之濟也。○五、六自悲之詞，尾聯自慰之詞。玉露曰：詩用助語，字貴妥帖。如少陵此頷聯及『古人稱逝矣，吾道卜終焉』，皆渾然妥帖。【汪仲弘本：○五、六自悲之詞。玉露曰：詩用助語，字貴妥帖。如少陵此頷聯及『古人稱逝矣，吾道卜終焉』，皆渾然妥帖。】

社日二首

九農成德業，百祀發光輝。『九農』，見左傳。瑗按：社，土神；稷，穀神。穀非土不生，故可稱『九農』。起言社神利民之大，故祭賽之盛也。報效神如在，馨香舊不違。貼『百祀』。○四句言祀報社神之事。南翁巴曲醉，公自謂，以醉而歌巴渝之曲。北鴈塞聲微。公秦人，時寓於夔，故有南北之嘆，觀後篇次聯可見。尚想東方朔，詼諧割肉歸。結引古以寓己昔日在朝之事也。○後四句言社日所感之情景。

陳平亦分肉，社日陳平分肉，事見漢書。太史竟論功。陸機曰：『社之日至，太史占事。』起引社日故實見意。今日江南老，他時渭北童。謂己生於渭北，老於江南，蓋因嘉節而致衰老之歎也。歡娱看絶塞，涕淚落秋風。言社日土人樂而已悲也。鴛鷺回金闕，誰憐病峽中。言同僚在朝而已流落，蓋因嘉節而寓功名之嘆也。○瑗按：社有春、秋二祀，此詩乃大曆元年秋夔州作；後篇第六句乃言秋社，固其宜也。月令：鴻鴈春北而秋南。前篇第六句蓋謂北鴈既歸，而絶塞之聲已稀微矣，是通言春社耳。讀者詳之。

江月

江月光如水〔一七〕，應題。高樓思殺人。對月感懷。天邊長作客，老去一霑巾。感懷之實。貼第二句。玉露團清影，月與露映。銀河没半輪。月爲河掩。此聯貼第一句。誰家挑錦字，燭滅翠眉顰。暗用竇滔妻事，言當時織女月夜之悲，喻己客懷之寂寞也。

孤鴈

孤鴈不飲啄，飛鳴聲念羣。急於飛鳴，不暇飲啄，見孤鴈趁羣之苦。誰憐一片影，貼『孤』字。相失萬重雲。貼『羣』字。望盡似猶見，貼『影』字。哀多如更聞。貼『聲』字。羣鴉無意緒，鳴噪自紛紛。蓋謂孤鴈之鳴爲失羣，而野鴉之噪，真無謂也。詩全寓意。○玉露曰：此詩與『獨鶴歸何晚，昏鴉已滿林』似興君子寡而小人多，君子淒涼零落，小人蹲沓喧競。其形容精矣。老杜拾遺云：鮑當孤鴈詩：『更無聲接續，空有影相隨。』孤則孤矣，豈若子美含不盡之意乎？又司馬文正詩話云：當爲河南府法曹，嘗忤知府薛映，因賦孤鴈詩，所謂：『天寒稻粱少，萬里孤難進。不惜充君廚，爲帶邊城信。』薛大稱賞，因號『鮑孤鴈』。

遣愁

養拙蓬爲户，茫茫何所開。『開』，貼『户』字。江通神女館，地隔望鄉臺。館在巫山，臺在成都，此言開户所見之遠景，見己流落所居之處也。漸惜容顔老，無由弟妹來。『來』字應上文，言骨肉之親，無由來此，共居蓬户以養拙也。所遣之愁在此。兵戈與人事，『兵戈』，言世亂。『人事』，指五、六。人事之乖，兵戈之故也。回首一悲哀。其愁蓋欲遣之而不能也。

十六夜翫月

舊挹金波爽，貼『月』字。皆傳玉露秋。貼『夜』字。關山隨地闊，樂府横吹笛有關山月，故公月詩多用關山字。河漢近人流。四句言翫月之所見者，而景在其中。谷口樵歸唱，孤城笛起愁。巴童渾不寐，半夜有行舟。四句言翫月之所聞者，而情在其中。○瑗按：公初月詩起句曰：『光細弦欲上。』『細』，見『初』字意。月圓詩起句曰：『孤月當樓滿。』十五夜月詩起句曰：『滿目飛明鏡。』見『圓』字意。『十五夜』亦月圓之時，故皆用『滿』字。此起句用『舊』字，見爲『十六夜翫月』詩也。蓋月十五夜以前爲新月，十六夜以後爲舊月耳。公詩一字不苟，於此益信。學者隨口草草讀過，烏能知其味邪？

江上

江上日多雨，蕭蕭荆楚秋。下句承上『多雨』而言。高風下木葉，永夜攬貂裘。下句承上『高風』而言，謂攬裘以禦寒也。趙謂臥不安寢，亦通。四句不以『風』對『雨』，『夜』對『秋』，而參錯開闔，頓挫鏗鏘，夐然可愛，視世之取青妃白，拘拘爲兒童花柳之對者，烏足以語此？勳業頻看鏡，功名不遂而衰謝漸老之悲。行藏獨倚樓。流落他鄉而報主無由之歎。昔人謂此聯爲杜集中第一警句。時危思報主，衰謝不能休。承上聯而明言其意。○前四句是言所感於夜者；看鏡倚樓，似是所爲於曉者。趙注：承前四句講。意謂當此時此景，臥不安寢，故攬裘起立，倚樓而看鏡耳。但『夜』非倚樓看鏡之時。容更詳之。

戲寄崔評事表姪蘇五表弟韋大少府諸姪

隱豹深愁雨，潛龍故起雲。本賦雨景，以下起上句耳。『隱豹』『潛龍』，謂有託興亦可，謂無託興亦可。【汪仲弘本：本賦雨景，以下起上句耳。『隱豹』『潛龍』，謂有託興亦可。】泥多仍徑曲，承上聯，言阻賢羣之由。心醉阻賢羣。『賢羣』，倒文耳，指諸表也。此聯言羣賢之妙，乃己所心醉而愛敬者。今乃因雨久泥多，道路紆遠，遂阻而不來，能使我無悵望之私乎？忍待江山麗，謂晴也。還披鮑謝文。承上，言我之悵望如此，爾羣賢安能恝然忍待雨晴而後來論文耶？高樓憶疏豁，秋興坐氤氳。二句倒裝法。言己獨坐高樓之上，悲秋之興正濃，憶爾羣賢來爲一疏散而披豁之也。○此詩蓋因雨中欲促諸表之來訪己，故題之曰『戲』。

西閣雨望

樓雨霑雲幔，山寒着水城。『山寒』，見雨之由。『着』字，見雨之久。逕添沙面出，湍減石稜生。即沙石以見雨望。菊蕊淒疏放，松林駐遠情。即松菊以見雨望，而情在其中。滂沱朱檻濕，意同起句。萬慮倚檐楹。言雨望之所感，以足上『情』字。○樓檻檐楹，貼『西閣』。餘皆雨望之情景也。

晚晴吴郎見過北舍

圃畦新雨潤，愧子廢鉏來。畦潤廢鉏，見吴郎來訪己之情。上句貼『晴』字。竹杖交頭柱，柴扉隔徑開。柱杖開扉，見已迎吴郎之意。下句貼『北舍』。欲棲羣鳥亂，貼『晚』字。未去小童催。至晚而未去者，吴郎之情；見晚而催去者，童僕之職。『小童』，謂吴郎之僕也。明日重陽酒，相迎自醱醅。預約重迎之意。蓋爲上聯未盡興而催去故也。

九日諸人集于林

瑗按：前詩結聯乃九月八日作，此題曰九日諸人集于林，合前結之意。起句『明朝』之『明』字，疑當作『今』字。或以爲亦八日所作，乃預約諸人之詞，則與題不合。容更詳之。諸人之集，吴郎在内。

九日明朝是，相要舊俗非。下句承上句而言，貼『九日』。老翁難早出，賢客幸知歸。上句爲下句而起，貼『諸人集于林』。舊採黄花賸，貼『九日』。新梳白髮微。貼『老翁』。謾看年少樂，指諸人羡慕之詞也。忍淚已霑衣。意總承上，因人撫己，對景悲時，自傷之詞也。○續齊諧記：汝南桓景隨費長房遊，長房忽謂景曰：九月九日，汝家當有大災，可速令家人作絳囊，盛茱萸繫臂，登高山，飲菊花酒，此禍可消。景如其言，至日登山，及暮而還，鷄犬一時盡皆暴死，遂爲九日登高之始。少陵『相要舊俗非』之句，蓋闢其説之不足信也。賦九日詩者，鮮能知此，可見少陵學術之正、窮理之精也。區區從事於雕蟲小技之末者，烏足以語是哉！

秋日寄題鄭監湖上亭三首 秘書監鄭審有湖亭，在峽州。

碧草違春意，起下『秋』字。沅湘萬里秋。『沅湘』，言湖亭所在。秋以見時。池要山簡馬，月靜庾公樓。『池』貼『湖』，『樓』貼『亭』。二句情景俱有。磨滅餘篇翰，平生一釣舟。二句述己失志之情。高唐寒浪減，貼『秋』字。髣髴識昭丘。二句寓己遥望鄭湖亭之意。

新作湖邊宅，見亭在湖上。還聞賓客過。見鄭好客。自須開竹徑，誰道避雲蘿。貼『宅』字。官序潘生拙，才名賈誼多。言鄭位卑而才高，賓客過者，愛其才也。捨舟應卜地，鄰接意如何？託言己欲卜鄰之意，以見鄭監湖庭〔一八〕、人品之勝。

暫住蓬萊閣，言己昔日爲拾遺也。公秋日夔府詠懷寄鄭監詩云：『蓬萊漢閣連。』則公嘗與鄭同朝矣。秋興八首云：『蓬萊宮闕對南山。』蓋『蓬萊』，殿名，故借以爲朝廷宮闕之通稱耳。趙謂：指鄭監。恐非。【汪仲弘本：言己昔日爲拾遺也。公秋日夔府詠懷寄鄭監詩云：『蓬萊漢閣連。』則公嘗與鄭同朝矣。秋興八首云：『蓬萊宮闕對南山。』蓋『蓬萊』，殿名，借以比朝廷宮闕，亦通。趙謂：指鄭監。恐非。】終爲江海人。言己今日之流落也。揮金應物理，拖玉豈吾身。『揮金』，猶言挂冠也。二句參錯互言以見意。蓋謂己之分薄，非拖玉腰金之身，其暫住蓬萊而終歸江海者，乃物理之當然也。雖反言自慰之詞，實寓自悲之意。舊註謂積而不散與老不知退者，劉闢其非，而又不明解其説，亦鶻突也。羹煮秋蓴弱，杯迎露菊新。賦詩分氣象，佳句莫頻頻。四句言己欲與鄭監啜羹飲酒，對景賦詩，以盡卜鄰之興也。『分氣象』，謂鄭監湖亭景物之氣象，己若卜鄰，則得以分之耳。尾句『莫』字要活看，是申言上句『賦詩』二字，謂倘得分占湖亭之氣象而賦詩，則佳句頻頻往來，豈莫不深爲可樂也哉！趙謂：鄭監分我以賦詩之氣象，則佳句莫非頻頻有之乎？意亦是而未盡明。此上三章結意相承，一章言己遥望鄭監湖亭之意；二章言己欲卜鄰以見遥望之意；三章言往來飲酒賦詩之樂，以足卜鄰之事。此乃章法，一題而作數篇者，不可不知此意。

孟冬 時公寓夔之西閣。

殊俗還多事，言人事。方冬變所爲。言天時。破柑霜落爪，嘗稻雪翻匙。『破柑』『嘗稻』，人事之多也。貼第一句。『霜』字實，『雪』字虚。巫峽寒都薄，烏蠻瘴遠隨。寒薄、瘴隨，天時之變也。惟寒薄，故瘴隨。貼第二句。終然減灘瀨，暫喜息蛟螭。冬初水涸，故灘瀨減而蛟螭息，不能起而爲雲雨也。賦實景，寓比興。○此詩大意謂當初冬之候，雖客殊方，然有破柑嘗稻之多事，尚不寂寞也。雖有瘴厲遠隨，而且喜蛟螭暫息，亦足以慰於一時矣。

悶

瘴癘浮三蜀，風雲暗百蠻。以風土見「悶」。【汪仲弘本：以風土見「悶」。夔在三蜀之下，百蠻之北。】捲簾惟白水，隱几亦青山。以山水見「悶」。猿捷長難見，鷗輕故不還。以鳥獸見「悶」。無錢從滯客，有鏡巧催顔。結以貧老唤回一詩之意，見所「悶」之實在此。○無花柳而只山水，無朋友而唯猿鷗，以貧老之身客蠻蜀之地，其悶可知。詩中不言「悶」字，而句句是可悶之事，故題之曰「悶」。夫山水猿鷗本可翫之物，而今對之不樂者，蓋以貧老而客蠻蜀故耳。前詩憂中有樂，此詩樂中有憂。

雷

巫峽中宵動，滄江十月雷。起聯紀地、紀時、紀事。「動」字預含下「雷」字，亦是倒裝法。龍蛇不成蟄，天地劃争迴。此聯言雷之氣勢，貼「十月」，語雄而壯。卻碾空山過，深蟠絶壁來。此聯言雷之聲響，貼「巫峽」，語巧而穩。何須妬雲雨，霹靂楚王臺。結引事，有比興。巫山雲雨，朝朝暮暮，固其常也。然雷之開閉，自有定候，今不當動而動，豈非妬之也哉？○「十月」二字，有春秋書法，非但與「中宵」作對而已。觀後詩結聯「巫山吁可怪，昨夜有奔雷」之句，可見此詩爲紀異之作，非徒然者。號爲「詩史」，豈不信哉！彼賦十月寒者，宜爲識者之所譏也。

朝二首

清旭楚宮南，霜空萬嶺含。以霜日言朝景。野人時獨往，雲木曉相參。以雲木言朝景。『野人』，公自謂也。『獨往』，謂往楚宮之南。俊鶻無聲過，飢烏下食貪。以禽鳥言朝景，有比興。病身終不動，搖落任江潭。結言朝情也。意承上聯，謂飢烏下食而貪，固爲可鄙；俊鶻無聲而過，亦未爲得也。豈若己雖遠客抱病，一任其搖落而終不動也哉！

浦帆晨初發，觀此與前『獨往』句，蓋有所適，舟中之作也。郊扉冷未開。言岸上居民。○客帆侵晨而早發，則冷可知；岸扉因冷而未開，則早可知。村疏黃葉墜，貼『郊』字。上因下。野静白鷗來。貼『浦』字，下因上。二句見朝景寂寞之無人。礎潤休全濕，雲晴欲半迴。礎雖潤而未全濕，既疑其晴；雲雖晴而又半迴，又疑其雨。二句見朝景陰晴之不定。巫山冬可怪，昨夜有奔雷。意承上聯，言巫山殊俗，冬夜有雷，其氣運大勢尚不能準，而區區陰晴之不定，又何足怪哉？是引昨夜之事，以證今朝之事。夫雷非可怪，奔雷可怪；奔雷非可怪，冬夜奔雷爲可怪也。『冬』字亦書法。○『帆』，音泛。退之寄李大夫詩云：『不枉故人書，無因帆江水。』朱文公亦定作去聲，引杜此句爲證。

晚

杖藜尋巷晚，炙背近牆暄。起言晚歸幽居之興。人見幽居僻，吾知拙養尊。承上，言幽居獨樂之情。

朝廷問府主，耕稼學山村。問朝廷於府主，亦未嘗忘君也，是豈好爲幽居之僻者哉？學耕稼於山村，則未嘗無事也，是豈徒爲拙養之尊者哉？歸翼飛棲定，寒燈亦閉門。『亦』字，與『歸翼』相喚。○首聯言將晚，尾聯言既晚，中兩聯言晚晴，故題曰『晚』。○劉云：欲知朝廷，則問府主，是野人之意。但語朴，又可兩解爲嫌。瑗按：公望嶽古詩一聯云：『三歎問府主，曷以贊我皇？』取以互觀，則語意自明，不必兩解。

西閣夜

恍惚寒山暮，逶迤白霧昏。以山霧見夜。山虛風落日，樓靜月侵門。以風月見夜。下句見西閣。擊柝可憐子，無衣何處村。以『擊柝』見夜。二句一意，本謂無衣擊柝之子，誠可憐憫，果何村之人邪？故設爲詰之之詞，以寓歎之之意。時危關百慮，盜賊爾猶存。二句承上聯言，即擊柝之子以寓傷時之意。『爾』字，指『擊柝子』，謂時危之際，盜賊之盛如此，其流離死亡者多矣！爾擊柝之子，何幸而猶存邪！百慮之感，於是可見。○前四句西閣夜景，後四句西閣夜情。

月圓

孤月當樓滿，『滿』，貼『圓』字。寒江動夜扉。『動』字，謂月光與水色相蕩。委波金不定，貼『動夜扉』。照席綺逾依。貼『當樓滿』。○劉云：金波、綺席，如此破碎，以爲謬不可。趙云：以金波、綺席折開顛倒用之〔一九〕，乃詩家用古語之一法。二句言月之色。未缺空山靜，高懸列宿稀。『宿』，音秀。二句言月之形。『未缺』，貼『圓』字。故園松桂發，萬里共清輝。因見月而起思鄉之情。『清輝』，應首句『月』字。

中宵

西閣百尋餘，言西閣之高，見寓宿之處。中宵步綺疏。言中宵起步，見不能寐。『綺疏』，謂窗牖。飛星過水白，落月動沙虚。此步時所見者。擇木知幽鳥，潛波想巨魚。此步時所感者。即物之得所，見己之失所。趙云：『知』與『想』，羨之之詞。親朋滿天地，兵甲少來書。中宵不寐之情在此，以正意歸宿於結。少陵多有此體，讀者不可不知。〇葛常之云：作詩在於煉字。如老杜『飛星過水白，落月動沙虚』是煉中間一字。『地拆江帆隱，天清木葉聞』，是煉末後一字。『紅入桃花嫩，青歸柳葉新』，若非『入』與『歸』二字，則與兒童之詩何異？

不寐

瞿塘夜水黑，以所見見夜。城内改更籌。以所聞見夜。翳翳月沉霧，輝輝星近樓。以星月見夜。〇四句言夜深之景，下三句俱承起句『夜』字。氣衰甘少寐，心弱恨容愁。氣衰少寐，理勢自然，故曰『甘』；心弱容愁，時事使然，故曰『恨』。多壘滿山谷，桃源何處求？深山窮谷，皆爲盜賊所據，故無避地之處。不寐之由在此。〇後四句言不能寐之情。

鷗

江浦寒鷗戲，『戲』，謂自饒。無他亦自饒。言不能無他而得自饒也。卻思翻玉羽，隨意點春苗。『卻』字有力，從上文斡旋來。二句言不能無他之實。雪暗還須落，風生一任飄。言不得自饒意，承上聯來。幾羣滄海上，清影日蕭蕭。借海鷗無他自饒之樂，以見浦鷗之不如也。○玉露曰：言浦鷗閑戲，使無他事，亦自饒美，柰何不免口腹之累，故閑戲未足，已思翻玉羽而點春苗，爲謀食之計，雖風雪凌厲，有所不暇顧。末言海鷗之曠逸，清影倏然，不爲泥滓所點染，非浦鷗所能及。以興士當高舉遠引，歸潔其身如海鷗，不當逐逐於聲利之場，以自取賤辱若浦鷗也。

猿

裊裊啼虚壁，蕭蕭挂冷枝。『裊裊』，聲也。『蕭蕭』，影也。當冬無可求給，故不免饑寒之艱難。艱難人不免，隱見爾如知。『爾』指猿，言猿能忍饑寒而不輕出，以見人有不如之意。慣習元從衆，全生或用奇。前林騰每及，父子莫相離。言不可恃慣習之巧、全生之奇，輕出以取禍也。○前四句哀而美之也，後四句戒而勉之也。玉露曰：白樂天詩云：『爲問長安月，誰教不相離。』『相』字下自注云：『思移切。』乃知今俗作『廝』字者，非也。

黃魚

日見巴東峽，黃魚出浪新。『日見』二字重看，言無時而不取也。三、四皆承此二字而言。脂膏兼飼犬，日取則多，故以飼犬。長大不容身。日取則盡，故難長大。筒筩捕魚器。相沿久，言風俗之所從來。貼『巴東峽』。風雷肯爲神。言不能變化，有比興。泥沙卷涎沫，貼『出浪』。回首怪龍鱗。『怪』者，驚駭之意。貼『風雷』。○此詩前惡巴俗極日取之慘，後惜黃魚無變化之才。然則君子之恥爲人役者，可不以黃魚爲戒，以神龍自奮也哉！

白小

白小羣分命，天然二寸魚。言賦形之細微。細微霑水族，承上聯，貼『小』字。風俗當園蔬。言其多而且賤。入肆銀花亂，傾箱雪片虛。『入肆』『傾箱』，言風俗以此貿易。『銀』『雪』，貼『白』字。生成猶拾卵，夏后氏拾卵，而鳳凰始去，言生成之卵，猶忍食之，況細微之水族乎？甚言斯人殘忍之心也。盡取義何如？直言盡取爲非義也。○曰『風雷肯爲神』，曰『細微霑水族』，歎二魚才質之凡弱；曰『長大不容身』，曰『盡取義何如』，責巴俗之殘忍。可謂有仁者愛物之心矣。

麂

永與清溪別，恨之之詞。蒙將玉饌俱。幸之之詞。無才逐仙隱，貼『別』字。不敢恨庖廚。貼『饌』

字。**亂世輕全物**，言害物之由，責之人者。『輕全物』，謂屠戮之慘，貼『庖廚』。**微聲及禍樞**。言取禍之由，責麃者。『微聲』，貼不能『仙隱』。**衣冠兼盜賊，饕餮用斯須**。『饕餮』，音叨決。結聯申第五句之意。後四句本欲入人事，亦未嘗離題。大意謂麃既不能隱，又遭亂世，所以不免於禍也，全篇一意。劉云：三、四一意，五、六一意，結又一意。不知如何看。

鸚鵡

鸚鵡含愁思，聰明憶別離。惟能聰明，故知憶別離；惟憶別離，故長含愁思。**翠衿渾短盡，紅嘴謾多知**。上句起下句耳。言翠衿既渾短盡，其顛頷亦甚矣。雖有紅嘴之多知，又何益於己之身邪！貼『聰明』。**未有開籠日，空殘宿舊枝**。『殘』，餘也。言未有開籠放歸之日，而舊宿之枝空餘剩耳。貼『別離』。〇上聯本當以『盡短』對『多知』，下聯本當以『枝』對『籠』，今乃倒裝而蹉對，蓋欲使文從字順而穩耳，非徒爲押韻也。故公自負曰『賦詩新句穩，不覺自長吟』，蓋詩莫貴乎穩，豈專在於區區對偶之精邪？世以『對偶精切』稱少陵者，是未爲深知少陵者也。**世人憐復損，何用羽毛奇**？貼第三句，見不獨爲多知所誤。

鷄

紀德名標五，言德之全美，詳見韓詩外傳。**初鳴度必三**。言鳴有常度。史記曆書曰：『鷄三號，卒明。』注曰：

『三號，三鳴也。言夜至，鷄三鳴則天曉，乃始爲正月一日，言異歲也。』蓋古人定正朔，亦取於鷄鳴，以其有常也，故詩人以比不改度之君子。而禮有『初鳴』之戒；韓昌黎詩亦曰：『鷄三號，更五點。』當鷄之三號，適更之五點，則有常可知矣。杜語本自史記。劉云：非工部，則此語失笑。未之考也。下聯正言無常。鷄鳴本有常，而今無常，殊方氣候不齊故也。故雖鷄有異，亦自無慚。山谷謂：古人於小詩，亦用意精深。於此益信。使爲少陵杜撰之語，豈可與五德作對邪？殊方聽有異，失次曉無慚。貼『鳴』字。問俗人情似，言蠻蜀人情反復無常，亦如鷄也。承上聯言。充庖爾輩堪。『爾輩』，指鷄也。語有譏刺，昔人謂鷄有五德，猶日瀹而食之，以其所從來者近也。氣交亭育際，巫峽漏司南。言生育之繁，南方氣暖故也。氣候之偏，亦可見矣。○此上詠物七首，皆有比興。鷗不免口腹之累，猿能忍饑寒之苦，黄魚無風雷之神，白小稟細微之命，麂無仙隱之才，鸚鵡被聰明之誤，鷄似人情之異，其大旨如此。

寄杜位

公自注：頃者與位同在故嚴尚書幕。

寒日經檐短，見憶君之時。窮猿失木悲。比爲客之恨。峽中爲客恨，流落之感。江上憶君時。離別之感。天地身何往，風塵病敢辭。天地之大，羣盜日盛，身欲何往？風塵之久，猶幸不死，病豈敢辭？貼客懷。封書兩行淚，霑灑裛新詩。貼『憶君』。

送鮮于萬州遷巴州

鮮于，名靈，仲通之子。仲通與弟叔明俱嘗爲京兆尹。

京兆先時傑，琳琅照一門。言通明兄弟之才美。朝廷偏注意，接近與名藩。言通明兄弟之寵位。惟其有是才美，故致是寵位。此聯言靈世家之盛，爲尾聯張本。祖帳維舟數，即事而情在其中。寒江能石喧。即景而時在其中。二句惜别之詞。看君妙爲政，他日有殊恩。言靈有爲政之妙術，則朝廷自有殊異之恩典，如注意於『先時』之傑也。二句期望之詞。

西閣三度期大昌嚴明府同宿不到

問子能來宿，今疑索故要。言既問訊於子，許我能來宿矣，今乃三度期約而不來，又疑其索故而要我也。二句責之之詞。匣琴虚夜夜，手板自朝朝。即琴、板以見期嚴不到之意。金吼霜鍾徹，花催蠟炬銷。『金吼』，鍾鳴也。『花催』，炬燃也。『鍾徹』『炬銷』，謂期候更深、達曙而不見到也，貼『夜』字。劉云：其人必能琴，金吼霜鍾，興其音也。非是。上『琴』『板』，亦託物以見意耳，其人豈必能琴與歌也哉？早晁江檻底，雙影謾飄颻。即雙晁之共樂，興己不得與嚴之共宿也，貼『朝』字。謂用王喬事亦可，謂不用亦可。

玉腕騮 公自注：江陵節度衛公馬也。

聞説荆南馬，尚書玉腕騮。二句互文。本謂荆南尚書之馬乃玉腕騮之駿也。若無下句，則荆南馬亦不佳。頓驂飄赤汗，跼蹐顧長楸。言長楸之地不足以展其足，故曰『跼蹐』。二句稱馬之力。胡虜三年入，乾坤一戰收。即馬之功以興衛公之功，且見時事。二句雄壯，方稱驊騮之詠。舉鞭如有問，欲伴習池游。用山簡事，寓功成身退之意。○前四句詠馬，後四句本頌尚書，亦不離題。

瀼西寒望

水色含羣動，朝光切太虛。起與五、六皆言望中所覩之景物，見瀼西之佳。『朝』貼『寒』字，見望瀼西之時。年侵頻悵望，興遠一蕭疏。此與結聯言望瀼西之情。『年侵』，又預言卜居之本意也。猿挂時相學，猶前所謂『慣習元從衆』也。鷗行炯自如。猶前所謂『無他亦自饒』也。二句與前『猿捷長難見，鷗輕故不還』俱好。瞿塘春欲至，定卜瀼西居。公明年三月果遷居瀼西，則結聯非特漫爲遣興之詞而已。○首聯言景，頷聯言情；頸聯又言景，尾聯又言情：亦是一格。以頸聯移前，未嘗不可，但不如此反復悠揚，自然有味。況頷聯『望』字乃是關鍵，以斡旋上下之景者也。○玉露云：『鷗行炯自如』，形容甚妙。如召南大夫節儉正直，而退食委蛇；彼都人士，行歸於周，而從容有常，皆炯自如者也。瑗按：玉露之説，不必少陵本意，其意亦佳，可謂善言詩者矣。

奉送十七舅下邵桂

絶域三冬暮，紀地與時，見不可別。浮生一病身。言無可賴，見不忍别。感深辭舅氏，謂因舅氏辭去，而感慨之深耳。別後見何人。二句承上聯言。縹緲蒼梧帝，言舅氏所往之處。『梧帝』借音吾地，與『母鄰』假對。推遷孟母鄰。謂推遷而去也，指舅母。二句承上聯言。昏昏阻雲水，側望若傷神。承上聯，言别後思望之情。○此詩一聯承一聯而言，中兩聯不以舅氏、舅母作對，而反覆抑揚，自有餘味。

送王判官

客下荆南盡，君今復入舟。見已獨淹留於此而不得去也。買薪猶白帝，城名。鳴櫓少沙頭。地名。承『入舟』句，言王雖猶買薪在此，但少頃之留耳。衡霍生春早，瀟湘共海浮。承上聯，言王終當度衡、湘而去也。時、景在其中。荒林庾信宅，爲仗主人留。結又承第二聯，言王尚在此荒涼之地，而未即去者，謂賴有主人之挽留故也。『主人』，當時必有所指，非公自謂耳。

不離西閣二首『離』，音利。

江柳非時發，臘近故也。江花冷色頻。地偏故也。地偏應有瘴，風土之惡。臘近已含春。『臘近』，謂臘之去已近也。氣候之早。○四句西閣之景。失學從愚子，無家任老身。公又有『失學從兒懶，長貧任婦愁』之句，與此同。『任』一作『住』。非是。不知西閣意，肯别定留人。公時欲離西閣，遷居赤甲、瀼西，故有此句。蓋亦託西閣而寓意於西閣之主人，言不知西閣之意，肯别人邪？定留人邪？故爲詰之之詞，以寓諷之之意。『定卜瀼西居』之『定』，決詞也。『杭州定越州』，與此『定』字，疑詞也。○四句言西閣之情。

西閣從人别，人今亦故停。起承前結而言，此章法也。若無前結，則亦無味。蓋謂詰西閣而不應，故知從人之别矣。然人因西閣從人之别而不留，今亦特故不去，則西閣亦無如人何也。禮當留而乃不留，故本欲去而故不去耳。前結此起，雖近戲謔，所謂『言之者無罪，聞之者不怒』是已。江雲飄素練，石壁斷空青。舊注『空青』字：詩人無敢使，以近藥名，故惟李、杜僅見。李云：『林煙橫積素，山色倒空青。』與杜此聯皆爲佳句。滄海先迎日，曉景。銀河倒列星。夜景。○中四句言西閣之景。平生躭勝事，吁駭始初經。『勝事』指中兩聯。○詩雖二篇，意則互見。西閣固從人別，而人又不肯別，故題曰不離西閣。所以『不離西閣』者，蓋爲平生躭賞勝事，而況初經住此，豈可別邪？蓋西閣雖不留，人亦自留耳。花柳雲石、先日早春，皆勝事也，雖然題曰『不離』者，乃所以深離之也。其西閣之主人聞之，亦可以自愧矣。

謁真諦寺禪師

蘭若山高處，煙霞嶂幾重。『若』，音惹。僧寺謂之『蘭若』。二句言寺在山之高深處也。凍泉依細石，晴雪落長松。二句言寺中之時景。問法看詩望，觀身向酒慵。借禪語以寫己情。未能割妻子，卜宅近前峯。言不能卜居，正見欲卜居也。○前四句言真諦寺，後四句言謁禪師。

入宅三首 大曆二年夔州作。○以下八首，是年春公遷居赤甲作。〔二〇〕

奔峭皆赤甲，斷崖當白鹽。以二山之形勢，見新遷之所在。客居愧遷次，言客居無定。春酒漸多添。言朋友漸多。○二句見新遷之情。花亞欲移竹，後上巳日詩：『花蕊亞枝紅。』二『亞』字同。鳥窺新捲簾。花亞欲移之竹，鳥窺新捲之簾。二句俱勝，見新遷之景。衰年不敢恨，勝槩欲相兼。『勝槩』總上六句。○前不離西閣，言爲『躭勝事』；此遷居赤甲，言欲兼『勝槩』：蓋以自寬之詞而寓流落不偶之意也。

亂後居難定，春歸客未還。『亂』見遷居之由，『春』見遷居之時。情在其中。水生魚復浦，雲暖麝香山。言遷居之景，貼『春』字。【汪仲弘本：皆夔地名。言遷居之景。貼『春』字。】半頂梳頭白，過眉柱杖斑。『半頂』，見髮之少。『過眉』，見杖之長。白頭柱杖，俱見臨老遷居之情。相看多使者，一一問函關。貼『亂』字。『問函關』，蓋欲望亂定而還歸耳，打轉前意。

宋玉歸州宅，言遷居古迹之近。雲通白帝城。言遷居控帶之遠。吾人淹老病，旅食豈才名。言遷居之情，貼第一句，謂己徒抱老病旅食於此，而無宋玉之才名耳，反言以見意。峽口風常急，江流氣不平。言遷居之景，貼第二句。『氣不平』，謂灘瀨峻而波浪惡也。【汪仲弘本：言遷居之景，貼第二句。『氣不平』，謂灘瀨峻而波浪惡也，非可久居之地。】只應與兒子，飄轉任浮生。結見合室飄蓬之苦、衰病遷居之嘆也。【汪仲弘本：至親相依，隨其所寓。三章總言衰病移居，以寓流落之感。一章言躭勝暫徙，二章言因時懷歸，三章言闔室飄泊客居之愧。衰年之恨，時序之遷，郵使之詢，才名旅晦，兒子蓬飄，愁緒悲悰，言之于邑。】

熟食日示宗文宗武 公之二子也。

消渴遊江漢，言抱病遠客。羈棲尚甲兵。言久客因亂。○二句流落之歎。幾年逢熟食，萬里逼清明。『幾年』，見久客。『萬里』，見遠客。『逢熟食』，以事言。『逼清明』，以時言。下三字亦幾重復。○二句感時之歎。松柏邛山路，『邛』，蜀中州名，作『邙』字，非是。此句言居民之上墓耳，清明之事也。風花白帝城。即風花以見淒涼之景耳。二句承『清明』言。汝曹催我老，回首淚縱橫。結見示二子之意。

又示兩兒

令節成吾老，『汝曹催我老』，衣食之憂故也；『令節成吾老』，歲月之邁故也。他時見汝心。劉云：他時見汝思親之心，謂身後寒食，語甚苦切〔二一〕。前一首已悲，此篇更不忍讀。浮生看物變，爲恨與年深。貼『令節』。長葛書難得，江州涕不禁。『長葛』『江州』，公弟妹所在。二句爲下句起。團圓思弟妹，行坐白頭吟。公又有『喜多行坐白頭吟』之句。○後四句言己因令節而思弟妹之情。

晴二首

久雨巫山暗，新晴錦繡文。欲賦新晴，先言久雨，是體二句下因上。後六句皆承『新晴』而言。碧知湖外草，紅見海東雲。以草色雲光狀晴景。竟日鶯相和，摩霄鶴數羣。以鶯歌鶴舞狀晴景。野花乾更落，風處急紛紛。『乾』字，正貼『晴』字。結又以風花狀晴景，與三、四皆所謂『錦繡文』也。

啼烏争引子，鳴鶴不歸林。烏啼争引子而出，鶴鳴不歸林而舞，喜晴故也。以烏、鶴狀晴景，猶前頸聯。下食遭泥去，貼『啼烏』。爲爭引子而下食，故誤遭泥而去。高飛恨久陰。貼『鳴鶴』，喜不歸林而高飛，恨昔日之久陰。○二句下二字，俱見『新晴』之『新』字意。雨聲衝塞盡，日氣射江深。此聯以雨止日出正言『新晴』。○上六句皆狀晴景。趙只以『日氣』句言晴，餘五句皆寫久雨，非也。回首周南客，用太史之事〔一二〕。驅馳魏闕心。用公子牟語。久客思鄉之意，憂國念君之心，結俱見之。○前詩惟起句言久雨，餘七句皆言晴景；後詩前六句皆言晴景，惟結聯言客懷。二詩俱佳，前詩尤勝。蓋二詩作於一時，後詩前四句亦不過前詩五、六之意耳。

雨

始賀天休雨，方喜其晴。還嗟地出雷。又愁其雨。驟看浮峽過，密作渡江來。言雨之盛。牛馬行無色，用莊子語，貼『密』字。蛟龍鬬不開。貼『驟』字。二句狀雨之盛。干戈盛陰氣，未必自陽臺。結言雨盛之由。陽臺翻案，議論正大，以『陰』對『陽』，鍛鍊精深。

卜居

歸羨遼東鶴，吟同楚執珪。用丁令威與莊舄事，喻己抱病他鄉而不得歸之情。【汪仲弘本：用丁令威與莊舄爲楚執珪，病而猶越吟事，喻己抱病他鄉而不得歸之情。】永成遊碧海，着處覓丹梯。二句本是留滯無還、遷次不定之歎，翻成一聯登臨麗語，少陵往往有之。○四句言卜居之情。雲嶂寬江北，【汪仲弘本：夔北。】春耕破瀼西。卜居之時、之事、之地、之景，二句俱見。「昔」一作「晋」，不若用「昔」字，隱而有味。桃紅客若至，定似昔人迷。承上聯言，用桃源事，見卜居之勝。

校記

〔一〕本詩及評語，汪仲弘本置於卷二末。
〔二〕常　汪仲弘本作「歸」。
〔三〕經　汪仲弘本作「疑」。
〔四〕駃　當作「駛」。
〔五〕瑗按自況固是　汪仲弘本作「説固是」。
〔六〕東縛穰草　汪仲弘本作「束草」。
〔七〕斑　汪仲弘本作「班」。
〔八〕忽　汪仲弘本作「匆」。
〔九〕地　汪仲弘本作「所及」。
〔一〇〕班　汪仲弘本作「斑」。
〔一一〕剔　汪仲弘本作「鉢」。
〔一二〕掐擢胃腎　汪仲弘本作「掐胃擢腎」。
〔一三〕鼓　汪仲弘本作「歌」。

〔一四〕璩　今見本作『據』。
〔一五〕文公　汪仲弘本作『考亭』。下同。
〔一六〕閟　今見本作『閦』。
〔一七〕如　汪仲弘本作『於』。
〔一八〕庭　汪仲弘本作『亭』，是。
〔一九〕折　當作『拆』。
〔二〇〕入宅三首以下九首詩歌及評語，汪仲弘本置卷四。
〔二一〕苦切　汪仲弘本作『悽楚』。
〔二二〕用　汪仲弘本作『周』。

杜律五言補註卷四

暮春題瀼西新賃草屋五首

久嗟三峽客，見賃屋之由。再與暮春期。見賃屋之時。百舌欲無語，反舌無聲，在芒種後。十日欲無聲，則暮春也。繁花能幾時。以花、鳥見春之暮。谷虛雲氣薄，波亂日華遲。以雲、日見春之晴。○四句貼『暮春』。戰伐何由定，見久客之由。哀傷不在兹。『哀傷』，貼起句『嗟』字。『兹』字指中四句，言己之哀傷在戰伐，而不在暮春耳。○首尾二聯言情，中兩聯言景。○按，王維『柳條春水漫，花塢夕陽遲』，世以爲綺麗警句，不如少陵『波亂日華遲』言簡而意盡也。

此郊千樹橘，不見比封君。史、漢貨殖傳：蜀、漢、江陵千樹橘，其人與千户侯等。此言土産無昔日之盛，亦見喪亂所致。養拙干戈際，全生麋鹿羣。二句謂遭世亂，越在草莽耳。畏人江北草，指夔江之北。前詩『雲嶂寬江北』是也。旅食瀼西雲。畏人不出，欲養拙於干戈之際；旅食無常，故全生於麋鹿之羣。萬里巴渝曲，三年實飽聞。結承『旅食』，言流落之久遠。○全篇言情，五、六情中有景。

綵雲陰復白，錦樹曉來清。以雲、樹狀草亭雨後之曉景而起興。身世雙蓬鬢，乾坤一草亭。『身世』，起下聯；『草亭』，打上聯。【汪仲弘本：身世雖久，雙鬢之外非吾事；乾坤雖大，一亭之外非吾有。○『身世』，起下聯；『草亭』，打上聯。】哀歌時自短，醉舞爲誰醒。趙云：三言老無所成，四言貧無所歸。是以哀歌而不能長，醉舞而不能醒也。細雨荷鋤立，貼『陰』字。江猿吟翠屏。貼『曉』字。○首尾二聯言景，而情在其中；中兩聯言情，而景在其中。

壯年學書劍，他日委泥沙。言學成而不爲世用。事主非無祿，浮生即有涯。言小用而即與時乖。高齋依藥餌，言客中病。絶域改春華。言老於客。喪亂丹心破，王臣未一家。結言世亂，以見學而不用、用而不大。久客老病，皆由此耳。○全篇言情。

欲陳濟世策，已老尚書郎。言欲濟世而已老，見時之不用己也。不息豺虎鬭，貼第一句。空慚鴛鷺行。貼第二句。時危人事急，貼『豺虎』。風逆羽毛傷。貼『鴛鷺』。落日悲江漢，中宵淚滿牀。結言客中哀傷之苦，爲上文故也。○全篇言情。○此上五章，一章言暮春之情景，二章言瀼西之情景，三章言草亭之情景，四章言委學術於壯年，五章言欲濟世而已老。此其大旨也。少陵一題數章，每各有意，雖不過此情此景，要必有所歸重也。若泛而觀之，則不見章法。前後三章，有『暮春』『壯年』『已老』等字，猶爲易識。其中二章如不深察，亦難辨也。蓋言瀼西，則槩舉此郊江北之遠景；言草亭，則略舉錦樹、翠屏之近景。讀者固不可泥，亦不可不知此意也。

得舍弟觀書自中都已達江陵今茲暮春月末合行李到夔州悲喜相兼團圓可待賦詩即事情見乎詞

爾到江陵府，貼『喜』。何時到峽州？貼『悲』。亂離生有別，貼『悲』。聚集病應瘳。貼『喜』。颯颯開啼眼，朝朝上水樓。貼『悲』。老身須付託，白骨更何憂？貼『喜』。

喜觀即到復題短篇二首

巫峽千山暗，言他鄉之景可悲。終南萬里春。言故園之景可喜。二句又見弟觀今日自中都到夔州道路之遠、昔日契闊之懷也。病中吾見弟，他鄉抱病而見弟來，言今日悲中之喜。書到汝爲人。書到爲人而又不至，言昔日喜中之悲。意荅兒童問，既到之喜。來經戰伐新。未到之悲。泊船悲喜後，款款話歸秦。總結上文，有悲有喜。『泊船』，貼『巫峽』。『歸秦』，貼『終南』。

待爾嗔烏鵲，抛書示鶺鴒。二句既言兆不足信、書不足憑而不到爲可悲也。『書』，謂弟觀之書。枝間喜不去，貼『烏鵲』。原上急曾經。貼『鶺鴒』。二句又言卜之以兆、度之以情而必到爲可喜也。〇四句託物比興，反覆有味。江閣嫌津柳，風帆數驛亭。未到之悲。應論十年事，愁絶始惺惺。既到之喜。〇鵲聲噪而行人至，宜喜之也；今則對客浪鳴，故反嗔之。柳色新而已堪折，宜愛之也；今則無人共賞，故反嫌之。『抛書示鶺鴒』，見信既來而人不來；『風帆數驛亭』，見時可到而船不到。前六句皆反覆言弟未到時思憶之情也，結則言既到之事，有悲有喜。〇前結話歸，未然之期；後結論事，既往之嘆。

懷灞上遊 灞在長安。

悵望東陵道，言今日之望。【汪仲弘本：東陵道，長安門外道也。言今日之望。】平生灞上遊。言昔日之遊。春濃停野騎，夜宿敞雲樓。舉『春』可知秋，舉『夜』以見日。二句貼『平生』。離別人誰在，經過老自休。貼『悵望』。眼前今古意，江漢一歸舟。眼前俯仰，便成今古。江漢之舟，果何時而得歸乎？結聯感慨，總承上文。

月

萬里瞿唐月，言他鄉之月，則思故國之月可知。下皆承『月』字而言。春來六上弦。每月有上弦、下弦，此詩作於暮春，而曰『六上弦』者，并下弦言之耳。時時開暗室，故故滿青天。二句言月色之光明，專言之也。爽合風襟静，當空淚臉懸。二句言月夜之寂寞，情景俱備。南飛有烏鵲，夜久落江邊。結乃託物自喻，用曹孟德語，亦不離『月』字。

豎子至【汪仲弘本：大曆二年夏，夔州作。】

櫨梨纔【汪仲弘本：一作「且」。】綴碧，梅杏半傳黃。本欲賦「㯛」，故先言他物未熟以紀時，見㯛熟之早也。小子幽園至，輕籠熟㯛香。見豎子所至之事，且見㯛爲己園之所有。此聯所謂十字句也。山風猶滿把，野露及新嘗。二句貼「熟㯛」。攲枕江湖客，提攜日月長。二句貼「輕籠」，言己臥病客此，豎子年年從幽園提攜輕籠而至也。故曰「日月長」，蓋因㯛以寫己久客之恨也。

園

仲夏流多水，清晨向小園。言入園之時。碧溪摇艇闊，貼「多水」，且見園在溪外。朱果爛枝繁。貼「小園」，見其中之所有。始爲江山静，終防市井喧。言闢園之意。畦蔬繞茅屋，自足媚盤飧。言闢園之利。〇八句賦事而景在其中。

歸 自園而歸也。

束帶還騎馬，東西卻渡船。又見入園之途，並兼水陸。林中纔有地，見果林之密，園中之近景。峽外絶無天。見巫峽之高。園外之遠景。虚白高人静，喧卑俗累牽。意謂虚室生白，固古昔高人之静，而今茅屋喧卑，乃不免俗累之牽。與前詩五、六照看。他鄉閱遲暮，不敢廢詩篇。承上聯，言雖留滯他鄉，長爲俗累之牽，不及高人之静，而學問之事則不敢廢也。

舍弟觀歸藍田迎新婦送示二首

汝去迎妻子，直言所往之事。高秋念卻回。預言念歸之期。即今螢已亂，言去時物，貼第一句。好與鴈同來。言回時物，貼第二句。東望西江永，言己望弟之情，貼『念』字。南遊北户開。言弟所遊之處，貼『去』字。【汪仲弘本：吴都賦：『開北户以向日。』言弟所遊之處，貼『去』字。】卜居期静處，會有故人杯。結承上文，言弟當赴期早來，相與朋友銜杯而共樂也。○後三聯皆承『念卻回』而言。

楚塞難爲路，戒其慎途。藍田莫滯留。囑其早歸。衣裳判『拚』同。白露，鞍馬信清秋。二句言秋景之惡，不可不冒之而必來也。滿峽重江水，開帆八月舟。言秋景之好，不可不乘之而早來也。【汪仲弘本：言秋景之好，不可不乘之而速來也。皆承『莫滯留』而言。】此時同一醉，應在仲宣樓。『仲宣樓』，在荆州。結承上文，言弟當依時早來，相與兄弟醉酒而共樂也。○後三聯皆承『莫滯留』而言。【汪仲弘本：預期其至而宴樂也。】○二詩一意。但一章前六句以一去一來對講；二章惟起句言去，餘皆言來，體稍異耳。

夜雨

詩以『風』『雨』對講，題曰『夜雨』，省文耳。

小雨夜復密，迴風吹早秋。曰『復』，則晝雨可知。野涼侵閉户，『野涼』，貼『風』字。『閉户』，貼『夜』

字。江滿帶維舟。『江滿』，貼『雨』字，亦有『秋』字。莊子曰：『秋水時至。』秋水盛大，故着『滿』字。『維舟』字，有含下出峽意也。通籍恨多病，爲郎忝薄遊。既通籍而貴矣，又以多病而罷官，故曰『恨』；嘗爲郎於朝矣，今幸薄遊於江湖，故曰『忝』：蓋反言以見不爲世用耳。天寒出巫峽，醉別仲宣樓。承上『薄遊』而言，意同後詩首聯。『醉別』二字，頗有不平之意。

更題

只應踏初雪，騎馬發荊州。題曰『更題』，乃一時之作，故此起即承前詩尾聯而言，蓋謂待初冬而去荊州耳。直怕巫山雨，真傷白帝秋。此言所以欲去荊州之意。羣公蒼玉珮，天子翠雲裘。二句氣象冠冕，本述愁苦之意，翻入綺麗之詞。同舍晨趨侍，胡爲淹此留？『同舍』，貼『羣公』。『趨侍』，貼『天子』。淹留，自嘆。『此』字，指前四句，言同舍諸公皆得趨侍於朝，而己獨胡爲淹留於荊州邪？結聯十字，斡旋一篇之意，婉轉有味，該括無遺。古人謂一篇之詩，全在結聯，如截奔馬，信非名家老手不能也。『胡爲』，怪歎之詞。『淹此留』，本謂『此淹留』，倒裝使字順而聲響耳。○全篇言情，前四句亦借景以見情。

峽隘 觀題，便見欲出峽之意。

聞說江陵府，前夜雨詩尾聯、更題詩首聯，但言欲出峽之意，不言所往之處，至此方言，可以互見。此章法也。雲沙靜眇然。此句以『雲沙』見江陵之勝。白魚如切玉，朱橘不論錢。以物産見江陵之勝。『玉』字，虛；『錢』

字，實。水有遠湖樹，此句以『湖樹』見江陵之勝，又爲下句起也。人今何處船。參前詩，蓋指弟觀往藍田而言。青山各在眼，卻望峽中天。言彼此相望之情。○前四句言己欲往江陵之意，後四句言弟不還巫峽之意。己欲去者，爲峽陿之故；欲弟來者，爲兄弟之樂。旨各有歸，無嫌於相悖也。

月

斷續巫山雨，天河此夜新。上言往日無常之雨，下言此夜晴景之新。欲言晴，而必先言雨，少陵每每皆然。若無青嶂月，愁殺白頭人。承上『此夜新』言，見晴月之甚可愛也。魍魎移深樹，蝦蟆動半輪。『魍魎』，謂樹影。『蝦蟆』，謂月也。惟月輪動，故樹影移。『半輪』，望前之月。二句承上『月』字而言。故園當北斗，直想照西秦。因月而動故鄉之情也。○玉露曰：作詩必以巧進、以拙成。故作字惟拙筆最難，作詩惟拙句最難。至於拙，則渾然天成，工巧不足言矣。以杜陵言之，如『兩邊山木合，終日子規啼』，『野人時獨往，雲木曉相參』，『喜無多屋宇，幸不礙雲山』，『在家常早起，憂國願年豐』，『若無青嶂月，愁殺白頭人』，『百年渾得醉，一月不梳頭』，『一徑野花落，孤村春水生』，此五言之拙者也。他難殫舉，可以類推。杜陵云：『用拙存吾道。』夫拙之所在，道之所在也。詩文獨外是乎？

草閣

草閣臨無地，近水故也。柴扉永不關。愛月故也。魚龍迴夜水，星月動秋山。水經曰：魚龍以秋日爲夜。埤雅謂龍秋分而降，則蟄寢於淵，故以秋日爲夜。少陵上句或暗用此意。久霧晴初濕，貼『夜』字。高雲薄未還。貼『秋』字。泛舟慚小婦，飄泊損紅顔。下句貼『小婦』。○首聯紀地而寓興；尾聯紀事而寓情；中兩聯言景，時在其中。

月

併照巫山出，新窺楚水清。見爲他鄉之月。羈棲愁裏見，二十四迴明。『見』，貼『窺』字。『明』，貼『照』字。『羈棲愁裏』，見客巫楚也。『二十四迴』，見客兩年也。二句因月而寫情。必驗升沉體，如知進退情。因月託興。若使今人作之，覽者必以爲宋頭巾語，可見公無所不有。不違銀漢落，亦伴玉繩横。『落』，謂月之沉也、退也；『横』，謂月之升也、進也。『不違』『亦伴』，相唤應。舊注謂爲公看月之久，非是。○全篇不言月，而月自可見。

十七夜對月

秋月仍圓夜，『仍』字，可見是望後之月。但今人作『十七夜月』詩，必不敢使『圓』字。江村獨老身。上句託月起興，下句言客中對月之情。捲簾還照客，倚杖更隨人。『還』與『更』，貼『仍』字；『照』與『隨』，貼『月』字；『客』與『人』，貼『身』字；『捲簾』『倚杖』，乃貼題『對』字。十字委曲包涵。光射潛虯動，明翻宿鳥頻。三、四言月之照人，五、六言月之照物。茅齋依橘柚，清切露華新。結本詠月，言不獨照客隨人、射虯翻鳥而已，瀼西之茅屋柑林亦被其餘輝也。情興自在言外。

白露

當與前園、歸二詩參看。

白露團柑子，園中之物。清晨散馬蹄。入園之時。圃開連石樹，園中之景。船渡入江溪。入園所經。憑几看魚樂，迴鞭急鳥棲。歸園之時。漸知秋實美，貼不以『騎馬』『渡船』作對，開闔斡旋亦自有味。幽徑恐多蹊。言採者衆也。『柑』字。

孟氏

公後有過孟倉曹兄弟詩，當參看，則可以知孟氏之爲人矣。

孟氏好兄弟，【汪仲弘本：十二倉曹與十四主簿也。】養親惟小園。下皆是所以好處，此其大者。承顔胝手足，坐客强盤飧。三、五見養親之實，四見好客，六見好學。負米夕葵外，讀書秋樹根。卜鄰慚近舍，訓子覺先門。結用孟母教子擇鄰事。上見己愛孟氏之意，下又以教子之賢歸功孟氏之母。『先門』，指孟氏爲孟母之後。○『負米』，用子路事。『夕』一作『力』。劉云：『力葵』固不可解，『夕葵』亦晦。瑗按：『夕葵』對『秋樹』，是。但不可曉。嘗疑其爲峽中之地名耳，無關子路事，蓋偶用『負米』二字耳。若使子路事，當作『百里外』，豈因草書而誤作『夕葵』也邪？姑誌其疑，以俟博雅。

秋峽

江濤萬古峽，以江峽起興，見遠客之處。肺氣久衰翁。肺氣屬金，見感秋之老病。不寐防巴虎，全生狎楚童。物害人情，兩語最苦。『巴』『楚』，貼『峽』字。【汪仲弘本：狎至樵豎，且以自全。物害人情，兩語最苦。『巴』『楚』，貼『峽』字。】衣裳垂素髮，貼『衰翁』。門巷落丹楓。言客居秋景之寂寞。常怪商山老，兼存翊贊功。結引古人，以見己意。

日暮

牛羊下來久，各已閉柴門。起四字，詩經全語。以物歸、門閉見日暮。風月自清夜，江山非故園。即景寫情。石泉流暗壁，草露滴秋根。以暗流、秋露見夜景。石壁、草根，本連屬字，分拆開闔，使雅健耳。頭白明燈裏，何須花燼繁。即事寫情。○清夜風月，本可樂也，爲非故園而不樂，故曰『自』。明燈繁燼，本可喜也，爲頭已白而不喜，故曰『何須』。趙云：天地間景物，非有所厚薄於人。惟人當意適時，即景與心融，情與景會，而景物之美若爲我設。一有不慊，則景自景、物自物，漠然與吾不相關。故公詩多用一『自』字，如『風月自清夜』『寒城菊自花』『故園花自發』之類甚多。

月

四更山吐月，殘夜水明樓。『殘夜』，貼『四更』；『水明樓』，貼『山吐月』，東坡稱此爲絶唱。塵匣元開鏡，風簾自上鈎。上比月明，下言玩月。『匣』『鏡』字，虚；『簾』『鈎』字，實。兔應疑鶴髪，蟾亦戀貂裘。兔妬己之髪白，反言以見其老；蟾愛己之裘煖，反言以見其寒。二句借月寫情，『鶴』字，虚；『貂』字，實。斟酌嫦娥寡，天寒柰九秋。興己客居無柰何之意也。瑗按：結是承上句來，言蟾亦畏寒，戀我之貂裘也。我爲嫦娥而斟酌之，當此九秋寒天而寡居，果柰何哉？蓋謂無柰此九秋之天寒何也。雖近戲謔，然不褻不俗，意微婉而詞頓挫，含蓄不盡之味。『柰』，趙作『耐』，則意味短淺，夫人能言之矣。筆談謂：詩第二字側入謂之正格，如『鳳曆軒轅紀』之類。第二字平入謂之偏格，如『四更山吐月』之句。唐名輩詩多用正格，如少陵詩用偏格者，十無二三。瑗按：少陵五言八句律詩六百二十一首，平入者則四分之一而不足；五言排律一百二十二首，平入者則三分之一而有餘；七言八句律詩一百六十一首，則平、側幾半；七言排律四首，俱是平入。筆談之説非也，學者幸毋惑焉。

曉望

白帝更聲盡，言將曉所聞者。陽臺曉色分。言曉望所見者。高峯寒上日，疊嶺宿霾雲。日上、雲霾，見曉色分。地坼江帆隱，所見者。天清木葉聞。所聞者。『隱』『聞』二字是眼。荆扉對麋鹿，應與爾爲羣。結即前『全生麋鹿羣』之意，言曉望所感之情。

九月一日過孟倉曹兄弟【汪仲弘本：按史，是年九月，吐蕃寇靈州、邠州，京師戒嚴。】

藜杖侵寒露，蓬門啓曙煙。起見過孟之早。力稀經樹歇，言在途事，應第一句。老困撥書眠。言入門事，應第二句。○此聯見己衰老。秋覺追隨盡，應二、三。來因孝友偏。總承上文，言己衰老，秋倦追隨，今乃侵寒來過，蓋爲孟氏兄弟孝友，故不覺其偏愛耳。清談見滋味，爾輩可忘年。孟氏之貧、少陵之高，俱可見也。○觀前孟氏詩，則後四句實非虛譽〔一〕。

過客相尋

窮老真無事，江山已定居。本敘無營得所之樂，而歎恨之意自在言外。地幽忘盥櫛，「地幽」，貼「定居」。「忘盥櫛」，貼「老無事」。又見客既至時，方從事於盥櫛也。客至罷琴書。「客至」，應題，爲下聯張本。「罷琴書」，言陪客。又見客未至時，有琴書之樂。獨樂琴書，窮無事也。挂壁移筐果，呼兒問煮魚。「果」，山物；「魚」，江物。移果煮魚，以供客饌。「挂壁」，見居隘。「呼兒」，見無僕。俱貼「窮」字。時聞繫舟楫，及此問吾廬。見「過客相尋」者衆。「時聞」，貼「客至」。「吾廬」，貼「定居」。「舟楫」，又見客從水道，而己廬近江也。○此詩曲盡幽居客至之事，情詞備至，但後用二「問」字爲嫌。

孟倉曹步趾領酒醬二物滿器見遺老夫

楚岸通秋屐，胡牀面夕畦。上言緣岸而來，下言既來而坐。「秋」「夕」，寓時。「畦」「岸」，寓景。藉糟分汁滓，言孟遺酒。【汪仲弘本：酒德頌：枹麴藉糟。周禮注：醴成而汁滓相將。言孟遺酒。】甕醬落提攜。言孟遺醬。飯糲添香味，得醬之益。朋來有醉泥。得酒之益。理生那免俗，方法報山妻。結寓貧拙之歎。

課小豎鉏斫舍北果林枝蔓荒穢净訖移牀三首

病枕依茅棟，荒鉏净果林。起以移牀鉏荒對講。背堂資僻遠，在野興清深。見移牀之意，貼第一句。山雉防求敵，江猿應獨吟。見鉏荒之意，貼第二句。洩雲高不去，隱几亦無心。『雲在意俱遲』，猶有意於雲也。此又進一步。○全篇敘事而情景俱在。

衆壑生寒草，杪秋之景。長林捲霧齊。曉晴之景。青蟲懸就日，動物樂於晴者。朱果落封泥。植物熟於秋者。○四句言荒蔓既除之景。惟荒蔓既除，故寒氣早通，長林捲齊，日色得映於林中，果實得落於地下也。薄俗防人面，全身學馬蹄。『人面』，用子產語。『馬蹄』，用莊子篇。前詩惟欲防猿鳥之咶，恐敗清興耳；此詩欲防人心之險，思以全身，意益悲切。吟詩坐回首，隨意葛巾低。結言在林，則得自適，人不必防，而身可全矣。○四句言移牀之意。

籬弱門何向，沙虛岸只摧。見門向江，惟沙虛岸摧，故籬弱也。『何向』二字，設爲問之之詞。日斜魚更食，客散鳥還來。即魚、鳥之樂，見己之忘機。寒水光難定，含『月』字。秋山響易哀。含『風』字。天涯稍曛黑，貼『日斜』。倚杖更徘徊。三結略同，皆言自適之意。○一章泛言僻野，二章言曉晴，三章言日暮：此敘景之章法也。一章言無心，二章言隨意，三章以徘徊結之：此敘情之章法也。一章言隱几而坐；三章言倚杖而立；中言岸巾而回首，則在坐立之間：此敘事之章法也。規矩森然，非苟作者。然未嘗深究心於三百篇者，則不足以語此。

溪上

峽内淹留客，溪邊四五家。起見久客孤村。古苔【汪仲弘本：一作『苔』。】生迮【汪仲弘本：側格切，迫也。】地，秋竹隱疏花。見溪邊寂寞之景而不可久居。塞俗人無井，山田飯有沙。見峽内艱苦之事而不可久居。西江使船至，時復問京華。欲審故鄉之亂否而旋歸也。○或曰：頷聯有比興，與『美花多映竹』『寒花隱亂草』等句，皆非徒賦景物者比。

中夜

中夜江山静，危樓望北辰。言中夜不寐，起望故鄉耳。秦在楚北，故曰『北辰』，不必比君。長爲萬里客，有愧百年身。承上言望故鄉之情。故國風雲氣，高堂戰伐塵。承上言爲客之由。『高堂』，夔州地名。公詩『中有高堂天下無』是也。胡雛指安禄山。負恩澤，嗟爾太平人。言太平百姓遭其害也。承上言，見肇亂之由。是時禄山已死，而歸咎於禄山者，蓋開元、天寶之亂，纏緜固結而不可解者，實自禄山始，故公詩每歎世亂，往往及之。

摇落

摇落巫山暮，寒江東北流。起言客中時景之寂寞，下皆言客中所感寂寞之情。煙塵多戰鼓，傷時，爲下『報主』張本。風浪少行舟。即事，貼『寒江』。鵝費羲之墨，歎無益之費。貂餘季子裘。悲久客之貧。長懷報明主，臥病復高秋。結言有志不遂。『高秋』，打轉首聯。〇按壯遊詩云：『七齡書大字，有作成一囊。』則弟五句所言蓋紀實耳，非如今人之漫引故實而遺興者比，此所以爲『詩史』也。

九日二首

舊日重陽日，傳杯不放杯。追思往事。即今蓬鬢改，但愧菊花開。傷時。北闕心長戀，西江首獨迴。下申上句。『西江』，指夔。〇『北闕』『西江』，紀地，以見相去之遠。『長戀』『獨迴』，紀情，以見相思之切。爲下聯張本。茱萸賜朝士，難得一枝來。申明上聯，蓋因時而歎己流落在外耳。〇後六句悲今不如往。

舊與蘇司業，兼隨鄭廣文。言共樂之人。採花香泛泛，坐客醉紛紛。三言其樂之事。野樹攲還倚，秋砧醒卻聞。貼『醉』字。〇四句不以『樹』對『花』，『醒』對『醉』，分拆開闔而用之。公每有此格，亦避兒童對也。歡娛兩冥寞，西北有孤雲。總結上文，歎不可復得矣。公哭友詩多使『雲』字，蓋用淵明停雲篇也。〇前詩首聯追往日之歡娛，後六句皆歎今日之寂寞；後詩尾聯歎今日之寂寞，前六句皆追往日之歡娛。此章法也。

季秋江村

喬木村墟古，疏籬野蔓懸。以村墟籬舍見寂寞。素琴將暇日，白首望霜天。以彈琴眺望見寂寞。登俎黄柑重，支牀錦石圓。以薄食苟寢見寂寞。遠遊雖寂寞，難見此山川。結總上文，以『寂寞』二字唤起一篇之意。尾句又故爲自慰之詞，翻見寂寞之恨也。若無上句，則中兩聯鮮有不視爲歡娱之事矣。○『將』，送也，猶言銷暇日，用詩『遠於將之』之『將』。

季秋蘇五弟纓江樓夜宴崔評事韋少府姪三首

前有戲寄崔評事表姪蘇五表弟韋少府諸姪一首。

峽險江驚急，樓高月迥明。言江樓之景，下因乎上。一時今夕會，萬里故鄉情。言夜宴之情，因此憶彼。星落黄姑渚，秋辭白帝城。又言景，貼『夕』字。此聯下三字的對。老人因酒病，堅坐看君傾。又言情，貼『會』字。上言己之不能飲，下言諸君之能飲。

明月生長好，浮雲薄漸遮。起便有比。悠悠照邊塞，悄悄憶京華。寓情。【汪仲弘本：外念三軍之思，内懷羣小之愠，夜宴所感之情也。】清動杯中物，【汪仲弘本：陶詩：『且進杯中物。』貼『夜宴』。】高隨海上查。寓興。【汪仲弘本：『查』，槎同，貼『江樓』。】不眠瞻白兔，【汪仲弘本：宴之久。】百過落烏紗。寓恨。此詩全篇詠月，而寓情於景，借景賦情。【汪仲弘本：暗用魏武詩，見己之羈棲無定也。】

對月那無酒，登樓況有江。『江』『樓』『酒』『月』，四字作眼目。【汪仲弘本：以兩事而翻四意，曲折扶疏，極俊極巧，集中佳調。】聽歌驚白鬢，『歌』，指所聞者。『白鬢』，貼『月』字。笑舞拓秋窗。『笑舞』者，樂之甚也。『秋窗』，貼『樓』字。【汪仲弘本：白鬢當歌，秋宵校舞，因以自訝，亦以自寬。】樽蟻添相續，『相續』者，情之深也。『樽蟻』，貼『酒』字。【汪仲弘本：釋名：酒有浮蟻在上，泛泛然。貼『夜宴』。】沙鷗並一雙。『鷗』，指所見者。『沙鷗』，貼『江』字。【汪仲弘本：貼『江樓』二句，言勸酬不已，人物兩忘。】盡憐君醉倒，更覺片心降。結承第五句，上言諸君之能飲，下言己之不能飲。【汪仲弘本：公時因病廢飲，衆醉獨醒，憐之而且羨之。應首篇尾聯，率然相顧之勢也。】〇篇各不同，章法自見。【汪仲弘本：首章以登樓玩月而思鄉；二章以月明雲擀而懷國；三章言朋良景美，惜己之衰老，不能因樂事而賞心耳。】

送孟倉曹赴東京選〔一〕

前有贈孟氏及過孟氏兄弟詩可參看。【汪仲弘本：唐制：太宗時以歲早穀貴，遇入選者集于洛，謂之『東選』。】

君行別老親，此去苦家貧。言忍別老親而行，乃爲苦家貧而去也。足下句，以見上句之非不孝。【汪仲弘本：親老祿仕。】藻鏡留連客，見知銓衡。【汪仲弘本：選法之滯。】江山憔悴人。言藻鏡留連之客，乃江山憔悴之人也。足下句，以見上句之益可喜。【汪仲弘本：道途之苦。】秋風楚竹冷，夜雪鞏屬楚。梅春。此言別時景物，以見彼此牢落之懷。【汪仲弘本：夔，屬楚治，州有鞏縣，紀地。『竹冷』『梅春』，紀時。言客途自秋徂冬也。】朝夕高堂念，應宜綵服新。應首聯，祝其得官早歸，以慰親心也。【汪仲弘本：貼首聯，哀其行之苦而冀其歸之速也。】

憑孟倉曹將書覓土婁舊莊『土婁』，河南地名。

平居喪亂後，【汪仲弘本：時爲之阻。】不到洛陽岑。久別舊莊之由。【汪仲弘本：地由之隔。】爲歷雲山問，【汪仲弘本：承第二句。】無辭荆棘深。託訪舊莊之意。【汪仲弘本：大軍所處，荆棘生焉。貼首句，言居遠途艱，勿憚跋涉。】北風黄葉下，舊莊荒涼之景。南浦白頭吟。舊莊思念之情。【汪仲弘本：對景懷舊，情見乎辭。】十載江湖客，茫茫遲暮心。言久客，以見久别舊莊、臨老思念之意。總結上文。【汪仲弘本：貼首聯。】○四韻皆下句因上句。【汪仲弘本：以衰老之年而當離别之久，故託其歷雲山，披荆棘，而間于題中『覓』字最真。】

耳聾

生年鶡冠子，【汪仲弘本：『鶡』，雄雉也。其鬭無已，一死乃止。趙武靈以爲勇士冠。又，楚有隱居山中者，以鶡爲冠，號『鶡冠子』。】歎世鹿皮翁。引二隱士以自喻。『生年』，見老。『歎世』，又致老之由。【汪仲弘本：劉向列仙傳：鹿皮翁，菑川人。居山百餘年，賣藥于市。】眼復幾時暗，耳從前月聾。眼將暗，耳已聾，皆老狀也。下四句皆獨言耳聾，故以命題。【汪仲弘本：因耳慮目，意甚凄惋。】猿鳴秋淚缺，雀噪晚愁空。聲無所聞，故情無所感。【汪仲弘本：雀噪猿鳴，宜增愁淚。以耳失職，故『缺』與『空』。】黄落驚山樹，【汪仲弘本：貼第三句。】呼兒問朔風。忽見葉落，始疑其風。【汪仲弘本：不聞風聲，惟見葉落，老態惋然。】○四句不言耳聾，而耳聾自見，情景俱在，可謂善賦耳聾者矣。

小園

由來巫峽水，本自楚人家。以楚人而居楚地宜也，我亦有園於此何哉？意見中兩聯。【汪仲弘本：夔，楚地水，出蜀，經于楚。】客病留因藥，春深買爲花。留此園者，爲客病而植藥也；買此園者，爲春深而栽花也。以「花」「藥」言園之春景。【汪仲弘本：二句倒裝法，言種藥栽花。】秋庭風落果，瀼岸雨頹沙。以「風」「雨」言園之秋景。【汪仲弘本：吟風喜雨。】問俗營寒事，【汪仲弘本：即「于茅」「索綯」之事。】將詩待物華。「寒事」，謂收果脩岸，貼五、六。「物華」，謂藥盛花開，貼三、四。「問俗」，則欲學楚人之所爲。「將詩」，則欲以之遣春愁而娱客病也。或曰：上句言今歲之冬事，下句又言來歲之春事耳，亦通。【汪仲弘本：春花秋果，藥圃沙隄，物華足賞，復何所求？將吟詠以待之而已。樂中有悲，與賦歸去來辭意同。】瑗按：頷聯固是倒文，本上三字、下二字句法。「留」與「買」字，指園而言也。趙謂本是「因留藥」「爲買花」，倒一字，故爲矯異耳。然「爲買花」，可；「因留藥」，語雖順而不切於園，似與客因留藥價之意相類矣。公「身無卻少壯，迹有但羈棲」，本是「身卻無少壯，迹但有羈棲」耳，此倒一字法也。若此聯不貼「園」解，則左右縱橫，字字可倒，如「藥因留病客，花買爲深春」，「春深花爲買，客病藥因留」，「藥留因客病，花買爲春深」，「花爲深春買，藥因病客留」，公「緑垂風折筍，紅綻雨肥梅」一聯亦可縱橫倒讀。此因爲微婉頓挫之詞，其蓋肇於迴文之詩也歟？故宋多有八句迴文詩，然亦未見其妙，不若間用一聯倒語爲可嘉也。

夜

絶岸風威動，寒房燭影微。以「風」「燭」見夜景，一遠一近。【汪仲弘本：風寒焰滅，夜景淒然。】嶺猿霜外宿，江鳥夜深飛。以『猿』『鳥』見夜景，一静一動。【汪仲弘本：有比意，言羣小之陰謀。】獨坐親雄劍，下因上。哀歌歎短衣。上因下。【汪仲弘本：暗用張華、甯戚事，言己之失職。】煙塵繞閶闔，【汪仲弘本：漢禮樂志注『閶闔』，天門也。】白首壯心違。四句言寂寞慷慨之情，感於夜者也。【汪仲弘本：前四句傷時，後四句嗟己。】

奉送韋中丞之晉赴湖南 韋之晉爲衡州刺史。

寵渥徵黄漸，【汪仲弘本：霸。】權宜借寇頻。引黄霸、寇恂以比韋。【汪仲弘本：恂。】湖南安背水，言湖南百姓，得韋爲刺史而安，爲背水耳。但『背水』字不可解。劉云：背水如依山。【汪仲弘本：背水如依山。】峽内憶行春。韋嘗守峽中郡，故曰『憶行春』。【汪仲弘本：東方朔外傳：郡守四馬駕車，一馬行春。韋常侍守峽中，故言『峽内』。上言新恩當涣，下言舊澤猶存。】王室仍多難〔三〕，蒼生倚大臣。言時方多難，如韋輩甚爲百姓所倚賴者。【汪仲弘本：泛指。】還將徐孺榻，處處待高人。結勸其下賢，非謾用故事者比。【汪仲弘本：指韋。前四句因其弭盜而望其安民，後四句因其分襟而冀其聚首。】

聞惠子過東溪 一作送惠二歸故居。此詩見洪駒父詩話，舊集無之。

惠子白驢瘦，歸溪惟病身。『驢』一作『駒』。歎其貧而且病。【汪仲弘本：疲于行役，因病而歸。】皇天無老眼，空谷滯斯人。歎其不爲世用。『空谷』，用詩白駒篇語。【汪仲弘本：『空谷』，白駒嗟賢人之失位也。『白驢』，或『白駒』之悮』。】崖蜜松花熟，【汪仲弘本：本草：『白蜜，一名崖蜜。』以爲櫻桃者，非。】山杯竹葉春。『春』一作『新』。二句因言東溪之幽事，亦見惠子之貧也。本謂『松花蜜』『竹葉杯』，倒文耳。【汪仲弘本：『春』一作『醇』。『竹葉』，酒名。東溪之幽事。】柴門了生事，黄綺未稱臣。總結上文，言惠子能安貧而不願仕也。【汪仲弘本：官守未膺，生事易了，所以諷在位也。】

自瀼西荆扉且移居東屯茅屋四首【汪仲弘本：大曆二年夔州作。】

白鹽危嶠北，赤甲古城東。舉二山以見東屯茅屋之所在，與前還居赤甲入宅起聯同意。平地一川穩，高山四面同。山川之勝。煙霜淒野日，粳稻熟天風。景物之勝。人事傷蓬轉，吾將守桂叢。結因移居而致飄零之歎，欲爲定居之謀也。按：公自去冬寓夔之西閣，又還赤甲，又還瀼西，今又還東屯，未及一年而四遷居，真可傷也。

東屯復瀼西，一種住青溪。來往兼茅屋，貼第一句。淹留爲稻畦。貼第二句。市喧宜近利，公自注：西居近市。貼『瀼西』。林僻此無蹊。貼『東屯』。若訪衰翁語，須令賸客迷。承『林僻』而言。『衰翁』，公自謂。公遷居瀼西，結云『桃紅客若至，定似昔人迷』，蓋在彼則稱彼勝，在此則稱此勝，意各有所在也。

道北馮都使，指東屯之北鄰，頗欠自主。高齋見一川。見與馮相隔而近。子能渠細石，指馮高齋之景。吾亦沼清泉。言己茅屋之景。『渠』『沼』，用實字爲眼。如『弟子貧原憲，諸生老伏虔』，『貧』『老』二字，本實而虛用之也。枕帶還相似，柴荆即有焉。承上聯，言彼此幽居相類。下句有『吾亦愛吾廬』之意。斫畬應費日，解纜不知年。承『柴荆』而言，嘆久客於此而不得歸也。

牢落西江外，參差北户間。言己茅屋所在，一遠一近。久遊巴子國，臥病楚人山。言己久居於此，且客且病。幽獨移佳境，清深隔遠關。言移居得所。寒空見鴛鷺，迴首想朝班。即所見而感懷。○一章獨言東屯，二章兼言瀼西，三章喜其有鄰，四章悲其在野。

題柏大兄弟山居屋壁二首

公有寄柏學士林居、題柏學士茅屋七言二詩，柏大兄弟，其子姪也，故起句及之。

叔父朱門貴，稱其閥閱。郎君玉樹高。稱其人品。『朱』『玉』，借對。山居精典籍，稱其博學。文雅涉風騷。稱其才華。江漢終吾老，雲林得爾曹。言柏大兄弟足以銷己之客愁，指人品而言。哀絃繞白雪，未與俗人操。言柏大兄弟獨對己以爲知音，指才學而言。

野屋流寒水，山籬帶白雲。以水、雲見幽僻。靜應連虎穴，喧已去人羣。以人、虎見幽僻，一反一正言。

筆架霑窗雨，書籤映隙曛。以陰晴見幽僻。○六句皆貼山居茅屋。蕭蕭千里馬，箇箇五花文。本一事翻爲兩句兩意。『千里』，喻人品之駿逸。『五花文』，喻其有才華也。○前詩惟三、四言山居之幽事，餘皆稱其人才也；後詩惟結聯稱其人才，餘皆言山居之幽景也。

東屯北崦 謂東屯之北崦耳。

盜賊浮生困，誅求異俗貧。指東屯北崦村人而言。二句上因下，三、四蕭索之由爲此。空村惟見鳥，落日未逢人。二句只是一意。公柳司馬至排律一聯云：『幽燕惟鳥去，商洛少人行。』與此相似。步壑風吹面，言獨行。看松露滴身。言獨立。○二句見『未逢人』。遠山迴白首，戰地有黃塵。『遠山』，指北崦。『戰地』，貼『盜賊』。回首之間，只有黃塵，與『惟見鳥』同意，亦見『未逢人』也。不言『誅求』者，舉此以見彼，省文耳。

夜二首

白夜月休弦，謂下弦也，見一月將盡。燈花半委眠。見一夜將盡。號山無定鹿，落樹有驚蟬。『擇木知幽鳥，潛波想巨魚』，言中宵物之得所，見己不如物；此聯言夜深物之失所，見物同於己。少陵往往託物比興，隨時隨景，變化無方，語皆入妙。暫憶江東鱠，欲歸不能。兼懷雪下船。無人可訪。○上聯見徒同微物失所之苦，此聯見不及古人適志之高。蠻歌犯星夜，重覺在天邊。暗用張騫事，以見己漂泊之遠。

城郭悲笳暮，村墟過翼稀。以所聞、所見言夜。甲兵年數久，賦斂夜深歸。上句是起下句，惟甲兵之久，故賦斂之勤。此聯蓋即人歸之遲以見夜，而感慨係之矣。暗樹依巖落，明河繞塞微。斗斜人更望，月細鵲休飛。四句皆言夜深之景。尾句又暗用曹孟德詩，以寓己無依之歎也。○前詩起句着『月』字，餘皆暗言月夜之情景；後惟尾句着『月』字，餘皆暗言月夜之情景。此章法也。然前詩起句言『白夜』，第七句又言『星夜』；後詩第二句言『翼稀』，尾句言『鵲飛』：豈故爲此重疊以相照應邪？抑偶然邪？

茅堂檢校收稻二首

香稻三秋末，平田百頃間。言收稻之時。喜無多屋宇，幸不礙雲山。言茅堂之景。御裌侵寒氣，本謂『寒氣侵』，倒文耳。上因下。嘗新破旅顔。下因上。○二句言衣食自足之樂。本言『收稻』，『御裌』帶言耳。『寒氣』，貼『三秋』。紅鮮終日有，玉粒未吾慳。後還東屯詩曰：『除芒子粒紅。』『玉粒』言白，蓋稻有紅、白二種，兼言之見其多也。結承上句，應首聯。

稻米炊能白，言飯之美。秋葵煮復新。言蔬之美。詠稻而及葵者，以類相從，非泛也。誰云滑易飽，貼『秋葵』。老藉軟俱匀。貼『稻米』。種幸房州熟，苗同伊闕春。『房州』，屬夔；『伊闕』，屬河南。二句見異鄉之種無異於故鄉，故爲客中自慰之詞耳。不然，前溪上之詩何云『山田飯有沙』？無勞映渠碗，自有色如銀。甚形容其米色之白也。○後四句專言『稻米』。

秋野五首

秋野日疏蕪，寒江動碧虛。以蕪野、寒江見秋意。繫舟蠻井絡，蠻蜀分野，上應『井絡』，貼『江』字。卜宅楚村墟。貼『野』字。○二句遠客之歎。棗熟從人打，利不私之於己。葵荒欲自鋤。勞不施之於人。葵、棗皆宅邊之所有者，觀公呈吴郎『堂前撲棗任西鄰』之詩，則此聯非如今詩人無是事而爲是言者也。盤飱老夫食，分減及溪魚。見宅近江，又見不獨『棗熟從人打』而已，復以及人之心而及物也，則下所謂『難教一物違』者，豈虛語哉？

易識浮生理，難教一物違。趙云：以達生處己，以遂性待物。水深魚極樂，林茂鳥知歸。應弟二句。吾老甘貧病，榮華有是非。應第一句。上句因下句，言『甘貧病』者以此。秋風吹几杖，不厭北山薇。『几杖』，貼『病』字。『薇』，貼『貧』字。『北山』，指北崦。『不厭』者，亦爲『榮華有是非』也。結申上聯之意。

禮樂攻吾短，山林引興長。言己被禮法之士繩其短者，乃爲山林引興之長也。掉頭紗帽側，曝背竹書光。【汪仲弘本：竹簡也。】風落收松子，天寒割蜜房。【汪仲弘本：幽事楚楚，不涉寒儉。】稀疏小紅翠，駐屐近微香。後六句皆言『山林引興長』之實，乃懶散優游之事也。夫懶散優游，固非禮法之宜。苟得其道，則掉頭曝背，與曲肱而枕者一也；側帽讀書，與被衣鼓琴者一也；收松割蜜，與飯糗茹草者一也；踏紅繞翠，與傍花隨柳者一也，又何背於名教之樂地也哉？然杜甫猶自以爲短而畏禮法之所繩，其檢身可知矣。彼猖狂縱肆、大言不慚而曰『禮樂豈爲我輩設哉』，是則晋人之妄而已矣。此詩驟讀起句，似腐儒常談，今人所謂宋頭巾語耳，與下篇不相類。及細玩之，方知爲翻一篇之旨，可謂用意精深而立法森嚴矣。苟泛觀之，則起句一漫語耳。趙謂：杜詩不易讀，此類是也。舊説以首聯二句對講，三、四應第一句，後二聯應第二句。亦通。

遠岸秋沙白，連山晚照紅。此言晚景。潛鱗輸駭浪，歸翼會高風。以魚潛、鳥歸見晚。『輸』『會』二字俱勝。砧響家家發，樵聲箇箇同。以擣衣、伐木見晚。飛霜任青女，『青女』，霜神，見淮南子，爲下句起耳。賜被隔南宮。漢欒崧直南宮，家貧，無被，帝聞而嘉之，詔給被。結以客中晚宿之寒，見去朝之久也。

身許麒麟畫，言少年自許。年衰鴛鷺同〔四〕。言晚年得官。或以爲指今流落於野，與鳥獸爲羣，亦通。大江秋易盛，秋水之盛。空峽夜多聞。夜雨之多。或曰指猿。逕隱千重石，貼峽中。帆留一片雲。貼江上。○四句皆見蠻景之惡。兒童解蠻語，不必作參軍。用晋參軍郝隆事。結以兒女盡化爲蠻語，見客蜀之久也。○始焉許身之大，晚得一官之微而復流落於蠻蜀之久，其悲可知矣。○一章言己客於楚，親人而愛物也；二章言己深諳人情物理，故甘貧賤而不厭山林也；三章言山林幽興之長；四章言去朝之悲；五章言滯蠻之恨。此其大略也。

秋清

高秋蘇肺氣，言秋爽而病愈。白髮自能梳。頭可自梳。藥餌憎加減，藥可不服。門庭悶掃除。門可自掃。杖藜還客拜，可以酬客。愛竹遣兒書。可以作詩。十月江平穩，輕舟進所如。可以泛舟。○下七句皆承起句，言病愈之事。

瞿塘兩崖

三峽傳何處，雙崖壯此門。上句故爲詰詞以起下句，下句正言。一問一荅之體。入天猶石色，見崖之高。穿水忽雲根。見崖之深。猱玃鬚髯古，以物見崖之高。蛟龍窟宅尊。以物見崖之深。羲和冬馭近，愁畏日車翻。結又以礙日見崖之高。此詩作於九日，故曰『冬馭近』。

暝

日下四山陰，山庭嵐氣侵。以『山陰』『嵐氣』見暝。牛羊歸徑險，鳥雀聚枝深。以物之歸藏見暝。正枕當星劍，收書動玉琴。以人之欲睡見暝。【汪仲弘本：劍有星文曰『星劍』，以玉爲徽曰『玉琴』。以人之欲睡見暝。】半扉開燭影，欲掩見清砧。以燒燭、擣衣見暝。○三、四貼『山』字，後四句貼『庭』字。結聯『開』『掩』二字，自相開闔。『燭影』不曰『搖』，而曰『開』；『清砧』不曰『聞』，而曰『見』：蓋欲務去陳言耳。

雲

龍以瞿塘會，江依白帝深。賦雲而言『龍』與『江』者，蓋山川乃雲之所自出，而雲又從龍者也。龍會聚於瞿唐，江深依於白帝，此雲之所以盛歟！或曰：下句承上句，併言龍之會處耳。亦通。終年常起峽，每夜必通林。言雲盛而不絕。收穫辭霜渚，以稻盛比雲。分明在夕岑。以日色比雲。高齋非一處，秀氣豁煩襟。結頌雲之隨處而可愛也。〇劉云：若無題字，實自難看。瑗按：荀子雲賦通篇暗言，惟尾句著一『雲』字；此詩通篇不言『雲』，惟尾句着『秀氣』二字。少陵之作，豈無所本邪？

晨雨

小雨晨光内，初來葉上聞。歸去來辭曰：『根晨光之熹微。』雨之色，惟晨光内見之；雨之聲，惟木葉上聞之：其小可知。霧交纔灑地，風逆旋隨雲。必合霧而纔灑，旋迎風而遠飄，形容其小，與前『煙添纔有色，風引更如絲』句法相似。暫起柴荆色，輕霑鳥獸羣。曰『暫』曰『輕』，皆見其小。麝香山一半，亭午未全分。惟大雨能驟落驟止，而小雨多不陰不晴。結聯形容極妙。『亭午』，與起句『晨』字相照。

獨坐二首

竟日雨暝暝，言雨之久。雙崖洗更清。雨後之景。水花寒落岸，山鳥暮過庭。獨坐所見之景。花落鳥還，亦以雨故。煖老須燕玉，充饑憶楚萍。胡笳在樓上，哀怨不堪聽。四句獨坐所感之情。〇瑗按：五、六本謂玉氣雖温潤而不可以煖老，萍實雖可食而不足以充饑。今思此二物以爲饑寒之計，見其貧也。『楚萍』，用楚王渡江得萍實事。獨燕玉無所考，趙注引『燕趙多佳人，美者顏如玉』，以爲孟子所謂『七十非帛不煖』之意，失之遠矣。左傳曰：燕暨齊平，燕人賂以瑶甕、玉櫝、斝耳。豈公但借此『燕』字與下對邪？雖莫詳所出，而意則當從予解爲是。姑識其説，以俟博雅。

白狗斜臨北，黄牛更在東。『白狗』『黄牛』，皆峽名，紀地勢，爲下聯張本。峽雲常照夜，『峽』字，緊承上聯。江日會兼風。夜常多雨，晴亦有風，見峽中風土之惡。○四句雨中獨坐所感之景，而情在其中。灑藥安垂老〔五〕，應門試小童。劉云：閒趣有味。亦知行不逮，苦恨耳多聾。結乃德不加脩而年日益邁之歎，貼『老』字。○四句雨中獨坐所感之情，而事在其中。

雨四首

微雨不滑道，斷雲疏復行。以『雲』『雨』對起。紫崖奔處黑，白鳥去邊明。貼『雲』。○『江碧鳥逾白，山青花欲燃』，同此機軸。秋日新霑影，寒江舊落聲。貼『雨』。柴扉臨水碓，半濕搗香粳。結言對雨搗粳之樂。○此章兼言『雲』。

江雨舊無時，昔日江雨之多。天晴忽散絲。今日晴雨之細。暮秋霑物冷，今日過雲遲。貼第二句。上馬迴休出，看鷗坐不辭。既上馬復回而不出，惟看鷗獨坐而不辭，蓋寫微雨之景而寓避喧愛静之意。高軒當灩澦，潤色静書幃。結言對雨讀書之樂。○此章專言雨。

物色歲將晏，天隅人未歸。起歎時可歸而人未歸。朔風明淅淅，寒雨下霏霏。貼『物色』。多病久加飯，衰容新授衣。貼『人』字。時危覺凋喪，故舊短書稀。結歎因世亂而離索久。○此章言情而帶雨。

楚雨石苔滋，京華消息遲。起見因久雨而感懷。山寒青兕叫，江晚白鷗饑。即物以見久雨之苦。神女花鈿落，鮫人織杼悲。借事以見久雨之苦。繁憂不自整，終日灑如絲。結見感懷而因久雨。○此章言雨而帶情。○大意前二章微雨之喜，後二章苦雨之悲。

返照

返照開巫峽，寒空半有無。言返照開明而有無當半。已低魚復縣名。暗，返照之無。不盡白鹽山名。孤。返照之有。荻岸如秋水，松門似畫圖。以景物光輝之勝，見返照之有。牛羊識童僕，既夕應傳呼。以牛羊既夕而歸，見返照之無。○『返照』之詩，此爲絶唱。此篇之妙，次句盡之，下文不過詳言耳。吾知後有作者，不可及也。

向夕

畎畝孤城外，江村亂水中。起言田舍之所在，下皆言田舍之景、之事也。深山催短景，貼『城外』。喬木易高風。貼『村』。○二句下因上，以氣候之殊異見『向夕』。日景爲深山而催短，風聲爲喬木而易高，其荒涼可知。鶴下雲汀近，貼『水中』。鷄棲草屋同。貼『村』。○二句上因下，以禽鳥之歸宿見『向夕』。琴書散明燭，長夜始堪終。結言既夕之事也。居田舍之野僻，對夕景之荒寂，苟不假琴書以消憂，其何以終此長夜邪？

大曆二年九月三十日

爲客無時了，言爲客之久，有莫知所終之意，讀之令人慨然。悲秋向夕終。『悲秋』二字，是一篇主意。下六句皆言秋之可悲也。『向夕』，見悲秋之時。瘴餘夔子國，霜薄楚王宮。當秋而瘴多。『霜薄』，見氣候之暖。草敵虛嵐翠，花禁冷蕊紅。當秋而草翠花紅，蓋暄暖所致。下謂花能禁冷，故蕊紅，以見不甚冷也。『冷蕊』二字不連，與『冷蕊疏枝半不禁』所用『冷蕊』不同。年年小搖落，不與故園同。當秋而花草小變，皆與故園不同。

十月一日

有瘴非全歇，爲冬亦不難。言瘴暖而冬易度。夜郎溪日暖，白帝峽風寒。言雖有風寒而日卻暖，以申上聯之意。上三字、下二字句，句法與前詩三、四相類，但倒裝耳。蒸裹如【汪仲弘本：饋也，往也。】千室，燋糖幸一柈。『蒸裹』『燋糖』，夔俗之節物也。【汪仲弘本：『柈』與『盤』同。『蒸裹』『燋糖』，夔俗之節物也。】茲辰南國重，舊俗自相歡。承上聯言。○前四句言夔之風土，後四句言夔之風俗。其詩與後俳諧體二首相同。尾句『自』字要重看，言楚俗自相遺饋、自相歡悦，而已獨牢落無與往來者也。觀後詩題曰遣悶可見。

戲作俳諧體遣悶二首

異俗吁可怪，斯人難並居。以『俗』與『人』對起。家家養烏鬼，頓頓食黄魚。貼『異俗』句。舊識難爲態，新知已暗疏。貼『斯人』句。治生且耕鑿，只有不關渠。耕田鑿井以治生，見己與異俗之不同；【汪仲弘本：耕田鑿井以治生，只有此事不關渠耳，見己與異俗之不同。】安貧力食以守静，何必與斯人而相並。○舊説『烏鬼』有四：曰鸕鷀，曰豬，曰烏野神，曰烏蠻鬼。胡苕溪、劉須溪皆從沈存中筆談，定爲鸕鷀，是矣。『養』字，上聲。【汪仲弘本：舊説『烏鬼』有四：曰鸕鷀，曰豬，曰烏野神，曰烏蠻鬼。胡苕溪、劉須溪皆從沈存中筆談，定爲鸕鷀，是矣。『養』字，上聲。其曰烏野神者，見蔡寬夫詩話，言元微之詩『病賽烏稱鬼，巫占瓦代龜』，亦通。】

西歷青羌阪，南留白帝城。公自注：頃歲，自秦涉隴，從同谷縣出遊蜀，留滯於巫山也。於菟虎也。侵客恨，粔籹餅也。【汪仲弘本：餅也，以蜜和米麵煎作之。】作人情。瓦卜傳神語，畬田費火聲。四句承第二句，言異俗之可怪者也。【汪仲弘本：『聲』一作『耕』。四句承第二句，言異俗之可怪者也。】是非何處定，高枕笑浮生。異俗之非，自在言外；浮生之歎，應第一聯。此與前結併所謂『遣悶』之詞也。○『於菟』，音烏圖。『粔籹』，音巨汝。『作』，去聲，即俗『做』字。

從驛次草堂復至東屯二首

峽裏歸田客，江邊借馬騎。起言復至東屯。非尋戴安道，似向習家池。承上聯，引事以爲結聯張本。下一『似』字，見亦非也。山險風煙合，天寒橘柚垂。言途中之景物，應首聯。築場看劍積，一學楚人爲。言至東屯之事，應三、四。

短景難高臥，衰年强此身。言衰年居不能安。山家蒸栗暖，野飯射麋新。言山家食自可飽。世路知交薄，門庭畏客頻。言懶與朝士相接，貼『衰年』。牧童斯在眼，田父實爲鄰。言喜與野人相狎，貼『山家』。○前篇言復至東屯之事，後篇言既至東屯之樂。

暫往白帝復還東屯

復作歸田去，猶殘穫稻功。起言復還東屯之事。築場憐冗蟻，拾穗許村童。貼『穫』字，有公恕之心。落杵光輝白，除芒子粒紅。貼『稻』字，有喜幸之意。加餐可扶老，倉廩慰飄蓬。結以自慰之詞總收上文，而衰老飄泊之歎，自見於言外。

刈稻了詠懷

稻穫空雲水，川平對石門。稻既空而望自豁遠。寒風疏草木，旭日散鷄豚。貼『空』字。○四句言『刈稻了』，有景有事。野哭初聞戰，樵歌稍出村。『初』字，見戰尚莫知所終；『稍』字，見不出村者尤衆。無家問消息，作客信乾坤。四句言詠懷，一人一己。

有　歎

公自注：傳蜀官軍自圍普遂。

壯心久零落，白首寄人間。衰老之歎。天下兵常鬪，江東客未還。亂離之悲。窮猿號雨雪，老馬望關山。託物比興。武德開元際，蒼生豈重攀。亂極思治。

白帝城樓

江度寒山閣，城高絶塞樓。翠屏宜晚對，白谷會深遊。四句言城樓雖荒僻，而佳境尚可娱也〔六〕。急急能鳴鴈，暗用莊子事。輕輕不下鷗。暗用列子事。二句賦所見而寓比興。夷陵峽名。春色起，漸擬放扁舟。結寓出峽之意，非是貼上『遊』字。

夜宿西閣曉呈元二十〔七〕

城暗更籌急，夜之所聞。樓高雨雪微。曉之所見。稍通綃幕【汪仲弘本：雲霽之色如綃。】霽，言『曉』。遠帶玉繩【汪仲弘本：星名。】稀。言『夜』。○『綃幕』虛，『玉繩』實。門鵲晨光起，言『曉』。檣烏宿處非。言『夜』。○『門鵲』實，『檣烏』虛。寒江流甚細，有意待人歸。結即所見而寓意，亦貼『曉』。

西閣口號呈元二十一

山木抱雲稠，寒空繞上頭。雪崖纔變石，風幔不依樓。四句西閣之景。社稷堪流淚，安危在運籌。看君話王室，感動幾銷憂。四句呈元之情。○前結見己思歸之切，此結見元憂世之大。

奉送卿二翁統節度鎮軍還江陵『卿二翁』，姓崔，乃公之舅氏也。

火旗【汪仲弘本：朱旗也。】還錦纜，白馬出江城。候別軍容之盛。嘹唳吟笳發，蕭條別浦清。臨別淒涼之悲。空寒巫峽樹，落日渭陽情。既別朝暮之思。留滯嗟衰疾，何時見息兵？因別感時之歎。

白帝樓

漠漠虛無裏，連連睥睨【汪仲弘本：城上女牆。】侵。樓光去日遠，峽影入江深。四句登樓所見之景。臘破思端綺，【汪仲弘本：古詩：『客從遠方來，遺我一端綺。』】春歸待一金。【汪仲弘本：一刻千金。】去年梅柳意，還欲攬邊心。四句登樓所感之情。

人日

元日到人日，未有不陰時。用東方朔占書語意。冰雪鶯難至，春寒花較遲。雲隨白水落，風振紫山悲。冰雪、春寒、雲落、風振，皆陰氣所致。【汪仲弘本：亦春秋筆法。冰雪、春寒、雲落、風振，皆陰氣所致。】蓬鬢稀疏久，無勞比素絲。因新春而嘆老也。

江梅

梅蕊臘前破，梅花年後多。以『花』『蕊』對起。絶知春意早，貼蕊破。最柰客愁何。貼花多。雪樹元同色，貼臘前。江風亦自波。貼年後。故園不可見，巫岫鬱嵯峨。因梅而思故園、悲異域也。

庭草

楚草經寒碧，春庭入眼濃。上句起下句耳。舊低收葉舉，新掩捲芽重。舊葉舉，新芽重，枯槁復蘇之意。步履宜輕過，言勿蹵損。開筵得屢供。言可賞翫。○四句皆承第二句言。看花隨節序，不敢强爲容。言對景而不樂也。賦庭草而曰『看花』，蓋花草通稱耳。

巫山縣汾州唐使君弟宴別兼諸公攜酒樂相送率題小詩留於屋壁

臥病巴東久，今年强作歸。言己久客得歸之情。故人猶遠謫，兹日倍多違。獨指唐弟。接宴身兼病，【汪仲弘本：一作『杖』。】聽歌淚滿衣。唐弟之宴，諸公之攜，己之悲戚，俱在其中。諸公不相棄，擁別惜光輝。此指諸公。

春夜峽州田侍御長史津亭留宴得筵字

北斗三更席，言宴之久。西江萬里船。言來之自。杖藜登水榭，貼『津亭』。揮翰宿春天。貼『春』字。白髮須多酒，明星惜此筵。言己年老愛酒而惜易曉也，貼第一句。始知雲雨峽，忽盡下牢邊。『下牢』，峽州地名。言己從夔州峽而至峽州也，貼第二句。

泊淞滋江亭 屬江陵府。

紗帽隨鷗鳥，扁舟繫此亭。歎因漂泊而至此。江湖深更白，松竹遠還青。喜至江亭而得勝覽。一柱全應近，高唐莫再經。喜近江陵而去巫峽。今宵南極外，甘作老人星。甘受飄泊而無恨。○首聯正言以見意，結聯反言以見意。

乘雨入行軍六弟宅 時杜位爲江陵行軍司馬。

曙角凌雲罷，春城帶雨長。見是曉雨。水花分塹弱，巢燕得泥忙。雨後之景。令弟雄軍佐，稱『弟』，見爲行軍。凡材汙省郎。自愧嘗爲省郎。萍漂忍流涕，衰颯正中堂。見己因漂泊至此，而得與弟會也。

上巳日徐司録林園宴集

鬢毛垂領白，花蕊亞枝紅。傷年老而對花也。『花蕊』，貼『林園』。攲倒衰年廢，招尋令節同。悲力衰而赴召也。『招尋』，貼『宴集』。『令節』，貼『上巳』。○二聯一意。鬢白即『衰年』之事，花紅即『令節』之景。薄衣臨積水，吹面受和風。言祓除之樂，承『令節』言。有喜留攀桂，【汪仲弘本：淮南招隱云：『扳援桂枝兮聊淹留。』】無勞問轉蓬。『攀桂』，借用淮南語意。言已且喜宴集淹留於徐氏之園，而又何勞問漂泊之苦邪？蓋爲自慰之詞，益見自悲之意也，承『招尋』言。

宴胡侍御書室

公自注：李尚書之芳、鄭秘監審同集『歸』字韻。

江湖春欲暮，言春將殘而不可不醉也。牆宇日猶微。言日未落而可以盡醉也。閣闇書籍滿，見『日猶微』。輕輕花絮飛。見『春欲暮』。翰林名有素，墨客興無違。雖稱李、鄭與胡，己亦在內。今夜文星動，吾儕醉不歸。總結上文，言逢良辰、遇知己而不醉不歸也。

南征

春岸桃花水，雲帆楓樹林。言南征之時與景。偷生長避地，適遠更霑襟。言南征之由與情。老病南征日，君恩北望心。歎老病南征而不得北返。百年歌自苦，未見有知音。歎南征寥落而知己者稀。

地隅

江漢山重阻，風雲地一隅。言江陵之深僻。年年非故物，處處是窮途。言爲客之久困。喪亂秦公子，【汪仲弘本：王粲家本秦川貴公子。】悲涼楚大夫。引王粲、屈原以自喻。平生心已折，行路日荒蕪。敘平生折挫以自悲。

夢

道路時通塞，江山日寂寥。此敘亂離之狀。『時』『日』，泛言其久。偷生唯一老，伐叛已三朝。實敘亂離之久。『偷生』，亂離所致。雨急青楓暮，【汪仲弘本：楚地多楓。】雲深黑水遥。稱楚之景，每以楓者起，自楚辭招魂。『黑水』，近長安。二句爲下聯張本。【汪仲弘本：稱楚之景。黑水，近長安。二句爲下聯張本。】夢歸歸未得，不用楚辭招。上句指長安；下句因敘楚景而借用楚辭以見意也。

暮春陪李尚書李中丞過鄭監湖亭泛舟得過字 公前在夔有秋日寄題鄭監湖上亭三首。

海内文章伯，湖邊意緒多。稱二李過鄭湖之意而頌美存焉。玉樽移晚興，桂楫帶酣歌。言遊湖之久。春日繁魚鳥，江天足芰荷。言湖景之勝。鄭莊賓客地，衰白遠來過。敘己過鄭湖之意，而感慨寓焉。漢書：鄭莊置驛，請謝賓客。此過鄭監湖亭，故云然。

和江陵宋少府暮春雨後同諸公及舍弟宴書齋

渥洼汗血種，天上麒麟兒。二句稱弟，爲下聯張本。或謂稱宋與諸公，非是。才士得神秀，書齋聞爾爲。『才士』，指宋與諸公。『爾』，亦指弟，應首聯，起下聯，謂聞爾弟得與諸才士相與爲樂也。作『聞』字是，與尾句『始知』相應。劉作『同』字，非也。棣花晴雨好，綵服暮春宜。二句借晴景以寓兄弟之好。朋酒日歡會，老夫今始知。結乃譏其弟日與才士爲樂而不見招，與五、六相應，見與他人爲樂而不知兄弟之樂也。○前四句頌其得朋友之樂，後四句譏其失兄弟之樂。

夏日楊長寧宅送崔侍御常正字入京探韻得深字

醉酒楊雄宅，升堂子賤琴。言己與崔、常宴别於楊長寧宅也。楊雄，比楊之才。子賤，比楊之政。不堪垂老鬢，還對欲分襟。二句言己垂老，不忍與崔、常遠别也。天地西南遠，指江陵。星辰北斗深。指京都。二句紀地，見遠别。烏臺俯麟閣，『烏臺』，指崔侍御。『麟閣』，指常正字。唐改秘書省爲麟閣。長夏白頭吟。自謂。二句紀人，見老别。後四句，足上三、四之意。○瑗按：此與前章梓州水亭詩乃一題而敘數人，學者不可不知此法。但前詩以人敘於後四句，此詩以人敘於前四句。首尾開闔照應，隨文勢而斡旋也。

江邊星月二首

驟雨清秋夜，言晝雨夜晴，以起下文。金波耿玉繩。『金波』，謂月。『玉繩』，謂星。天河元自白，江浦向來澄。言非因星月而清白，益以見星月之清白。映物連珠斷，貼『星』。緣空一鏡升。貼『月』。餘光憶更漏，『餘光』，總言星月。『更漏』，貼『夜』字。况乃露華凝。見夜之久。『華』字與『光』字應。

江月辭風纜，江星别霧船。夜久則星月落去，故曰『辭纜』，别船也。鷄鳴還曙色，鷺浴自晴川。上聯言將曉，此正言曉也。歷歷竟誰種，言星。【汪仲弘本：言星。古詩：『天上何所有，歷歷種白榆。』】悠悠何處圓。言月。客愁殊未已，他夕始相鮮。因星月而感懷也。三、四言曉矣，後四句復言星月客愁，追憶往日耳。

舟月對驛近寺

更深不假燭，月朗自明船。貼『舟月』。金刹青楓外，貼『近寺』。朱樓白水邊。貼『對驛』。城烏啼眇眇，野鷺宿娟娟。月夜之景。皓首江湖客，鈎簾獨未眠。月夜之懷。『簾』，舟上之簾也。

舟中

風餐江柳下，雨臥驛樓邊。結纜排魚網，連檣並米船。四句言舟之所近，而情景俱在。今朝雲細薄，昨夜月清圓。上句即曉景，下句追言夜景，打轉前四句。飄泊南庭老，秖應學水仙。『南庭老』，公自謂也。『南庭』，猶北地謂之北庭。終年飄泊江湖，故有水仙之歎。〇舊註：『結』，音繫。引漢書張釋之跪爲王生結襪，注『結』讀作『繫』。瑗按：漢書亦只當如字讀，『結』字意義自明，何必讀作『繫』哉？

江漢

江漢思歸客，乾坤一腐儒。言久客飄泊，爲腐儒無堪故也。二句語勢相喚，非是平講。片雲天共遠，永夜月同孤。貼『客』字，景在其中。落日心猶壯，秋風病欲蘇。言客懷，時在其中。古來存老馬，不必取長途。結見腐儒之不當棄也。田子方見老馬於道，問其御曰：『此何馬？』曰：『公家畜也，疲而不用，故出之。』子方喟然歎曰：『少盡其力，老棄其身，仁者不爲。』束帛贖之。窮士聞之，知歸心焉。齊桓公伐孤竹，春往冬返，迷惑失道。管仲曰：『老馬之智可用也。』乃放老馬而隨之，遂得道。少陵此結，蓋即管仲之事而翻案用子方之意耳，謂雖無取長途之智，亦不當擯棄也。東坡代滕達道疏云：『自念舊臣，譬之老馬，雖筋力已衰，不堪致遠，而經涉險阻，粗識道途。』玉露以爲用此結之意，殊不知此結之意，蓋翻管仲事，非正用管仲事也。

遠遊

江闊浮高棟，雲長出斷山。言江山之寥廓。塵沙連越嶲，【汪仲弘本：劍南道也。】風雨暗荆蠻。言風塵之晦冥。鴈矯銜蘆内，猿啼失木間。託物比興。弊裘蘇季子，歷國未知還。詩意在此。

重題

公前有哭李尚書之芳排律十韻，此又哭之，故曰『重題』。

涕灑不能收，見『重哭』。哭君餘白頭。重哭在此，即前詩『相知成白首，此别間黄泉』之意也。兒童相顧盡，宇宙此生浮。上言不忍其死，下言人之不能不死，即人之生死無常，益見其可哀也。江雨銘旌濕，湖風井逕秋。即風雨蕭索之景，見哭李悽慘之情。還瞻魏太子，賓客減應劉。公自注：公歷禮部尚書，薨于太子賓客。結蓋即魏文帝爲太子時，與應瑒、劉楨相友之事，比李之薨于官，而哀情自可見也。

獨 坐

詩言倚杖眺望之事，而題曰『獨坐』者，眺望而歸，獨坐之時所作也。

悲秋回白首，倚杖背孤城。下言倚杖眺望，不過申上句之意耳。江歛洲渚出，天虛風物清。此言秋景之可悲，貼『回首』。滄溟服【汪仲弘本：一作『恨』。】衰謝，朱紱負平生。此言情懷之可悲，貼『白首』。仰羨黄昏鳥，投林羽翮輕。即鳥歸巢之易，見己歸家之難也。

哭李常侍嶧二首

一代風流盡，脩文地下深。世言顔回、卜商死爲地下脩文郎。斯人不重見，將老失知音。上聯歎其死，下聯歎其死不可再見，一意而反覆言之耳。短日行梅嶺，寒山落桂林。言其櫬自廣而歸也。賦景寓情。長安若箇畔，猶想映貂金。長安故人有想李者，有不想李者，俱在諷内。嗚呼！故人朝死而暮忘交情者多矣，誦此不亦赧然於心乎？少陵於故人之死，必有詩而哭之；知己之深者，又重哭之。觀其集，尚有追憶流涕於數十年之後者，可謂篤於故舊者矣。〇瑗按：公哭李尚書排律，結亦有『王孫若箇邊』之句。『若箇』，當時俗語也。楊誠齋云：詩固有以俗爲雅，然亦須經前輩鎔化乃可因承。如李之『耐可』、杜之『遮莫』、唐人『裏許』『若許』之類是也。唐人寒食詩不敢用『餳』字，重九詩不敢用『餻』字，半山老人不敢作梅花詩，彼固未敢輕引里母田父，而坐之平王之子、衞侯之妻之側也。【汪仲弘本：唐志：左右散騎常侍皆金蟬珥貂。長安故人有念李者，有不念李者，俱在諷内。嗚呼！故人朝死而暮忘交情者多矣，誦此不亦赧然乎？少陵于故人之死，必有詩而哭之；知己之深者，又重哭之。觀其集，尚有追憶流涕于數十年之後者，可謂篤于故舊者矣。按，公哭李尚書排律，結亦有『王孫若箇邊』之句。『若箇』，當時俗語也。楊誠齋云：詩固有以俗爲雅，然亦須經前輩鎔化乃可因承。如李之『耐可』、杜之『遮莫』、唐人『裏許』『若許』之類是也。唐人寒食詩不敢用『餳』字，重九詩不敢用『餻』字，半山老人不敢作梅花詩，彼固未敢輕引里母田父，而坐之平王之子、衛侯之妻之側也。】

青鎖陪雙入〔八〕，追言昔日同朝。銅梁阻一辭。『銅梁』，蜀中縣名。李嘗過蜀而公未得送也。【汪仲弘本：嘗過蜀送也。】風塵逢我地，言昔銅梁之阻，實爲風塵之故，見不得把臂而別也，貼第二句。江漢哭君時。言昔陪於『青鎖』，今哭於江漢，又不得撫棺而哭也，貼第一句。次第尋書札，李寄公書。呼兒檢贈詩。公贈李詩。○二句見不得撫棺而哭，亦惟尋書檢詩、收拾遺迹，不忘舊好而已。昔日往還之情，今日幽明之隔，俱在言外。『次第』『呼兒』，假對。曾茶山『次第翻經集，呼兒理在亡』本此。發揮王子表，不愧史臣詞。李乃宗室之子，故稱『王子』。漢書有王子侯表。此言李之德業，當爲史臣發揮於表記之中而無愧也。○前詩歎今逝之詞，後詩多追往之詞。○瑗按：尾句『詞』一本亦作『辭』，蓋『辭』字古通用。此篇雖謂之用重韻可也，可見用韻，古人不拘，豈獨古詩與排律而已哉？

宴王使君宅題二首

漢主追韓信，蒼生起謝安。言時方用武略之事。吾徒自飄泊，世事各艱難。歎己與王俱不遇也。下聯因上聯。逆旅招邀近，他鄉意緒寬。不才甘朽質，高臥豈泥蟠。二聯皆下因上，反言自慰自謙之詞，以寓飄泊艱難之恨也。

汎愛容霜鬢，留歡卜夜闌。言王憐己之老而留宴之深也。自吟詩送老，貼『霜鬢』。相勸酒開顏。貼『留歡』。○此聯上三字、下二字句。戎馬今何地，鄉園獨在山。貼『客』字。下因上。江湖墮清月，貼『夜闌』。酩酊任扶還。貼『留歡』與『相勸』。

久客

羈旅知交態，淹留見俗情。起聯見題。衰顏聊自哂，小吏最相輕。上聯猶含蓄，此則直斥之矣。熟謂淵明之去職，不爲折腰也邪？去國哀王粲，總結上文。傷時哭賈生。爲尾句起。狐狸何足道，指小吏輩。豺虎正縱横。傷時爲此。公不以一己之見侮于小吏爲恨，而以天下之遭亂爲憂，可以知公之心矣。其詞亦多怨調。此時將欲移居公安縣也。

移居公安山館 縣在江陵之南。

南國晝多霧，北風天正寒。言移居時景之惡。路危行木杪，身遠宿雲端。言移居道路之苦。山鬼吹燈滅，廚人語夜闌。言夜宿山館寂寞之事。鷄鳴問前館，世亂敢求安？言曉發山館感慨之情。

官亭夕坐戲簡顏少府 顏乃公安尉也。

南國調寒杵，西江浸日車。客愁連蟋蟀，亭古帶蒹葭。一、三既夕所聞之景；二、四向夕所見之景。『客愁』言情。不返青絲鞚，『客愁』在此。虛燒夜燭花。二句一情一景，語勢相喚。〇六句貼『官亭夕坐』，情景參錯互言。老翁須地主，細細酌流霞。結乃戲簡顏少府之意也。

公安縣懷古

野曠吕蒙營，江深劉備城。見所懷之古迹。二句對起。寒天催日短，貼『野曠』。風浪與雲平。貼『江深』。〇二句申言野曠、江深之景。灑落君臣契，貼『劉備』，孔明帶講。飛騰戰伐名。貼『吕蒙』。〇二句申言劉備、吕蒙之事。維舟倚前浦，長嘯一含情。結言經過感懷不盡之意。

公安送李二十九弟晉肅 李賀之父 入蜀余下沔鄂 時公欲往岳陽。

正解柴桑纜，柴桑里，在江州，與沔、鄂相近。此公自謂。仍看蜀道行。言晉肅。〇二句言彼此所向之方，爲下聯張本。檣烏相背發，晉肅入蜀，而已下沔、鄂，故二舟相背而發。塞鴈一行鳴。即鳴鴈以寫兄弟惜别之情。『烏』字，虛；『鴈』字，實。南紀連銅柱，『南紀』，漢水也。下沔、鄂所泛。『銅柱』，在南海，漢馬援所立。西江接錦城。自蜀以西，皆可謂之西江，入蜀所泛。『錦城』，指成都府。〇二句又申言彼此所經之地，爲下聯張本。憑將百錢卜，飄泊問君平。漢嚴君平賣卜成都，日得百錢則止。此謂己久飄泊，欲以百錢憑晋肅往爲己卜：何時而可免耳？此自歎之詞也。李白送友人入蜀詩結云：『升沉應已定，不必問君平。』李、杜二公晚年皆爲流離之子，其所言之不同如此，亦可想見二公之爲人。

泊岳陽城下

江國踰千里，山城僅百層。言岳陽之形勝。岸風翻夕浪，舟雪灑寒燈。言泊舟之時景。留滯才難盡，艱危氣益增。上二字自悲，下三字自負。陳后山『留滯常思動，艱危卻悔來』祖此。圖南未可料，變化有鯤鵬。用莊子語，喻己才氣之不衰，而飛騰尚有日，世俗何爲因己之留滯艱危而遂相輕也邪？固所以自負，亦所以警人。

纜船苦風戲題四韻奉簡鄭判官

東岸朔風疾，直言『風疾』，以起下文。天寒鶬鴰呼。言鳥苦風，因以自喻。漲沙霾草樹，舞雪渡江湖。以『漲沙』『舞雪』見苦風。吹帽時時落，維舟日日孤。以『吹帽』『維舟』見苦風。下貼『纜船』。因聲置驛外，爲覓酒家壚。漢書：鄭莊置驛，請謝賓客。此簡鄭判官，故云然。〇前六句貼『纜船苦風』，結聯戲簡鄭判官，與前官亭夕坐戲簡顏少府詩同格。

登岳陽樓

昔聞洞庭水，今上岳陽樓。『今』『昔』二字開闔。吴楚東南坼，乾坤日夜浮。此極言洞庭幅員連亘之廣。『坼』與『浮』，句中眼也。貼第一句。親朋無一字，老病有孤舟。此極言客中離索寂寞之悲。戎馬關山北，時吐蕃犯京，上聯因此。憑軒涕泗流。後四句登樓所感之情。○舊説此篇爲岳陽樓詩百代之絶唱，殆與洞庭争雄。三、四尤勝，惟孟浩然臨洞庭所賦『氣蒸雲夢澤，波撼岳陽樓』一聯，足以相敵，餘人終不逮也。【汪仲弘本：舊説此篇爲岳陽樓詩百代之絶唱，殆與洞庭争雄。三、四尤勝。惟孟浩然臨洞庭所賦『氣蒸雲夢澤，波撼岳陽樓』一聯，足以相敵，餘人終不逮也。詳見李詩辨律，茲不贅。】

陪裴使君登岳陽樓

湖闊兼雲霧，樓高屬晚晴。上言湖之陰景，下言樓之晴景。禮加徐孺子，詩接謝宣城。上言裴待己之厚，下言裴才名之高。雪岸叢梅發，春泥百草生。上言雪中之景物，下言雨後之景物。敢違漁父問，從此更南征。『漁父』，公自喻也。此詩蓋欲去岳陽而往潭州，故有此結。

宿青草湖【汪仲弘本：青草湖與洞庭相連，在岳州。】

洞庭猶在目，青草續爲名。見二湖之相連。宿槳依農事，郵籤報水程。『槳』，所以棹舟者也。謂己之舟，停槳依岸，上之農家而宿耳。『籤』，所以傳候者也。謂岸上郵亭之吏，執籤以報己之水程耳。二句初抵湖邊之事。寒冰争倚薄，雲月遞微明。二句既宿湖後之景。湖鴈雙雙起，人來故北征。言鴈若知己欲北歸而未能，特故北飛以相惱也。蓋即所見以寓意耳。

宿白沙驛

水宿仍餘照，人煙復此亭。曰『仍』曰『復』，則前此旅宿之久可見。驛邊沙舊白，不變之景。湖外草新青。一時之景。萬象皆春氣，孤槎自客星。言萬物逢春，皆有生意；而己獨泛孤舟，爲顚頷客也。或曰：上貼三、四，下貼首聯。亦通。隨波無限好，的的近南溟。承孤槎而反言遊泛之樂，以寓飄泊之感也。

湘夫人祠

肅肅湘妃廟，空牆碧水春。蟲書玉佩蘚，燕舞翠帷塵。四句見祠廟之寂寞。晚泊登汀樹，微馨借渚蘋。二句言登岸謁廟之情。蒼梧恨不淺，流淚在叢筠。博物志：舜死，湘妃以淚染竹成斑。【汪仲弘本：博物志：舜死，湘妃以淚揮竹，染竹成斑。】此引本事以寫湘妃之恨，而又因以自寓弔古之意也。

祠南夕望 即湘夫人祠。

百丈牽江色，孤舟泛日斜。『孤舟』，承上句。『日斜』，貼『夕』字。興來猶杖屨，目斷更雲沙。言登岸望遠，曰『猶』曰『更』，與前詩應，見爲重望也。山鬼迷春竹，暗用楚辭山鬼篇『余處幽篁兮終不見天』之意。湘娥倚暮花。二句敘事，以寫夕望之景。湖南清絶地，萬古一長嗟。『清絶』，總指上文所言之景。『長嗟』，言己弔古無窮之意也。

登白馬潭 屬潭州。

水生春纜没，日出野船開。言春曉開船之景。宿鳥行猶去，花叢笑不來。見船開迅速之意。人人傷白首，處處接金杯。莫道新知要，南征且未迴。四句開船所感之情。

歸　鴈

聞道今春鴈，南歸自廣州。見鴈歸之地。見花辭漲海，避雪到羅浮。見鴈來去之時。是物關兵氣，何時免客愁？『兵氣』，言殺氣也。秋冬則南來，春夏則北去，故曰『關兵氣』，借言以見『客愁』也。年年霜露隔，不過五湖秋。言鴈避霜露而不過五湖，以見廣州之暖。而鴈有得所之樂，客無免愁之時也。

野望

納納乾坤大，行行郡國遥。二句氣象宏闊，已盡野望之妙。雲山兼五嶺，風壤帶三苗。野樹侵江闊，春蒲長雪消。此皆野望所見，兼巨細遠近而言之。乾坤之大，郡國之遥，俱可見矣。扁舟空老去，無補聖明朝。野望所感之情。

入喬口 公自注：長沙北界。

漠漠舊京遠，遲遲歸路賒。言故鄉迢遞而歸路阻隔。殘年傍水國，落日對春華。言老客他鄉而對景傷懷。樹蜜早蜂亂，江泥輕燕斜。承『春華』言，有『萬象皆春氣，孤槎自客星』之意。賈生骨已朽，悽惻近長沙。因地近長沙，故借賈生以自寓也。

銅官渚守風

不夜楚帆落，避風湘渚間。上句因下句。水耕先浸草，春火更燒山。二句湘渚之俗，因守風而書所見。早泊雲物晦，逆行波浪慳。上因下，貼首聯。飛來雙白鶴，過去杳難攀。鶴乘風而愈迅，故因所見以羡之。此結與前宿青草湖結相類。

發潭州

夜醉長沙酒，夜宿之興。曉行湘水春。曉發之景。岸花飛送客，檣燕語留人。承第二句，託物比興，以見發潭州之寂寞也。賈傅才何有，褚公書絕倫。賈誼謫長沙，褚遂良左遷潭州都督。名高前後事，回首一傷神。趙云：因去潭，而賈之才、褚之書，名高前後，一時未免遷謫於此；己亦以旅寓而來，故『回首一傷神』也，自負不淺。○玉露曰：詩莫尚乎興。蓋興因物感觸，言在於此而意寄於彼，非若比賦之直言其事也。故興得兼比賦，比賦不得兼興。如杜陵：『岸花飛送客，檣燕語留人』，蓋因飛花、語燕傷人情之薄，言送客留人，止有燕與花耳。此賦也，亦興也。若『感時花濺淚，恨別鳥驚心』，則賦而非興矣。

雙楓浦

輟棹青楓浦，雙楓舊已摧。因停舟於雙楓浦，而即枯楓以比興也。自驚衰謝力，不道棟梁材。二句託爲樹言。『衰謝』，指樹之摧，非公自謂。浪足浮紗帽，皮須截錦苔。言截其皮可爲冠耳。江邊地有主，暫借上天迴。言此樹既在江邊，必有地主，欲借以爲槎，而乘之以上天也。○後三聯皆承第二句言。

衡州送李大夫勉赴廣州

斧越下青冥〔九〕，樓船過洞庭。言李受君命而赴廣。北風隨爽氣，南斗避文星。言不惟專武柄，抑且擅文場也。日月籠中鳥，乾坤水上萍。玉露曰：此自歎之詞耳。蓋拘束以度日月，若鳥在籠中；漂泊泛於乾坤，若萍浮水上。本是形容淒涼之意，乃翻作壯麗之語。王孫丈人行，李勉，鄭惠王之曾孫。應第四句。垂老見飄零。應五、六。○前四句稱李，五、六自歎，結又稱李而嘆己以總之，冀其見憐之意也。

江閣臥病走筆寄呈崔盧兩侍御

客子庖廚薄，江樓枕席清。二句言客居淡薄寂寞也。『枕席』，貼『臥』字。下句明言病。衰年病祇瘦，長夏想爲情。二句言因老病苦熱有所思也。滑憶彫胡飯，香聞錦帶羹。所思在此。『彫胡』，菰米。『錦帶』，芹類，或以爲吐綬鷄，未詳孰是。溜匙兼暖腹，誰欲致杯罌？結言羹飯之美，無人而爲致之耳。○此詩因缺庖廚之資而有索於二公也。

潭州送韋員外迢牧韶州

炎海韶州牧，風流漢署郎。言韋今出守之牧，乃昔日在朝之郎也。分符先令望，言韋出牧，爲舊有名，貼第一句。同舍有輝光。公嘗爲郎，故用『同舍』，貼第二句。白首多年疾，秋天昨夜涼。二句即『秋風病欲蘇』之意。公自謂也。洞庭無過鴈，書疏莫相忘。結言別後之情，謂己雖無書，而韋則不可忘己也。

潭州留別杜員外院長 韋迢作

江畔長沙驛，相逢纜客船。起言相逢之處。大名詩獨步，稱杜才名之盛。小郡海西偏。歎己出牧之遠。地濕愁飛鵩，天炎畏跕鳶。貼第四句。去留俱失意，把臂共潸然。結言留別之情。〔一〇〕

早發湘潭寄杜員外院長 韋迢作

北風昨夜雨，江上早來涼。江上夜雨，曉晴之景。楚岫千峯翠，湘潭一葉黄。江上曉來雨後之景。故人湖外客，白首尚爲郎。歎杜不遇之情。相憶無南鴈，何時有報章？欲杜報書之意。○此詩全是和少陵送詩後四句之意。

酬韋韶州見寄

養拙江湖外，言己在野。朝廷記憶疏。言己去朝。深慙長者轍，言韋枉別。重得故人書。言韋寄書。○四句言不得於君而見憐於友也。白髮絲難理，歎己之老。新詩錦不如。稱韋所寄之詩。雖無南過鴈，看取北來魚。衡陽有回鴈峯，相傳鴈自此而回，蓋鴈不過衡陽；而瀟湘北流，故公借以寓意。『鴈』『魚』，皆指書言。○此詩全是和韋寄詩後四句之意。觀此上四篇，往來反復，詞旨互見。可見古人和詩，必答其意，非若今人爲次韻所拘也。

樓上

天地空搔首，頻抽白玉簪。寫躊躇之狀，見愁悶之懷。下承『搔首』二字。皇輿三極北，君國之憂。身事五湖南。流落之歎。戀闕勞肝肺，思君之切，貼第二句。論材愧杞柟。愧身不才，貼第三句。亂離難自救，終是老湘潭。貼第四句。後三聯皆『搔首』所感之情也。

秋晚長沙蔡侍御飲筵送殷參軍歸澧州覲省〔一一〕

佳士欣相識，見己識殷之始。慈顏望遠遊。見殷歸澧之由。甘從投轄飲，見蔡好客之甚。肯作置書郵。見殷欲去之速。高鳥黃雲暮，寒蟬碧樹秋。即晚秋之景，見送別之時。湖南冬不雪，吾病得淹留。結即風土之美見己久客之情，蓋因殷之歸而感己之不得歸也。

舟中夜雪有懷盧侍御弟

朔風吹桂水，言雪大之由。大雪夜紛紛。下皆言夜雪。暗渡南樓月，月色而暗度，見雪之大也。寒深北渚雲。雪氣之寒深，見大而多也。燭斜初近見，近視而後見搖燭之影，初灑之微也。舟重竟無聞。重而不聞打蓬之聲〔一二〕，既積之厚也。○四句雖皆言夜雪，要之，三、五貼「夜」字邊意多；四、六貼「雪」字邊意多〔一三〕。不識山陰道，聽鷄更憶君。結見懷盧之意，言不能如子猷之訪戴，但聽鷄不寐而憶之耳。「聽鷄」，疑借用劉琨中夜聽鷄起舞事，以見懷盧不寐之意也。

對雪

北雪犯長沙，胡雲冷萬家。二句言雪之盛。此乃作雪之方，邊塞多雪之地，故曰「北雪」「胡雲」。隨風且間葉，言與木葉相間，作「開」字，非。帶雨不成花。「花」「葉」，借對。○四句言「對雪」。金錯錢也。囊垂罄，銀壺酒易賒。言貧而興高。無人竭浮蟻，酒也。有待至昏鴉。言與人共酌以盡此興，故待之久也。「浮蟻」「昏鴉」，假對。○四句對雪之情。趙註爲反詞，言家貧酒不易賒，故無人相送而空待之久也。容更詳之。石林詩話：詩禁體物語，學詩者類能言之。歐公守汝陰，與客賦雪詩，舉此令，往往坐客閣筆。退之兩篇，力欲去此弊，雖冥搜奇譎，亦不免「縞帶」「銀杯」之句。少陵「暗度南樓月，寒深北渚雲」，初不避「雲」「月」字，若「隨風且間葉，帶雨不成花」，則退之兩篇，殆無以過之。

送趙明府之縣 杜陵縣也。

連城爲寶重，茂宰得才新。起美趙之才德。山雉迎舟楫，江花報邑人。此暗用魯恭馴雉、潘岳種花事，以美其之縣也。論文翻恨晚，臥病卻愁春。敘己情以贈趙。惠愛南翁悦，餘波及老身。言以仁澤溉衰病之人也。

歸鴈二首

萬里衡陽鴈，今年又北歸。曰『又』，則去年歸可知。鴈歲一歸，而人則久客，此詩之所以作也。雙雙瞻客上，一一背人飛。公在南而鴈北飛，故曰『背人飛』。此言鴈初别之時。雲裏相呼疾，沙邊自宿稀。此言鴈歸途中之苦。繫書無浪語，『繫書』，用蘇武事。愁寂故山薇。繫書之言只此，無他浪語也。

欲雪違胡地，月令：八月九月，鴻鴈來。曰『欲雪』者，胡地雪早故也。此紀去年之來時。先花别楚雲。月令：正月，候鴈北。正月春花未有，故曰『先花』。此紀今年之去時。卻過清渭影，『清渭』，近北，貼『胡』。高起洞庭羣。貼『楚』。塞北春陰暮，貼『胡』。江南日色曛。貼『楚』。此聯與首聯同，有地有時。傷弓流落羽，行斷不堪聞。結言道途流落之危，以自喻也。○此題『歸鴈』，前三聯皆先言來之時之地，而後言去之時之地。若今人，必以爲倒施矣。

奉酬寇侍御錫見寄四韻復寄寇

往别郇瑕【汪仲弘本：晋地。】地，紀别之地。於今四十年。紀别之久。來簪御府筆，故泊洞庭船。

觀結聯，時寇當有出巡南方之命，故此聯云。詩憶傷心處，春深把臂前。言得寇寄詩，卻憶往別之處，而今則相期春深一把臂也。趙曰：『把臂』，言往別郇瑕之時。瑗按：此詩作於三月。趙説非。上句結上文，下句起下文耳。南瞻按百越〔一四〕，黄帽待君偏。結承上文。言聞寇將南巡，而已相待之久也。公發劉郎浦詩結云：『白頭厭伴漁人宿，黄帽青鞋歸去來。』注謂『黄帽』，籜冠也。別董頲詩結云：『當念着白帽，采薇青雲端。』則『黄帽』『白帽』，皆隱士之所着者。此『黄帽』句，亦公自謂耳。舊引漢書鄧通濯船爲黄頭郎事，謂刺船之郎皆着黄帽，非是。

江閣對雨有懷行營裴端公 裴虯時爲道州刺史，同平臧玠之亂。

南紀風濤壯，陰晴屢不分。下句因上句。野流行地日，江入度山雲。此聯承第二句言。趙云：流潦滿道，而日照其中，雨過而晴也。度山之雲，下與江接，晴而又雨也。此與白露詩『圃開連雨樹，船渡入江溪』、秦州雜詩『月明垂葉露，雲逐渡溪風』句法相類。層閣憑雷殷，去聲。長空面水紋。此聯言江閣對雨之景。雨來銅柱北，應洗伏波軍。結言對雨懷裴之情。蓋以馬援征蠻，比裴之討寇。『銅柱』，應『南紀』，公前送李晋肅詩云『南紀連銅柱』是也。

暮秋將歸秦留別湖南幕府親友【汪仲弘本：是秋公將北首，卒于衡岳之間。】

水闊蒼梧野，天高白帝秋。即暮秋之景，見已欲歸之時。途窮那免哭，身老不禁愁。發貧老之歎，見已難歸之情。大府才能會，諸公德業優。稱幕府之親友，見其居得志之際。北歸衝雨雪，誰憫弊貂裘？總結上文。蓋明言其有望於諸公振己路資之費也〔一五〕。趙云：視他人心欲干之而不能言者不同，然亦可歎。

過洞庭湖【汪仲弘本：此詩乃人得之于江心一小石刻。】

鮫室圍青草，龍堆隱白沙。護堤盤古木，迎棹舞神鴉。破浪南風正，回檣畏日斜。一、二、三述湖中之景物，四、五、六見過湖之時景。湖光與天遠，直欲泛仙槎。結總上文，見湖景之勝與泛湖之興也。『泛仙槎』，謂用事亦可，謂不用事亦可。

校記

〔一〕實　汪仲弘本作『誠』。

〔二〕汪仲弘本題作『送孟十二倉曹赴東京選』。

〔三〕難　汪仲弘本作『故』。

〔四〕同　今見本作『羣』。

〔五〕灑　汪仲弘本作『曬』。

〔六〕境　汪仲弘本作『景』。

〔七〕元二十　今見本作『元二十一曹長』。

〔八〕鎖　今見本作『瑣』。
〔九〕越　今見本作『鉞』。
〔一〇〕本詩與下一首及評語，汪仲弘本無。
〔一一〕秋晚　今見本作『晚秋』。澧　今見本作『澧』。
〔一二〕蓬　當作『篷』。
〔一三〕汪仲弘本作：『三、五貼「夜」字意，四、六貼「雪」字意看。』
〔一四〕膽　汪仲弘本作『瞻』，是。
〔一五〕汪仲弘本無『路資之費』四字。

附　安徽古籍叢書已版書目

舊聞隨筆
定本莊子故
張籍集注
文學研究法
桐城文學淵源考・撰述考
包拯集編年校補
康輶紀行・東槎紀略
北山樓集
桐城耆舊傳
疑庵詩
三餘札記
方望溪遺集
爾雅翼
識小録・寸陰叢録

東萊詩詞集
明太祖集
王侍郎奏議
程氏家塾讀書分年日程
朱楓林集
敬孚類稿
施愚山集（四册）
吴敬梓吴烺詩文合集
張孝祥詞箋校
竇山公家議校注
翠微南征録・北征録合集
阮大鋮戲曲四種
老子注三種
杜詩説

朱書集
論語解注合編
郭祥正集
皖人詩話八種
唐詩評三種
左傳微
績學堂詩文鈔
鈍齋詩選
老子注譯
莊子詮詁
説文假借義證
劉銘傳文集
包世臣全集（三册）
戴震全書（七册）

田間易學
莊屈合詁
田間詩集
田間文集
古事比（二册）
安徽出土金文訂補
秋崖詩詞校注
道聽途説
蘭茗館外史
青泥蓮花記
舌華録
明語林
夜雨秋燈録·續録（二册）
包拯集校注
毛詩後箋（二册）

劉文典全集（四册，列入特輯）
壹齋集（二册）
孟子講義
楊仁山全集
弢翁藏書年譜（列入附輯）
不得已附二種
歙事閑譚（二册）
惜抱軒詩集訓纂
張孝祥詩文集
吴汝綸全集（四册）
朱子全書（二十七册）
明實録安徽經濟史料類編（列入附輯）
姚瑩年譜（列入附輯）
青溪集
藏山閣集
田間詩學

俞正燮全集（三册）
皖人戲曲選刊·鄭之珍卷
詠懷堂詩集
所知録附四種
文選箋證（二册）
歙紀
方孝標文集
七頌堂集
劉文典全集補編（列入特輯）
程瑶田全集（四册）
皖人戲曲選刊·方成培卷
皖人戲曲選刊·龍燮卷
凌廷堪全集（四册）
黄生全集（四册）
東輶紀程

蕭雲從詩文輯注
程文炳文集
程恩培集
方盦山詩集（二册）
趙紹祖金石學三種
小爾雅義證
勉行堂詩文集
貴池唐人集
龍眠風雅全編（十册）
無爲集校箋
杜詩提要
分篇水經注（二册）
松泉集（二册）
梅鼎祚戲曲集
通鑒注商·新舊唐書互證

杜徵三友朋手札
吴應箕文集
舒鴻貽著述二種
皖雅初集（三册）
桓譚新論校注
宛雅全編（二册）
李宗棠文集·東游紀念
李宗棠文集·考察日本學校記（二册）
李宗棠文集·光緒徵要録
李宗棠文集·奏議輯覽初編
李宗棠文集·學詩堂經解
李宗棠文集·千倉詩史初編
吴芝瑛集
施愚山集（增訂版 四册）
桐城方氏七代遺書

方以智全書（十册）
徽州杜詩學二種
白鹿山房詩集
金粟齋遺集
文字蒙求廣義
施愚山集外編二種
安徽文獻總目（六册，列入特輯）
國朝詩品（二册）
吕美蓀詩文集
姚鼐詩文集（三册）
張潮全集（五册）
朱書全集（二册）
喻林（六册）
張樹聲文集
廬江詩雋·廬州詩苑

馬其昶文集
徐子苓集
王尚辰集（二册）
朱景昭集
説文段注撰要
詩學女爲
古桐鄉詩選
趙吉士集（三册）
金聲集
明太祖集全編（三册）
知本堂讀杜詩（二册）
皖人詩話八種（修訂版　二册）
杜律五言補注